目录 CONTENTS

第九章　"哥哥"　　　　　　　　　277

第十章　大婚　　　　　　　　　　325

第十一章　薄情寡义　　　　　　　369

第十二章　元老爷子　　　　　　　415

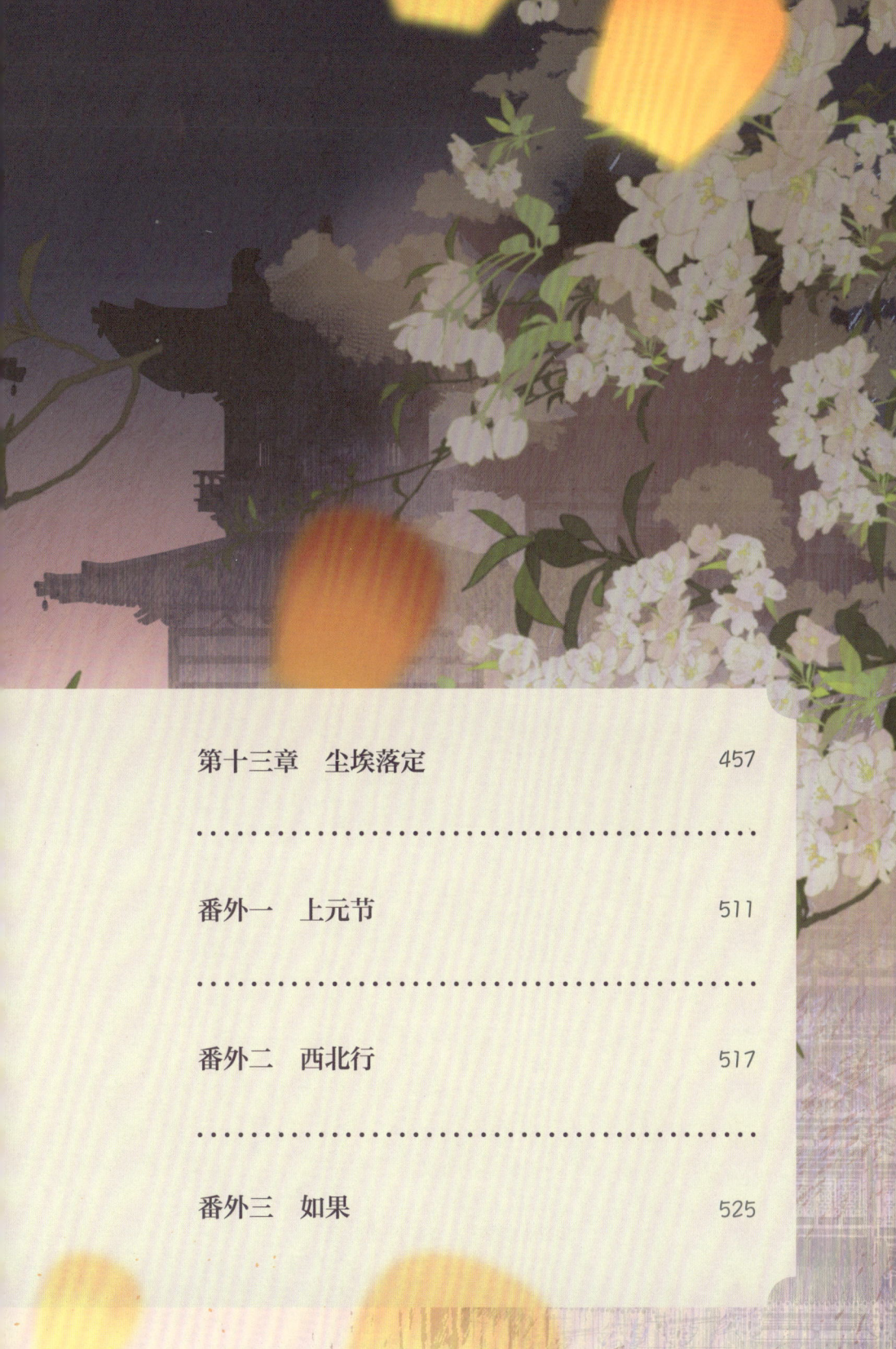

第十三章　尘埃落定　　　　　　　　457

番外一　上元节　　　　　　　　511

番外二　西北行　　　　　　　　517

番外三　如果　　　　　　　　525

知音动漫图书 · 漫客小说绘出品

第九章

"哥哥"

一

岑鲸在处理皇帝赐婚给她周围人造成的影响，燕兰庭也没闲着。

萧卿颜清楚这道赐婚圣旨背后的用意，也极力劝阻自己不要在意，不要因此毁了和燕兰庭的合作关系，可她最后还是打着商讨公务的借口去了趟相府。

正事商量完，萧卿颜毫不意外地在燕兰庭面前提起了他与岑鲸的婚事，还问："你当真推不了这门亲事吗？"

燕兰庭看着萧卿颜带来的信，头也不抬："所以你也是来劝我抗旨拒婚的？"

萧卿颜敏锐地抓住了其中一个字："'也'？还有谁来找你了？"问完她又自己找到了答案，"岑奕？"

燕兰庭："除了他还能有谁？"

萧卿颜不理解："安王也没少把像吞舟的岑家人收入王府，岑奕也就开头几次千里迢迢送信回来，唤人揍了安王几顿，之后安王再找谁，他也就没管了，怎么现在又管到了你头上？"

燕兰庭放下信件，端起茶杯："大约是因为岑鲸太像吞舟了吧。"

萧卿颜越发迷茫："像吗？"

瓷白杯沿在燕兰庭的唇边微微一顿。

萧卿颜不说他还没察觉，岑鲸现在的样子，比起刚入京那会儿确实不大一样，可能是接触的故人多了，又或者是恭王妃的事情牵动了她的心绪，叫她不得不打起精神来应对，总之比起最初的颓如死水，现在的岑鲸虽然还是很安静，很容易疲惫，但也多了几分精气神，恢复了些许岑吞舟的模样。

萧卿颜许久不曾仔细接触过岑鲸，对她的印象还停留在几个月前，没有发现这点。燕兰庭则是太过关注岑鲸，没有注意到日渐的变化，唯独岑奕是最近才回京，所以他一看到岑鲸就从岑鲸身上发现了她与岑吞舟相似的地方。

对此，燕兰庭当然是高兴的。虽然岑鲸变成什么样他都喜欢，但这并不妨碍他希望岑鲸越来越有活着的样子。

萧卿颜见燕兰庭沉默，也不再纠结像不像的问题，提醒他："我不信你在自己的私事上抗旨一回能被怎么样，这事儿吞舟也不是没做过，且眼下还未纳征，你对岑鲸没有男女之情，就别耽误她。"

纳征便是下聘，意味着这桩婚事彻底敲定，需要男方那边的长辈上女方家的门。燕兰庭父母早亡，燕家叔伯早些年都回了老家，要把他们请来，怎么也得花上点儿时间。按说快过年了，纳征礼推到年后也不是不行，偏燕兰庭送了一封书信回去，眼下那些长辈就在来京的路上，定能赶在年前下聘。由此可见，燕兰庭有多希望这桩婚事能快点儿敲定。

萧卿颜离开后，书房内就剩下燕兰庭一人，他望向窗边那枝按照岑吞舟的习惯放在花瓶里的白梅，轻声道："谁说我对她没有男女之情……"

腊月廿七，燕家的叔伯婶娘带着聘礼登门白府，两家人根据燕兰庭和岑鲸的生辰八字，选定婚期为来年的五月初八。据说原本是想更近一些的三月十七，却因时间太赶，又正好撞上白春毅下春闱，这才推迟到五月。

婚期敲定，六礼已成五礼，没过几日又是除夕。当晚，全家一起守岁，向来活泼开朗的白秋妹突然有些伤感，因为等岑鲸嫁了人，除夕便要在夫家过，像她嫁出去的二姐白夏嫣一样。也就是说，这是她们姐妹俩在一块过的最后一个除夕。

岑鲸望向窗外："也未必会是最后一个。"

燕家长辈都在老家，燕兰庭一人在京城过年，自己把他带到白家来也不是不

行。前提是舅舅舅母看到燕兰庭不会觉得别扭。岑鲸想，多些来往，习惯了，应该就不会别扭了。

寒风中，爆竹声声辞旧岁。一片雪花随风飘到她眼前，她伸手接住，看着雪花在掌心消融，喃喃道："下雪了。"

是新年正月里的第一场雪。

正月里，各家走亲访友，纵情玩乐。饶是岑鲸也不得不出门赴几场邀约，被盈满京城的年味拉着到处跑。

日子在新年祝福声中悄然而逝，眨眼便到了正月十五，上元节。对京城的人们而言，这是个比年节更欢腾喜庆的日子，因为从上元节前一天开始，全京城解除宵禁三天。各家各户挂起明艳的花灯，大街小巷亦是立满了竹子做的灯架。

白秋姝没在青州见过这样的热闹，因为青州本就没有宵禁，也不像京城这样繁华，她兴奋地感受着节日氛围，还被赵国公府的大姐姐邀请晚上一块去看花灯。

白秋姝本想拉上岑鲸一起，问过才知岑鲸晚上得先去赴叶锦黛的约，只能退而求其次，跟岑鲸说好迟点儿在玉蝶楼碰头。

叶锦黛特地约岑鲸，主要是觉得自己麻烦岑鲸太多，想借上元节的机会请她吃顿饭，聊表谢意。岑鲸清楚上元节这天京城各处酒家都很难订位子，菜品价格也会比平时高，就说要自己选地方，带着叶锦黛去了一家名为"浊竹"的小酒馆。

浊竹酒馆的位置虽然很偏，消费也低，但这儿的酒和下酒菜味道非常不错。叶锦黛本还以为岑鲸选这里只是为了不让自己花太多钱，尝了才发现这居然是一家宝藏酒馆，顿时对岑鲸佩服得五体投地："你怎么找到这儿的？"

岑鲸喝不了酒，只能捧着茶杯慢慢饮："听一个姐姐说的。"

那个姐姐，其实就是恭王妃。而这家小酒馆的老板，则是早已故去的恭郡王。

谁知道一个王爷为什么要在这么偏僻的地方，开这么一家实惠便宜的小酒馆？反正恭郡王去后，这家店就成了恭王妃的心灵寄托。后来恭王妃被送去西耀和亲，岑吞舟就把这家店接到了自己手里。她没有像经营玉蝶楼那样，让这家店声名远扬，而是任由这家店在这处小角落里静静地留存着。一般会来打酒的，都是附近的街坊邻居，遇上佳节，街坊们少不得拿出点儿往日攒下的钱，带一家老小来这儿撮一顿。倒也有人醉酒闹过事，可有岑吞舟罩着，很快就平息了。

岑吞舟死前把小酒馆交给了云伯，并没有特意叮嘱什么，因为这家店本就只是岑吞舟对恭郡王夫妇的一个念想，她死后，这家店在旁人眼里也就仅仅只是一家店那么简单，无论最后是经营壮大还是落魄关门，都不会扰了她在九泉之下的清净。还是江袖同她说起，她才知晓浊竹酒馆如今在燕兰庭手中。想来当年的恭郡王也没料到，他一时兴起折腾出来的小酒馆，先后承载了多少人的思念。

叶锦黛小酌了两杯，酒劲上头，醉倒是没醉，就是变得有些话痨，拉着岑鲸各种絮叨。岑鲸怕被暗处保护她的人听了去，便靠近叶锦黛，示意她小声点儿。叶锦黛也配合，低着声跟岑鲸唠个不停，从自己在现代的社畜生活一直说到穿越后的各种见闻，还有这些日子她跟系统的各种争吵，最后她跟岑鲸宣布："去他的任务，老娘不干了！我就是要和我喜欢的人在一起！系统爱走不走，我就当脑子里多了个讨人厌的租客，反正我不要为了摆脱它去伤害我喜欢并且也喜欢我的人，不值得。"

"不怕自己后悔吗？"岑鲸问。

叶锦黛："那就等我后悔了再说。啧，它又在骂我呢，烦死了。"

不仅叶锦黛的系统S975在吵，岑鲸的系统2700也在吵，主要是嘲笑同行，版本再高又怎样，遇到个不靠谱的宿主，还不是完成不了任务。

岑鲸单手托着下巴，突然说："如果有什么办法能销毁系统就好了。"

话音刚落，S975和2700一同陷入沉默。

叶锦黛睁大眼睛："它安静了。"

岑鲸笑了笑："我这边的也安静了。怎么，难道真的有办法能把你们都销毁？"

S975："当然不可能！系统是高等造物，怎么可能被人类销毁？！"

2700："销毁是不可能的，我安静是没想到你会一下子就说到销毁，也太凶残了，又不是不能剥离……"它猛地卡顿了一下。

叶锦黛还在遗憾："它说人类销毁不了系统，也不知道是不是真的。"

岑鲸喝了口茶："销毁不了，但可以剥离。"

叶锦黛："真的吗？！"

S975："低版本的蠢货！"

岑鲸问2700："怎么剥离？"

2700装死不语。

岑鲸："它不说，但我想应该不是它们自己能决定的，不然当初我的好感值不足快要自爆的时候，它早就从我身上剥离了。"

虽然暂时还不知道怎样才能把系统从自己身上剥离，但至少看到了希望，叶锦黛回想这些日子以来的痛苦纠结，居然有些想哭，便借势在岑鲸面前狠骂系统。

S975听了什么反应岑鲸不知道，反正2700是被骂哭了。

一桌菜吃完，小巷外头隐约传来热闹的喧哗声，岑鲸说自己还约了白秋姝，两人便一同起身准备离开。朝楼梯走去时，她们在过道上遇见一个醉酒的壮汉。那壮汉见她们两个小姑娘，嘴里不干不净地调戏了两句。岑鲸正寻思是楼下等候的挽霜和侍卫先上来，还是燕兰庭给她安排的暗卫先出手，结果身侧的门突然被人打开，从里头出来的人就跟一阵风似的，掐住壮汉的脖子，将其狠狠掼到了地上，厚实的肉体撞击地面，发出"砰"的一声巨响。

楼下忙碌的小二跑了上来，见状生怕闹出人命，好生劝阻。

挽霜则带着侍卫跑到了岑鲸面前，一脸紧张地问："姑娘，你没事吧？"

岑鲸摇了摇头，视线掠过挽霜，落在那出手帮她的人身上，一时挪不开。

此刻壮汉酒也醒了，待那人一松手，他连滚带爬地跑下楼梯逃出了酒馆。

小二还在向那人赔罪，那人转过身，满身的骇人煞气，一脸拒人于千里之外的冷冽凶悍，除了岑奕还能是谁？他似乎是喝了不少酒，看起来不大对劲。

岑鲸想着他们现在是陌生人，怎么也该道声谢，结果还未开口，岑奕深深地看了她一眼，杀气腾腾地丢出一句："滚！"

道谢的话语卡在喉间，岑鲸被叶锦黛和挽霜拉着越过岑奕，下了楼。

"你别管他。"出了酒馆，叶锦黛小声告诉岑鲸，"上元节是岑吞舟的忌日，你又和岑吞舟长得像，所以他才这么凶，不想见到你，和你本身没关系。"

岑鲸讷讷地应了声。

叶锦黛以为岑鲸被岑奕凶了心里不舒服，回头望向酒馆，在轻微的醉意驱使下又啰唆起来："他其实也挺可怜的。"她可以通过系统商店拿到所有攻略目标的详细资料，因此对岑奕并不陌生，还能将他的过往信手拈来，"岑吞舟对他而言亦兄亦父，可在岑吞舟死前他们却闹翻了。岑吞舟一死，他也永远失去了跟他哥哥和好的机会，也难怪……怎么了？"

岑鲸一把抓住叶锦黛的衣袖，声音因为不敢置信而带着轻颤："他……他想要跟他哥……和好？"

浊竹酒馆内。

岑奕回到雅间，继续喝自己的酒，一杯接一杯，似乎是希望能彻底醉死过去。可他的酒量是用边境烈酒练出来的，小酒馆的酒水怎么可能灌得醉他？要真想醉，就该去玉蝶楼买一坛烧刀子。然而他还是选择来浊竹酒馆，因为这么多年过去，只有这里没变过，依旧是许多年前的陈设，仿佛有谁在刻意维持它的原貌，即便桌椅损坏了，店家也是叫工匠按照早先的样式打造一模一样的来替换。所以在今天这样的日子里，他只想留在浊竹酒馆，看着眼前熟悉的场景，假装时光还停留在过去，停留在他哥带他到这儿喝酒的那段岁月。

许是思念太重，岑奕明明没怎么醉，却还是睡着了。睡梦中，他梦到他与哥哥一块喝酒，燕兰庭也在，三人闲聊聊到各自的名字，岑奕好奇地问岑吞舟为什么要给自己取名为"奕"。

岑吞舟端着酒杯笑着说："奕者，明也。"

明？岑奕看向燕兰庭。

岑吞舟也意识到什么，问："'明煦'好像也是明亮和暖的意思？"

"明煦"是燕兰庭的字。

燕兰庭："大约是吧。"

岑吞舟高兴地举起酒杯："挺好，你们都能有光明的未来。"

燕兰庭和他碰了碰杯，说："我们。"

岑吞舟："啊？"

岑奕也和他碰了碰杯："不是'你们'，是'我们'，还有哥你。"

岑吞舟微愣，随即乐出声，将杯中酒水一口饮尽，待酒杯放到桌上，才说："嗯，我们都有、光明的未来。"

……

岑奕睁眼，从虚幻的梦中醒来，梦里雅间内坐着三个人，现实中却只剩他一个。他闭了闭眼，眉头紧锁着，恶狠狠地骂了句："骗子！"

民间热闹，宫内亦不遑多让。白天皇后祭祀蚕神，入夜后皇帝在扶摇楼举行上元宫宴。满座王公大臣伴着丝竹管弦之声推杯换盏，谈笑风生。

觥筹交错间，长公主萧卿颜悄然离席走到了宴厅外的廊檐下，刚站定，便有一人影落在她身后，正是她那统领禁军的驸马。

扶摇楼上下挂满了精致的花灯，楼前更是燃着巨大的灯树，放眼望去，满城皆是耀眼的灯火，仿佛银河坠落。为了应景，萧卿颜穿了一身厚重繁复的华美紫裙，发间佩戴镶嵌紫色珠宝的银饰，衬上她那张明艳的脸，本该在今夜的宴席上引来不少目光，可她平日在朝堂上的杀伐果决给一众朝臣留下了不小的心理阴影，是以并没有多少人敢随意打量她，即便心中赞叹她的美艳，也没胆子盯着看太久。驸马就没有这方面的顾虑，他不仅敢一直盯着看，还敢在没人的地方从背后环住萧卿颜的腰，埋首于她的颈窝，贪婪而痴迷地嗅着她身上的气息。

萧卿颜也惯着他，保养细腻的手搭上他的后颈，问："燕兰庭又走了？"

驸马的气息落在萧卿颜的脖颈上："一刻钟前刚出宫门。"

"是吗？嘶——"萧卿颜怒拍驸马狗头，"咬什么！"

"太香了。"驸马又在萧卿颜颈边蹭了蹭，问她，"我们什么时候回去？"

萧卿颜："等宴席散后。"皇后没有出席今夜的宫宴，燕兰庭早退，岑奕也不来，她要是也走了，难免人心浮动。

像这样一个个撂挑子的情况，要搁平时，她肯定不会善罢甘休。唯独今天不一样，今天是……岑吞舟的忌日。

夜风骤起，萧卿颜觉得有些冷，往驸马怀里靠了靠。感受着背后的温热身躯，她心想：比起貌合神离的帝后，比起孤身一人的燕兰庭和岑奕，自己身边至少还有心爱之人相伴，看在自己比他们都幸运些的分上，容忍他们这一次又何妨？

二

燕兰庭知道岑鲸晚点儿会去玉蝶楼跟白秋妹她们会合，便在出宫后回府换衣，来到了玉蝶楼所在的秀逸坊。

今夜人多，秀逸坊又是除了东、西二市以外最热闹的几个坊之一，马车行进

284

得艰难，燕兰庭索性下车，带着几个侍卫步行前往玉蝶楼。

街道上人来人往，有叫卖的小贩、游玩的行人，还有手中拎着花灯笑闹疯跑的稚童。燕兰庭置身其中，虽被各色花灯打下的暖光所笼罩，却还是给人一种冷冷清清的疏离感，怎么也融不入这欢乐喜庆的街景中。

按说燕兰庭在京城长大，对上元节应该有点儿感情，偏偏他父母早亡，家中叔伯待他不算太差，但也没好到哪儿去，对他的关心从来都是一句"读书读得如何"，因此他自幼便只知道要读书、考取功名，别的一概不在他的考虑范围内。

直到他遇见岑吞舟。那个会随手把飘落的银杏叶夹在他书中的红衣青年不仅让他发现课室外有棵漂亮的银杏树，还带他领略了许多明明就在身边可他却不曾留意的风景，时不时还为他指点迷津，帮他摆脱迷惘——虽然代价是他时常会感到无奈和生气，不过相比自己所得到的，这似乎也没什么。

当然，偶尔他也会跟岑吞舟吵架。比如叶临岸考上进士那一年，他在年底的时候跟岑吞舟产生了矛盾，具体内容不重要，重要的是他一气之下丢了对岑吞舟的尊敬，当面直呼岑吞舟的名讳，并在最后拂袖而去。

燕兰庭那会儿才二十出头，对外倒是表现得稳重，面对岑吞舟就多了几分年轻气盛，怎么都拉不下脸跟岑吞舟和好，于是他们一直都没跟对方说过话。直至第二年上元节，岑吞舟竟然没去参加宫宴，带着岑奕翻墙来找他，还像模像样地跟他感叹："从去年到今年，咱俩都闹翻两年了，再大的气也该消了吧？"

燕兰庭："……两个月都不到，何来两年？"十二月中旬吵的架，算上今天也不过三十六天。

带着弟弟乱翻别人家院墙的岑吞舟："你就说你还气不气吧。"

燕兰庭抿着唇不说话。

岑吞舟："那我就当你气消了？"

燕兰庭拿他当真是一点儿办法都没有，可要说心里没有一点儿和好的念头，那也是假的。

岑吞舟似是看出了他的别扭，大手一挥："气消了就行。走走走，看花灯去。大好的日子，窝家里算怎么回事。"

燕兰庭就这样被岑吞舟带出了门。他本以为一行就他们三个，谁知岑吞舟又

带着岑奕和他去找叶临岸，说是叶临岸去年高中，怎么也得把他拉出来庆祝庆祝。燕兰庭不是个小气的人，但在那一刻，他确实有对叶临岸的加入感到不满——都过去一年了，有什么好庆祝的？

叶临岸向来口是心非，明明很高兴岑吞舟来找他，却还是没几句好话，以至于燕兰庭很想把他轰走。可没等燕兰庭付诸行动，叶临岸就被岑吞舟指挥去解起了路边的灯谜。

那晚他们走在热闹的人群中，嬉戏的孩童乱跑撞翻了岑奕手中一袋香喷喷的糖炒栗子，被小气的岑奕追出半条街逮住，一人一个脑瓜崩弹得额头通红哇哇大哭。叶临岸在岑吞舟的鼓动下猜出最多灯谜，拿到了价值不菲的灯王，他想把灯王给岑吞舟，又不好意思开口直说，就故意嫌灯王提手上太招摇，硬把灯塞给了岑吞舟。至于燕兰庭，他手上拿了许多岑吞舟从街边买来的吃食，每当岑吞舟想要吃什么，便会开口唤一声"明煦"。

除了吃的玩的，他们还在一个卖首饰的小摊前停留了一下。主要是岑吞舟见那小摊上有卖绢花的，样式老旧，和乌婆婆平时戴的那些有些像——岑吞舟给乌婆婆买过不少首饰，但乌婆婆都没怎么戴过，据说是样式太新颖了戴不习惯，所以岑吞舟一看到这些绢花，便把各个样式的都买了一朵，准备带回去给乌婆婆。

岑奕凑热闹买了一枚样式古朴的指环。岑吞舟便顺口跟他说起不同指环戴不同手指的含义，还说男子送女子指环有求娶的意思。

燕兰庭和叶临岸都没听过这种说法，细问才知这是岑吞舟从一本写西戎风俗的书籍上看来的。叶临岸觉得这是戎人的风俗，他们大胤不必遵守。燕兰庭却想着有时间找岑吞舟借那本书来看看。

再后来逛累了，岑吞舟带他们去玉蝶楼喝酒。叶临岸和岑奕两个加起来都喝不过岑吞舟，却又非要跟岑吞舟拼酒，导致最后就剩燕兰庭跟岑吞舟还醒着。

燕兰庭也喝了几杯，酒劲上头的微醺感让他不太适应，于是他起身去楼下找小二要冷水洗了把脸。回来推开门，就见岑吞舟坐在围栏边，静静地对着天上的圆月发呆。

楼下在耍百戏，人群喧闹，是以岑吞舟并未听见他进门的声音，依旧保持着背对他的姿势。宽大的衣袍罩在岑吞舟肩头，燕兰庭不知道他此刻的表情，只惊讶地发现那双扛了许多的肩膀似乎并没有自己印象中那样宽厚，甚至可以说得上是单薄。

燕兰庭一不小心看失了神，也不知道自己在原地站了多久，等岑吞舟回头发现他时，正好撞上楼外焰火绽放。绚烂的焰火很美，可燕兰庭却难以让自己的视线从岑吞舟身上挪开。

他知道自己的反应有些奇怪，但他还是放任自己的视线纠缠在岑吞舟身上，并且唤了一声："岑吞舟。"

岑吞舟："……不是说不生气了吗？"

燕兰庭迈步走到岑吞舟身边坐下："我没生气。"

岑吞舟："那你还叫我名字？没大没小。"

燕兰庭垂眸想了想，又唤："岑大人。"

岑吞舟蹙眉，似是嫌弃这个称呼太有距离感："再换一个。"

燕兰庭从善如流："岑先生。"

岑吞舟满意了。

燕兰庭却不满意，又换了一个："吞舟。"

岑吞舟挑了挑眉："你要干吗？"

外头又是一枚烟花炸开，正好掩去了岑吞舟的话音。燕兰庭也因此没有回答岑吞舟的疑问。只是从此以后，他人前"先生"，人后"吞舟"，仿佛只要把称呼拉成平辈，他就能追上他，站在他身旁，然后……然后要干吗，他也不知道，他就是突然有些渴望岑吞舟身旁的位置，想要和他并肩，而不是跟在他身后，做被提携的晚辈。

少年懵懂，不知道那满心的憧憬并不纯粹，等到发现岑吞舟是女子，燕兰庭才恍然明白自己心中藏着怎样不堪言说的妄念。

可惜，那时他已经永远失去了她。

岑吞舟死后的第二年上元节，燕兰庭重游玉蝶楼，独自醉了一场。在时不时就要醒一下、怎么都睡不安稳的梦里，他一遍遍回到那一晚，用尽各种办法想要救下岑吞舟。可每一次梦境最后，他有多因岑吞舟安然无恙而庆幸，醒来时就有多茫然绝望。

第九章 "哥哥" ɡē ɡe

那之后的每一年上元节,他都没再去街上看花灯,上元宫宴也是能早退就早退,好像这一天在他眼里并不是全京城都热热闹闹的上元花灯节,只是普普通通的一天……

"大人,岑姑娘在后面。"

快到玉蝶楼的时候,燕兰庭身后的侍卫出声提醒。

燕兰庭停下脚步转过身,果然看见岑鲸和叶锦黛一块朝自己走来。他向岑鲸走了几步,突然发现岑鲸垂着眼,似乎没有看到他,一只手还心不在焉地摸着腰间用络子装的小木球。倒是叶锦黛瞧见他了,停下脚步后见岑鲸还在往前走,顺手拉住了想要提醒岑鲸的挽霜。

岑鲸一步步走到燕兰庭面前,余光察觉到有什么东西挡住了去路,正要绕开,突然被一只手捞了回来。她愣愣地抬眸,毫无防备地望进了燕兰庭含笑的眼底。

岑鲸:"……"

她回过头,就见挽霜心虚地转过头不看她,强压的唇角挂着明显的笑意,叶锦黛倒是一脸大大方方的姨母笑,还很自觉地不当电灯泡,说要去找她哥叶临岸,挥挥手就跑了。岑鲸怕街上人多不安全,忙让两个白府的侍卫跟过去,等叶锦黛和叶临岸碰头了再回来。

吩咐完,岑鲸的手已经落到了燕兰庭掌心。但没等她注意到这点,燕兰庭就开口问:"晚饭吃了吗?"

岑鲸:"吃了三顿。"

燕兰庭:"三顿?"

岑鲸数给他听:"云伯那儿一顿,乌婆婆那儿一顿,叶锦黛又请了我一顿。"

两位老人非要在这天让岑鲸上他们那儿吃晚饭,岑鲸只好两边都吃了一顿,吃完才去赴叶锦黛的约。

燕兰庭指向几步之遥的玉蝶楼:"那待会儿……"

岑鲸摇头:"不吃了,说什么都不吃了。"

"阿鲸!"

玉蝶楼上边传来一道声音,两人抬头,就见陵阳县主和白秋姝趴在三楼的栏杆边,冲他们招手。只不过陵阳县主发现燕兰庭也在,笑容顿时变得狰狞起来。

岑鲸几乎能预见她待会儿会怎么挤对燕兰庭，送了他一句："辛苦了。"

燕兰庭半点儿不见苦恼，语气中甚至带着愉悦："这有什么的。"

两人一同走向玉蝶楼，满街花灯的光和方才一样落在燕兰庭身上。但是这次，他牵着岑鲸的手，任由明亮温暖的光芒扫去了满身的疏离与冷淡。

玉蝶楼三楼最大的雅阁内，除了白秋姝和陵阳县主，还有江袖、云息、白春毅，以及赵国公府的赵小公子和他姐姐赵姑娘。

一屋子的人里头，有好几个都是今天才认识的，但并不妨碍他们相谈甚欢。

云息行商多年见多识广，下考场前出来放松的白春毅和赵小公子从他那儿听说了许多书上没有的见闻，都觉得非常有意思。

陵阳县主的年纪虽然比在场的姑娘们都大，但生性烂漫，非常轻松就能参与进小姑娘们的话题。且有长袖善舞的江袖在，哪怕赵姑娘只认识白秋姝，也能很好地融入她们之中。后来陵阳县主和白秋姝一块趴在栏杆上跟岑鲸打招呼，性子温婉的赵姑娘和江袖还拉着两人的衣服，叫她们小心别摔下去。

大家正热热闹闹地说着话，雅阁门被人从外面打开，众人都知道是岑鲸来了，反应各不相同：江袖、云息和陵阳县主都站起了身，白家兄妹和赵家姐弟虽然还坐着，但也都停了话头看向门口，准备招呼岑鲸进来坐下，谁知门外除了岑鲸，还有一位"不速之客"。

"燕先生？"

"燕大人？"

这下，连白春毅和赵小公子也站了起来。

赵姑娘没见过燕兰庭，但她知道岑鲸被赐婚给了燕相，于是根据众人口中的称呼猜出了来人的身份，心中诧异。坊间传闻圣上与燕相不和，此番赐婚门不当户不对，就是皇帝在敲打燕相。可怜白家成了牺牲品，很难说会不会被燕相迁怒，就连她的父母赵国公夫妇也因此劝她弟弟赵小公子少与白春毅往来。弟弟不听父母的话，她却觉得弟弟这样很好，有风骨，她也是为了支持弟弟才特意找白秋姝来家里玩，还答应和白秋姝一块出门看花灯。如今看来，燕相非但没有迁怒于白家，还很满意这门亲事，不然怎么会陪岑鲸一同到街上看花灯？坊间传闻并不可信啊！

289

雅阁内的气氛因为燕兰庭的到来变得有些沉闷。毕竟燕兰庭的身份在那儿摆着,不仅是书院教策论的先生,还是当朝宰相,和他们根本不是一个世界的人。

陵阳县主却不管那么多,她走到门口,一边拉着岑鲸到自己身边坐下,一边对燕兰庭扔出一句:"你来做什么?"

岑鲸回头,调侃燕兰庭:"你被嫌弃了。"

她的态度过于自然,之后又有和燕兰庭熟悉的云息打圆场,请燕兰庭进来坐下,总算让气氛稍稍缓和。

众人本以为燕兰庭的出现会让这场聚会提前结束,却不想燕兰庭很放得下架子,虽然还是不爱笑,但亲和的态度跟在书院截然不同,白春毅和赵小公子先是受宠若惊,慢慢适应之后话便越发多了起来。

岑鲸倒是那副不爱说话的模样,甚至比平时还要沉默,像是有什么心事。可赵姑娘瞧着,竟觉得无论是陵阳县主还是江袖、白秋姝,都不曾无视她,但凡她开口的时候,一个个无论和谁在聊什么,都会下意识地停下来听她说。

大家一块在玉蝶楼吃喝说笑待了许久,直到外头传来耍百戏的动静,白秋姝说想要去看看,他们才起身下楼到街上玩儿。

大街上人来人往,热闹非凡。白秋姝知道岑鲸经不起折腾,索性拉着江袖和赵姑娘到处跑。陵阳县主则紧紧地挽着岑鲸的手臂,说什么都要赖在岑鲸身边。可后来她发现岑鲸有些心不在焉,多次吸引岑鲸的注意力都以失败告终,她不甘心地咬了咬唇,主动去把后头的燕兰庭叫了过来。

陵阳县主是这么对燕兰庭说的:"我知道我没你聪明,遇上什么事儿也都是吞舟哥哥和阿鲸替我收拾烂摊子,我帮不了她,但我不会拦着别人帮她。"

就这么地,燕兰庭被她不情不愿地推到了岑鲸身边。

岑鲸非常惊讶,还是听燕兰庭转述了她的话才笑道:"陵阳懂事了。"

燕兰庭:"所以你愿意和我说说吗?到底遇见了什么烦心事,一晚上都魂不守舍的。"

岑鲸无意识地摸着一直被她随身携带的小木球,沉默半晌才说:"我方才在浊竹酒馆看到阿奕了。你知道阿奕他……"

他还恨我吗?

岑鲸问不出口，因为她想不出肯定以外的答案。杀父之仇又不是旁的，怎么可能说不恨就不恨？但叶锦黛说岑奕想跟她和好，难道系统的判断也会出现失误？

她回头看了眼江袖和云息，换了个问题："白家乔迁宴那日，你说如果让阿奕知道我死而复生，他恐怕会做什么？"

燕兰庭早已忘了自己当日所说的话，但要根据他对岑奕的了解推测出后半句并不难："他恐怕会把你带走。"

又是一阵沉默后，岑鲸轻声感慨："竟不是要杀了我吗？"

燕兰庭斟酌着道："他或许从未想过要杀你。"

岑鲸看向燕兰庭："你怎么知道？"

"因为你死之后，他很难过。"燕兰庭对那样的难过感同身受，于是他问岑鲸，"你们之间是不是有什么误会？"

岑鲸摇头："没有误会，当年……"她停顿了许久才说，"当年阿奕的父亲在朝中所扮演的角色和后来的我一样，都是太子的眼中钉，不同的是那会儿先帝正当盛年，对太子并无厌弃之心，甚至称得上溺爱……"

所以当太子犯下大错，先帝虽然罚了他，却也将一应知晓内情的人贬黜京外，继而灭口，好保全皇室的颜面和太子的声誉。岑奕的父亲为民请命揭发太子的罪行，自然逃不过一个"死"字。而领命动手之人便是岑吞舟。因为按照剧情，岑吞舟就是这么一个为了向先帝表忠心而不择手段的人，哪怕昧着良心枉杀无辜也必须动手。

岑吞舟不是没有迟疑过，可当时的她刚穿越没几年，原身父母早已亡故，岑家上下个个极品，因此这个世界在她眼中全然就是反派系统所说的一本书，用书中的纸片人换现实世界中父母、姐姐的健康平安，似乎……也没什么不可以。

然而当鲜血喷涌，她还是蒙了。

接着岑奕的母亲推门进来，撞见了她杀人的一幕。

岑奕的母亲是个很有正义感的女性，太子的罪证就是百姓借着她去寺庙上香的机会给她的，她知道明哲保身的道理，可还是想要为百姓讨一个公道，便把证据给了自己的丈夫。所以在亲眼看见自己的丈夫因那些罪证而死后，她竟也不喊人来抓岑吞舟，而是悲痛欲绝，撞柱而亡。

岑吞舟看着面前的两具尸体，近乎落荒而逃。

因为完全无法平复自己的心情，所以她没有马上回京复命，而是每天偷偷往沈家跑。从尸体被发现到沈家人从京城赶来处理后事，再到沈家人回京，岑吞舟一直在暗中盯着。

她发现被她害死的那对夫妻的孩子病了，可沈家人似乎并不在意那个孩子，于是她偷偷把孩子抱去看大夫，开了药后又抱回来，每天煮药，趁没人给小家伙灌下去。可小家伙的病越来越重。眼看着沈家人改走水路，一旦上了船就不好再跟，小家伙怕是要病死在半路上，她咬了咬牙，把那孩子偷了出来。那孩子病得凶险，痊愈后什么都忘了，岑吞舟说什么他便信什么，于是她思量再三，决定把他留在身边当弟弟来养，还给他取了名字叫岑奕，对外说是出京办差路上捡的。

岑吞舟也说不清自己为什么要把孩子留下，可能是觉得这孩子已经因为自己失去了父母，不希望他再受寄人篱下的苦，又或者……她只是想让自己心里好过点儿。

许多年前的旧事，燕兰庭也是第一次了解得这么清楚。他知道多说无用，可还是尝试着劝慰岑鲸："就算没有你，岑奕的父母也活不了。"

那时的岑吞舟根本没什么分量，她所扮演的不过是一把刀，持刀的先帝和太子才是真正害死岑奕父母的人。

岑鲸却说："可动手的人就是我。"

是她为了走剧情获得先帝的信任自愿成为那把刀，她也有私心，并从中获利，总不能因为她不是主因就说她没错吧？哪怕别人愿意这样为她开脱，她也不能真这么以为，不然那也太虚伪了。这是岑鲸的心结，谁也解不开，又或者是她自己不愿解。比起让谁来教她放下，她更愿意一直背负愧疚活下去。

燕兰庭似是看出她的坚持，没再多说什么，只默默握住她的手，并在她疑惑地看向自己时，扔出冠冕堂皇的借口："人多，牵着不容易走散。"

岑鲸接受了他的说法，虽然心里还是有些乱，但不知道是不是因为有人牵着，她竟有种踏实的感觉。

"明煦。"岑鲸突然唤道。

燕兰庭："什么？"

"没什么。"岑鲸说,"我就随便叫叫。"

岑鲸突然想起很久很久以前,她还没穿越之前,没事就喜欢喊妈妈,她妈妈被喊烦了问她干吗,她似乎也是这么回答的。

"男妈妈"这个梗怕是逃不过去了。岑鲸这么想着,并在燕兰庭看向她的时候问:"明年上元节还是一起过吧?"

燕兰庭:"那是自然。"

原先他不敢想,如今……不只明年,还有后年、大后年,他都要和岑鲸在一起过。毕竟,他们快要成婚了不是吗?

绚烂的花火在夜空中绽放,岑鲸和街上许多人一起驻足仰望,她专注地看着烟花,燕兰庭偷偷地看着她。

三

上元节第二天的晚上又称落灯夜,宣告今年的上元节彻底落下帷幕,京城再度恢复宵禁。

官府正月二十开印,书院正月二十三开学。因此上元节后没几天,萧卿颜不得不开始忙碌起来,就算在家也是待在书房的时间比待在寝屋的时间还要多。

这天,萧卿颜在书房找文书,因为年前刚整理了书房,许多东西被收了起来,所以她找半天才在一口箱子里找到她要找的东西。她拿出文书,正要合上箱子,突然发现箱子里还有一沓写了字的纸。她不记得这是什么,翻开一看才想起是岑鲸的功课。

当初燕兰庭就是在看了岑鲸这份功课后,突然提出要去书院,后来她让驸马把这份功课从燕兰庭手中抢回,细细研究了许久都没研究出端倪。眼下翻开再看,她还是没看出这份功课有什么问题。

但因为这份功课,她想起自己曾怀疑岑鲸和岑吞舟有关。要说除了燕兰庭还有谁最了解岑吞舟,那就只有岑奕了。不如找个时间让岑奕帮她看看?

萧卿颜当天就抽空给沈家送了一份帖子,约岑奕来一趟长公主府。

然而过了几日都不见岑奕的踪影,倒是岑奕的几个叔叔一同前来,说是岑奕

最近忙着离京的事宜，鲜少归家，他们想要到城外军营寻人，也都在军营外被拦下，就算低声下气求军营的人帮忙递一下帖子也没人搭理他们，无奈只能登门长公主府，代替自己那不懂事的侄儿给长公主殿下赔罪。

岑奕的叔叔们言辞恳切，仿佛真就是来替岑奕给萧卿颜道歉的，只是说得太多，难免让人觉得岑奕性情乖张，丝毫不把长辈放在眼里，还失了对萧卿颜的尊敬。旁人听了这番话，定会对岑奕心生不满，可她萧卿颜又不是傻子，如何看不出岑奕那几个叔叔嘴上说是赔罪，实际是在拱火，巴不得有人能替他们治一治岑奕。萧卿颜懒得拆穿，把人打发走后，又让驸马到城外军营给岑奕递话，和他约个时间见一面。岑奕也干脆，直接把见面的时间定在了第二天上午。

驸马带着消息回来时，萧卿颜书房内站着一个人，是前年的探花郎，现任大理寺丞一职。

世人皆知，探花郎必须长得好看，像岑吞舟当年殿试，以他的学识就算拿不到状元，也该是个榜眼，偏偏因为长得太好看，被先帝钦点为探花，可把岑吞舟的老师元老爷子气得够呛。此刻在萧卿颜面前的探花郎长得也好看，甚至因为太好看而被元家姑娘相中，只等今年九月便可完婚。

元家是萧卿颜母亲的娘家，元老爷子是当今太后的父亲，按辈分，那位元家姑娘还得叫萧卿颜一声"表姑"。如此，眼前这位探花郎便算是萧卿颜的表侄女婿。萧卿颜因为这层关系注意到他，几次接触下来发现他本事不差，本想好好培养，还特意把人叫到跟前提点，结果这位探花郎似乎是误会了什么，表现与前几次大相径庭，不仅没有好好听萧卿颜说话，应答的内容也很奇怪，给人感觉就像是一只……开了屏的孔雀。

萧卿颜位高权重，也不是第一次遇见想要以色谋权的男人，却是第一次遇到态度这么骄纵的，明明想要勾搭她，且对她各种言语撩拨，却又端着架子，仿佛是她有求于他一般。

为什么？萧卿颜好奇。因为年轻，还是他以为自己之前对他的赞赏都是因为馋他身子，想要讨好他？

太蠢了。

萧卿颜没想到自己也有看走眼的一天，差点儿没给气笑。她把人轰走，思量

294

这人与表侄女的婚事恐怕要再议，不一会儿就听见管事来报，说那位探花郎走出府门下台阶时被屋檐上落下的冰锥砸中脑袋，头破血流，现已让人送去医馆了。

萧卿颜："……若真是冰溜子，他还能有命等到你们把他送医馆？"

冰锥尖锐，落人头上，怕是能把人头顶刺穿。况且那是她长公主府门前，哪个下人敢如此怠慢，不及时把屋檐上的冰锥敲干净？

管事讪笑道："那冰溜子落地上碎了，也看不出是什么形状，就是驸马爷蹲屋顶上头看了片刻才走。殿下您也劝劝驸马爷，叫他下回别站这么高看热闹，若叫人撞见，还以为是他蓄意伤人呢。"

萧卿颜明白了，什么冰溜子，显然是某个醋缸撞见了探花郎对她孔雀开屏，故意捡了冰块蹲门口屋檐上砸人报复呢，真是——

"胡闹。"

晚上，驸马仗着书房里没别人，让萧卿颜坐自己腿上看卷宗。听见萧卿颜因为探花郎而训斥自己，他把下巴搁萧卿颜肩上，说："谁让他敢瞧不起你。"

萧卿颜微微一顿，侧头去看驸马，却被驸马衔住了唇。唇齿交接间，驸马的话音格外认真坚定："你那么好，谁也不能瞧不起你。"

萧卿颜翘起唇，心情不错地由着驸马得寸进尺，把手伸进她衣服里。

两人也不是第一次在书房乱来，尽兴后萧卿颜洗了澡，坐在书房的矮榻上擦头发，身上披着驸马的衣服。驸马则蹲在桌前，捡从桌面掉落的笔墨纸砚与卷宗文书，再一一整理好放回到桌子上。

因为第二天早上要见岑奕，萧卿颜傍晚的时候就把岑鲸的功课拿出来放在桌角，因此岑鲸的功课也没能幸免落了一地。驸马收拾完发现，从砚台中洒出的墨汁把岑鲸的功课污了大半。他觉得这是自己的错，连夜去了趟书院，又拿了一份岑鲸的功课来，还乖得不行地从背后抱着萧卿颜跟她道歉。

萧卿颜拿起两份功课："也不全是你的错……唔？"

这两份功课的字迹怎么差那么多？

萧卿颜翻看日期，驸马拿来的那份是岑鲸生病请假前两个月写的，和被弄脏的那份功课相隔大半年。按说大半年的时间，一个人的字迹再怎么变也多少会有以前的影子，岑鲸则不然，她现在的字迹和以前全然不同，不像是在练字途中慢

慢改变了书写习惯，导致字迹出现变化，更像是故意把自己的字改头换面。

这一发现让萧卿颜的脑子里突然冒出一个想法：当初让燕兰庭想要进书院的，会不会不是这份功课的内容，而是岑鲸的字迹？

抱着这样的怀疑，萧卿颜在第二天岑奕到来后，先是拿出了岑鲸改变字迹的那一份功课，递给岑奕。

岑奕还以为是什么不得了的东西，一看竟是一篇狗屁不通的文章，又一看文章作者居然是和他哥长得非常像的岑鲸，眉心紧蹙，很不理解："殿下给我看这些做什么？"

萧卿颜见岑奕反应不大，又拿出那份被墨汁弄脏的功课——虽然被墨汁弄脏，但还是有几行字能看清。

岑奕接过那一沓怎么看怎么埋汰的纸张，视线刚一落定，面色就变了。他像是看到了什么不可思议的东西，把那一沓纸来来回回翻看数遍，并在墨迹晕染的边缘，找到了岑鲸的名字。

"不可能……这怎么可能……"岑奕下意识摇头否认，可眼睛却死死定在那一个个字上，像是要用视线把纸张洞穿。

岑奕的异样让萧卿颜确定了自己的猜测——岑鲸的字有问题！

萧卿颜追问岑奕，岑奕却听而不闻，再一次拿起岑鲸的上一份功课，对比字迹，心想是不是有谁通过什么渠道获得了他哥用左手写的字，故意让岑鲸去练，然后他看到了两份功课的书写日期，瞬间意识到了什么：两份功课的字之所以不同，不是岑鲸练出了他哥的字迹，而是岑鲸为了改掉和他哥一模一样的字刻意练出了别的字迹。

心跳声在耳边鼓噪，岑奕眼球颤动，太阳穴一跳一跳地疼。

为什么？为什么？！

岑奕起身离开，还没走到门口便被驸马拦下，身后是萧卿颜的喝问："说清楚！岑鲸的字到底有什么问题？为什么你和燕兰庭一看到她的字就变得那么奇怪？"

萧卿颜的话再次给了岑奕一记重击。他蓦然想起当初在月华寺的山脚下，燕兰庭对岑鲸的态度，还有两人已被皇帝赐婚的事实。

燕！兰！庭！

岑奕出离愤怒，发疯似的跟拦住自己去路的驸马动起了手。

驸马未必打不过岑奕，可这两人实力相差不大，打起来实在太过凶残，萧卿颜不愿看到驸马受伤，及时把驸马喊了回来。

岑奕也不恋战，脱身后离开长公主府，直奔相府。他对相府那可真是太熟悉了，不等相府下人通报直接硬闯，并当着来找燕兰庭的几位官员的面掐住燕兰庭的脖子，杀气腾腾地把人按到了墙上。

"燕大人！"

那几个官员吓坏了，之后发生的一幕更是惊得他们两股战战，只见数名暗卫从窗外闯入，数道出鞘的声音同时响起，泛着寒光的利刃直冲岑奕而去。

"住手！"

一声低喝，那些利刃在即将落到岑奕身上的时候停下了。

燕兰庭："都出去。"

那几位官员："燕大人……"

燕兰庭："出去，不要再让我说第三遍。"

几位官员亦步亦趋地离开了，那些跳出来的暗卫也收回兵器，慢慢撤开。

待人都走后，岑奕咬牙切齿没头没尾地问了燕兰庭一句："她是谁？"

神奇的是燕兰庭居然听懂了，还反问岑奕："你不敢自己去问她吗？"

岑奕眼底满是狰狞的血丝，慢慢收紧了手中的力道。

燕兰庭说话变得困难，却依旧没有给他肯定的答案："我说了，你就会……信吗？"

岑奕顿了许久，终于把手放开，转身离去，应当是准备亲自去找岑鲸确认她的身份。

"等等。"燕兰庭摸着被掐痛的脖子叫住岑奕，问，"你是怎么发现的？"

岑奕也就算了，若是让旁的人知晓岑鲸的身份，再传到萧睿耳朵里……燕兰庭眼底闪过一丝狠厉。

岑奕背对燕兰庭，深呼吸几下，才哑声给出答案："萧卿颜给我看了她的字。"

燕兰庭一下子就放心了。能认出岑吞舟左手字的，只有他们两个。至于原因，很简单，岑吞舟当初会练左手字就是为了岑奕。

岑奕不讨厌读书,但很讨厌写字,更不爱练字,所以岑奕的字一度非常难看,说狗爬的都算夸奖了。十六年前,燕兰庭被外放去洪州,岑吞舟领了个差事和他一块,还捎带上了岑奕。那会儿岑奕才十一二岁,岑吞舟为了逼他练字已是黔驴技穷,最后只能改换方针,说自己用左手和他一块练字,一年后看谁的字更好,若是岑奕赢了,就同意让他去参军。岑奕看岑吞舟左手写字比自己的还丑,觉得肯定能赢,便应下了这场赌约,由燕兰庭当见证人。最后岑奕果然赢了,年仅十三岁就被岑吞舟安排参军,几年后又入了虎啸营。

就在两人打赌结束的那一年,岑吞舟用左手字匿名写信给太子,坑了太子一把。为避免被人察觉自己就是幕后黑手,小心谨慎的岑吞舟再也没用过左手写字,还叫他们二人对外瞒下了她会用左手写字这件事。所以知道岑吞舟左手字什么样的,只有因此练了一手好字的岑奕,以及作为兄弟二人赌约见证人的燕兰庭。

四

岑奕质问燕兰庭、掐他脖子时有多凶悍暴戾,去找岑鲸时就有多拖拉踟蹰。

燕兰庭说得没错,他不敢。哪怕他已经到了白府,找到岑鲸居住的小院,哪怕岑鲸今日不曾外出,也没约人来家里做客,只是独自一人坐在窗边的榻上看书,他依旧不敢出现在岑鲸面前,当面问她一句"你是谁"。

和岑奕难以言说的心情不同,今日的天气分外晴朗,也没什么风,于是岑鲸开了榻边的窗,明媚的阳光洒落在榻桌一角,她特意放了只手在那儿取暖,另一只手搭在书上,时不时便要翻动一页。

轻轻的翻书页声在静谧的空气中显得格外清晰,岑奕蹲在外头的窗户下面一动不动,像一颗被人随手丢弃在那儿的石子。

岑鲸似乎并不觉得用看书来打发时间是件无趣的事情,一直从上午看到下午,其间也就在用完午饭后起身到院子里走了走,回屋小憩片刻,又重新坐回到榻上,继续看之前没看完的那本书。

太安静了,岑奕想,岑鲸的生活好安静,半点儿不像岑吞舟。岑吞舟每天都要去不同的地方,见不同的人,不是赶着办手中的差事就是赶着去同友人喝酒说笑，过得忙碌而热闹。他突然有些动摇，这样的岑鲸，真的会是他哥哥吗？

傍晚，性子欢脱的白秋姝回来了，岑鲸的自在居立时多了几分喧闹。

白秋姝虽然也有武功，且天赋不差，但比起大她十多岁的岑奕还是差了点儿，因此并未发现岑奕的窥视。

岑奕看着岑鲸被白秋姝拉去正堂，轻踩瓦檐一路跟随，最后蹲在正堂斜侧边的屋顶上，看着白家夫妇与白家兄妹和岑鲸同桌吃饭，虽然饭桌上的岑鲸依旧没什么话，但并不会同白家人显得疏离。

岑奕隐匿在寒冷的夜色下，远远地望着温暖烛光里的岑鲸，突然有些后悔白天为什么不敢现身问她，若是问了……

若是问了，难道就能像白家人一样，和她一块坐下吃这顿晚饭吗？岑奕哂笑，扯动唇角时，嘴唇因为一日滴水未进皲裂，他舔了舔，将渗出的血抿进口中。

饭后岑鲸又被白秋姝拉去灵犀阁，一路上她都在跟岑鲸说自己今日的见闻。等回到灵犀阁，屋门一关，白秋姝忙拿出跌打损伤的药，让岑鲸帮自己处理背后碰不到的伤口，还跟岑鲸抱怨："那群狗东西越来越阴了，专门往我后背上招呼，幸好我反应快，嘶——轻点儿轻点儿！"

岑鲸："打回去了吗？"

白秋姝："当然！他们伤得比我还重！"

岑鲸："干得不错。"

白秋姝就爱听岑鲸夸她，也从不在岑鲸面前遮掩自己好勇斗狠的性子。

岑奕背靠在窗边的墙上，听里头白秋姝和岑鲸的对话，恍惚间仿佛回到了过去。只是在过去，炫耀自己打架厉害的是他，替他上药夸他厉害还时不时提点他的是岑吞舟……心中那股不舒服的感觉越来越强，如果岑鲸真的是他哥哥，那白秋姝算什么？

屋内，一阵寒意蓦地爬上白秋姝的背脊，她犹如脱兔一般蹿到窗户边，推开窗户往外看，窗外什么都没有。是她多心了吗？

岑鲸在她背后喊："好歹把衣服穿上，别冻着了。"

白秋姝这才关上窗户，回去让岑鲸继续给自己上药。

上好药，两人又说了片刻的话，岑鲸离开灵犀阁，回到自在居。

第九章 "哥哥" ɡē ɡe

天冷不好洗澡，她又一天没出过门，脏不到哪儿去，就只稍微擦了个身，准备再泡泡脚就回床上去窝着。

挽霜端来的泡脚盆里浸了草药，是按照江袖给的方子抓的。岑鲸倚靠在床边泡脚，本是想闭目养神，结果因为泡得太舒服，居然睡着了。

眼看脚盆里的热气逐渐散去，岑奕从屋顶跳下，捡起地上的小石子，推开窗户朝屋内的一个花瓶扔去。

花瓶破碎的声响惊醒了岑鲸，也让在外间收拾的挽霜闻声进了里间。她看着一地的碎片，非常震惊："花瓶怎么自己碎了？"

岑鲸用脚拨了拨盆里凉掉的水，心想大概是燕兰庭的暗卫怕她着凉，特意出手提醒她，人家也是好心，就是提醒的方式粗暴了一些。于是她安抚了挽霜几句，收拾收拾上床睡觉了。

可怜燕兰庭的暗卫，因为燕兰庭的指示不能驱赶岑奕，绷紧的神经被岑奕挑战了一天，还被迎头扣了口黑锅。

挽霜离开后，岑奕终于翻窗进屋。在屋外待了一天，他浑身裹着一层寒气。

岑奕一步步走到床边，最终在厚重的床帐前悄然站定。他知道自己已经浪费了一天的时间，是时候把里头的岑鲸叫醒，与她当面对质，确认她的身份，可挥之不散的惧意让他无法这样去做。他说不清这股恐惧的由来，可能是害怕岑鲸不是岑吞舟，也可能是害怕岑鲸就是岑吞舟，但她已经不要自己了。不然为什么要特意改变字迹，不就是不想被他认出来吗？

怀揣着无法梳理明晰的心情，岑奕伫立在岑鲸的床边，宛如一尊诡异骇人的石像。若非岑鲸半夜醒来，他怕是要在屋里站一宿。

岑鲸是被系统叫醒的。

系统最近一直不敢主动找岑鲸说话，正好岑鲸又关了好感提示音，它便连岑奕的好感值出现了变化也不敢说，生怕岑鲸和它聊起来，从它口中挖出剥离系统的办法。然而此刻岑奕就站在床边，也不知道为什么燕兰庭的暗卫不出现保护岑鲸，系统实在有些害怕，就把岑鲸给叫醒了。

待岑鲸醒来，系统赶紧告诉她岑奕现在就站在床帐外，原本还在"-90"的好感值已经被清零，并且出现了和最初的燕兰庭一样系统无法判定岑奕的好感目

300

标是否是宿主的情况。

岑鲸还有些迷糊,系统的话在她脑子里过了两遍,才弄清楚是什么意思,她彻底清醒,意识到自己的马甲又掉了。

而岑鲸的呼吸一乱,两步之遥的岑奕立刻察觉到她已醒。

床帐外,岑奕双脚钉在原地动弹不得;床帐内,岑鲸一只手搭在眼睛上,不敢起身——"兄弟俩"怂的步调非常一致。

过了好一会儿,岑鲸才从床上爬起身,慢慢地掀开了床帐。床帐外,岑奕依旧站着没走,隔着昏暗的烛光与岑鲸对上视线,凭借绝佳的视力看到了岑鲸眼底的忐忑。岑鲸却看不清岑奕的紧张,所以最后是岑鲸先移开了眼,假借挽床帐的动作不看岑奕。岑奕见她如此反应,手在身侧捏紧成拳,想要开口问什么,喉间却像是有把刀在来回划,痛得他根本发不出声。

就在这时,岑鲸在床帐外的冷空气的刺激下打了个喷嚏。岑奕僵硬地转过身,拿了衣架子上的外衣回来,扔到她身上。岑鲸默默地把外衣穿上。

此情此景,似乎一切都已不需要再多言语,岑奕也多了几分勇气,含着口中的血腥味唤出一声:"哥?"

沙哑的声音让岑鲸湿了眼眶,她默然半晌,才轻轻地"嗯"了一声。

岑奕走到床边坐下,靠近时携着刺骨的寒意,他又唤了一声:"哥。"

岑鲸:"嗯。"

"兄弟俩"像是在慢慢适应这六年不见的疏离,又过了好半天,岑奕才接着问:"你故意改字迹,是怕我认出你,是吗?"

岑鲸没想到岑奕连这个都知道,心里蓦地一慌,想要解释,却听见岑奕说了她想说的话:"你以为我还恨你,想要杀你,对吗?"

岑鲸张了张嘴,最后又闭上:"嗯。"

"我没有。"说完,岑奕弯下脊梁,朝她倾身低头,把额头靠在了她单薄瘦弱的肩上,那些在他心中埋藏了六年的话终于有机会说出口,"我没有。我从来没有想过要杀你。那日在猎场,我是想要救你。"

岑鲸愣住,突然想起岑奕也曾像白秋姝一样向她保证过——"我肯定会来救你!"

岑奕履行了自己的承诺，可当时的他不知道该怎么面对是他杀父仇人的岑吞舟，所以旁人都以为他那一箭是想要岑吞舟的命，他便也不去解释。

岑奕看不到岑鲸错愕的表情，继续说："我也从来都没有恨过你。我恨的，是无法恨你的我自己。我恨我自己没办法像你教我的那样去做对的事情，我恨我自己就想选旁人眼里错的决定，就想一直听你的话，把你当成我唯一的家人。"他的声音缓缓变轻，"后来我才明白，我不该去选什么狗屁对错，我就该选你……"

岑奕抓紧了岑鲸的手臂，将这六年来的悔恨与绝望尽数宣泄进这一句话中："我就该选你！"

岑鲸被冲击得回不了神，心中一片混乱，却还是抬起手，覆上了岑奕的后脑勺。

久违的触碰让岑奕咬紧了牙关才没哭出声，可依然有几滴热泪落在了岑鲸的手臂上。

岑鲸默默地消化着自己听到的一切，能与自己一手养大的孩子重归于好固然令她无法抗拒，可有些事情她还是想要说清楚，于是她近乎残忍地提醒岑奕："阿奕，我杀了你的父亲，这是事实。"

这是岑鲸与岑奕重逢后说得最长的一句话。

岑鲸无法让自己逃避这段往事，哪怕多年的古代生活早已经把她浸染成了半个古代人，可她骨子里还依旧留存着在现代生活成长的那二十年，所以偶尔她还是会展露些许不符合这个时代的坚持与过于追求正确的三观。

若是以前的岑奕，此刻一定会为岑鲸的残忍而感到痛苦，可现在的岑奕只会想起沈霖音说他不恨岑吞舟便是不孝的话。他扯扯嘴角，抬起头问："所以你……你们，都觉得我应该与你反目，对吗？"

岑鲸垂眸不语，身子轻轻地颤着。

岑奕却发了狠，咬着牙问："我若说不呢？"

岑鲸抬眸，愣愣地看着岑奕。

诚然，是非对错，总该有个界限。若岑吞舟没死，岑奕或许还会纠结，因为他是岑吞舟教出来的孩子，岑吞舟不可能不向他灌输正确的是非观，所以他明白按道理来讲，他们之间的感情无论多深，中间永远都隔着他父母两条人命。可岑吞舟死了，他死了！没人知道岑奕的世界也随之崩塌，荒芜的废墟之中早已没有困扰他的是非对错,有的仅仅是一个属于他自己的答案……

岑奕深吸一口气,看着岑鲸的眼底不仅含着泪光,还有凶狠与无畏,像极了一只伤痕累累却始终不肯低头的野狼,低哑的声音中压抑着令人胆寒的薄凉与凶恶:"我不管什么对或不对,如果你的所作所为是错的,那我跟你一起错下去!"

岑鲸看不清岑奕的表情,但岑奕的话和他话语中所裹挟的情绪让岑鲸愣住了。许久后,她微不可闻地轻叹了一口气。

岑奕被这一叹叹得心中一颤,怕岑鲸再说什么他不爱听的,悄悄收了满身的锐气,还擦了擦眼睛,生硬地扯开话题,试图把岑鲸带进他所渴望的节奏里:"你别老叹气,我不爱听你叹气。"

这就任性上了,仿佛一切都回到了过去,他们之间什么都没有改变。

岑鲸触碰到岑奕藏得极深的恐惧,沉默数息后,似无奈似妥协地开了口:"那你……"

话没说完,突然听到了响亮的肚子咕咕叫的声音,岑鲸疑惑地眨了眨眼。

岑奕顺势卖惨,就是语气太硬,卖出了一股子强买强卖的蛮横:"我一天没吃东西。"

岑鲸:"……"

岑奕:"你和他们一块吃饭的时候,我就一个人蹲在屋顶上,吹着冷风,饿着肚子。"

岑鲸:"……"

岑奕:"那个叫白秋姝的……"

岑鲸听出岑奕话语中蕴含着"你是不是在外面有别的狗了,所以才不要我"的怀疑,赶紧打断:"外头桌上有点心,先去吃几口,垫垫肚子。"

岑奕不大想让岑鲸离开自己的视线,于是又改口:"其实我也不是特别饿。"

岑鲸催促:"快去。"

岑奕这才磨磨蹭蹭起了身,绕过屏风去拿桌上的点心。

岑鲸也探出床铺。床边的小几上放着一壶水和一个杯子,是挽霜按照她的习惯,在她临睡前给备上的,这会儿水还热乎,她倒了一杯给岑奕就着点心喝。

岑奕端着点心坐回床边,就着岑鲸给他倒的热水一口一个吃完了一整碟点心。

303

岑鲸倚着床柱看他，静谧的氛围让她的神经又舒缓了下来，困意袭来，她撑着眼皮强打起精神问："你怎么知道是我的？"

岑奕便把萧卿颜给他看两份功课的事情说了，说得还特别细，跟在燕兰庭面前的一句话概括截然不同。

岑鲸听完，又一次陷入了沉默。

岑奕："哥？"

岑鲸开口，却不是应答岑奕，而是抬头朝烛光无法触及的虚空处唤道："晋牧？"

岑奕听岑鲸忽然唤驸马名讳，神色一凛。他环视屋内，却因驸马的专业就是隐匿暗杀，怎么也找不到驸马的藏身之处，直到驸马主动从黑暗中走出，岑奕和屋外的暗卫才惊觉屋里居然还有一个人。微弱的烛光下看不清驸马的面容，使他像一片从黑暗中剪下的影子，即便站在他们面前也毫无存在感。

暗卫只收到燕兰庭的指令放任岑奕行动，可没说要放任其他可疑的人靠近岑鲸，于是他们当即就落在了窗外，蓄势待发。

驸马不是第一次潜藏在岑鲸身边，上一次是燕兰庭第一天进书院教书，当时他就躲在暗处见到了两人在课室内的"初遇"，也见到了两人之后在广亭的接触。但因为广亭学生多不好藏匿，他离得远了些，没能听见岑鲸跟燕兰庭说了什么。后来燕兰庭跟岑鲸保持距离，他判断继续跟下去也是浪费时间，就没有再跟，这才没能发现岑鲸就是岑吞舟。

驸马方才听两人相认，因为不了解岑吞舟与岑奕之间的羁绊，他怎么也不懂岑奕为什么能仅凭一份功课上的字迹，以及岑鲸那一声"嗯"就断定她的身份。可当内力全无的岑鲸根据岑奕的阐述马上猜到自己藏在屋内，驸马突然就理解了岑奕——那是岑吞舟没错。那具孱弱到一捏就死的身躯里，确实藏着一个他熟悉的魂魄。

驸马开口，轻浅的声音如他的存在感一样缥缈："你不该瞒着她。"

这个"她"所指的，自然就是萧卿颜。

岑鲸像是已经习惯了自己身上的马甲怎么捂也捂不住，一脸麻木地向驸马表示："我明天去找她。"

304

驸马点点头，当着他们的面走到窗前，翻窗离开。

岑鲸让岑奕也回去，有什么事情等明天再说。

岑奕不想走，可看岑鲸面上满是疲色，也没敢太任性，就让岑鲸先睡，等她睡着了他再走。

岑鲸也不勉强他，脱了他给自己拿的那件外衣，躺下盖好被子。因为情绪起伏太大，耗费了力气，她闭上眼，很快就睡着了。

岑奕坐在床边，看着岑鲸毫无防备的睡颜，心里那个自岑吞舟死后就变得空落落的角落像是被什么东西填满了一般，变得无比柔软与充实。

和岑鲸不同，岑奕现在精神极了，根本不困。于是他在岑鲸床边守了一宿，直到天快亮才走。走前他想起一件很重要的事情，又不好吵醒岑鲸，索性借用了岑鲸这儿的纸笔，在她枕边留了一张字条。

另一边，驸马踏着夜色回到长公主府，直奔书房去找萧卿颜。

岑奕在岑鲸那儿待了一天，驸马就跟了一天，萧卿颜也等了一天。之前岑奕的反应让她非常在意，白天还好，萧卿颜能说服自己先专心把手头上的事务都处理了再想其他的，可一入夜，烦杂纷乱的思绪犹如附骨之疽，让她怎么也集中不了注意力去做别的事情。

萧卿颜也不为难自己，放下怎么也看不进去的卷宗，往后靠进椅背，任由自己陷入混乱的泥沼。数不清的记忆和各种念头在她脑中一一掠过，有的非常清晰，有的特别模糊，模糊到她还没抓住，就已经被别的想法所掩盖。待到一切都归于寂静，她似乎是睡着了，直到耳边同时响起岑吞舟与岑鲸的声音——一个在树下看她，一个站在白秋姝身后。

她们说："不要怕。"

萧卿颜猛然惊醒，耳边仿佛还回荡着那两个字，可当她试图回忆，却发现两个声音交织纠缠，已然分不清到底谁是谁。

"怎么不回去睡？"正好回来的驸马轻抚她睡得温热的脸颊。

萧卿颜抬起手臂，驸马便顺势弯腰将她抱起，带她回寝屋。

花了一路的时间来摆脱睡醒后的迷糊，待驸马将她放到床上，萧卿颜已经彻底清醒，并在驸马准备直起身去给她拿毛巾擦手擦脚时一把抓住了他的衣襟。

第九章 "哥哥" GE GE

驸马微微一顿，哄她："先睡，明天再说，好吗？"他几乎可以猜到，自己要说了岑鲸的身份，萧卿颜必然一夜无眠。

可萧卿颜却摇了摇头，看向驸马的眼底满是坚持："先说。"

驸马无法，只好在萧卿颜身边坐下，酝酿措辞。可他实在不善言辞，找不到委婉些的说法，最后只能放弃，用一贯直白的语言道明岑奕如此异常的原因："岑鲸就是岑吞舟。"

萧卿颜蓦地睁大了眼睛，呆了好半天才发出一个单音："啊？"

驸马将岑奕暗中观察岑鲸一天、晚上两人相认的过程都跟萧卿颜复述了一遍。萧卿颜几乎能想象出当时的场景，特别是驸马说岑鲸猜出他就藏在暗处后，她的头皮一阵发麻，想象的场景中所出现的不再是那个年仅十五六岁的少女，而是比她还高半个头、笑起来晃眼的漂亮青年。

但是这怎么可能？岑吞舟还……活着？

"她……"萧卿颜开口，想说岑吞舟是六年前死的，就算投胎转世，如今也应该才六岁吧，然而话音自喉间吐出的刹那，泪水便溢满了眼眶。

她还活着。

仅仅这一个可能，就足以叫萧卿颜难以抑制自己的情绪。

萧卿颜被驸马拥入怀中，缓了很久才恢复冷静，回想起与岑鲸数次见面，只觉得岑鲸满身都是半死不活的倦怠与疲惫，怎么可能会是她记忆中鲜活张扬的岑吞舟？可若岑鲸真是一个普通寻常的花季少女，为何会表露出那样的倦意？当真只是身子虚弱疲乏吗？还是说她经历太多，有着与外表不相符的年纪和阅历，才会显得那般暮气沉沉？若真是如此，岑吞舟死前的心境是否也并非像她表现的那样风轻云淡？岑吞舟她……她到底是怀着怎样的心情死去的？

就像驸马猜的那样，萧卿颜一夜未能入睡，硬生生等到了天明。

五

岑鲸心里惦记着去见萧卿颜的事情，天一亮便醒了。

晚睡早起让她有些头昏脑涨，她撑着床坐起身，指尖触碰到那张岑奕留下的

306

字条。她拿起字条，上面就一行字：我不同意你和燕兰庭的婚事。

岑鲸："……"

她往外探了探头，确定没人，就把字条扔进了床头一个小盒子里。岑奕若是问起，她就说自己没看见，估计是睡相不好把字条给弄到床底下，被进屋收拾的丫鬟扫走了。

随后岑鲸一脸若无其事地起身换衣梳妆，并让挽霜吩咐外面的人给她套一辆马车，她要出门。具体去哪儿岑鲸也没说，等吃完早饭上了马车，才叫车夫驾车前往长公主府。

路上岑鲸还寻思萧卿颜会不会气到把自己拒之门外，还想自己这次怕是没法再翻墙了，也不知道驸马能不能替她开个后门。

正想着，马车经过一道坊门，穿过行街，准备拐弯，远处突然传来一阵急促的马蹄声。

按照本朝仪制令，人让车，车让马。遵纪守法的车夫赶紧停了车，准备先让马过去。不承想骑马之人带着一队侍卫从远至近，竟在他们的马车前停下了。

车夫一头雾水，还没来得及开口询问来者何人，领头骑马的反而率先开口："车上可是白家的表姑娘？"

车夫一时不敢回答，并想起去年陵阳县主府的侍卫似乎就是像眼下这般拦了他们白家的马车，把他们家的表姑娘"请"去了县主府。

骑马之人见车夫面露犹疑，便知道自己找对了人，他抬抬手，跟在他身后的侍卫便上前，试图将车夫从马车上拉下来。这架势，当真跟去年县主府来劫人一模一样。然而今时不同往日，去年的岑鲸出门没带几个人，现在的岑鲸出门，哪怕她嫌麻烦，杨夫人也会硬给她安排五六个侍卫。见来者不善，跟在马车后头的白府侍卫纷纷上前阻拦。

车夫看对面人多，怕自己这边打不过，还喊了起来："你们什么人？光天化日之下抢人，还有没有王法了！"

骑马之人怕车夫大喊招来武侯骁卫，朝手下怒喝："愣着干吗，上啊！"

话音才落，忽然一块石头飞射而来，砸中了骑马之人的胸口，力道之大，竟硬生生把人从马上砸了下来。

第九章 「哥哥」

骑马之人被手下七手八脚地扶起，还没站稳就听见有人语气不善地问："上什么？"

众人闻声看去，就见一青年打马而来，脸上的表情比他询问的语气还要吓人。

"岑……岑将军……"被砸下马的那位认出岑奕，腿一软，差点儿又跌到地上去。

岑奕天没亮离开白府，回去洗个澡换身衣服，等到天亮宵禁解除，就又往白府这边来了。这次他是光明正大骑马来的，还在白府通往长公主府可能会经过的街上随便找了个摊子坐下吃早点，准备等岑鲸出门，就寻个借口跟上来。谁承想在白府外头等着岑鲸的，居然不止他一个。

"发生什么事了？"

有骁卫闻讯赶来，领头人是正好路过的左骁卫上将军裴简，他也认出了岑奕，就先跟岑奕打了声招呼："岑将军！"

岑奕下马："裴将军。"

裴简走到岑奕身边，看了看堵在路中间的两拨人，确定都控制住了逃不了，才问岑奕："什么情况？"

岑奕看向被自己拿石头砸了胸口、至今都还需要人扶着的那位，说："他当街拦人马车，指使手下去劫车上的……姑娘。"

当街掳别人家的姑娘？是把他们武侯骁卫当成摆设了不成？！裴简怒道："哪家的？"

岑奕扯了扯嘴角，冷笑："岑家的。领头那个是岑家管事，姓钟。"

"岑"这个姓氏可不多见，更别说裴简曾跟长乐侯以及陵阳县主一块密谋为岑吞舟复仇，因此一提到"岑家"，自然就会想到……

"梧栖的岑家？"裴简不敢相信，"他们疯了？"大街上劫人，当自己是陵阳县主呢？

岑奕口吐刻薄之语："岑家除了我哥，本就没一个带脑子的。"

"他们要劫的是谁？"一事不烦二主，要岑奕都认识，也省得他再费工夫去一个个问。

岑奕的语气突然缓和下来："白家的姑娘岑鲸。"

说话间，两人一同看向岑鲸的马车，正撞见岑鲸掀起车帷下车。

裴简也是第一次看到岑鲸那张脸，他先是为岑鲸那张像极了岑吞舟的脸而愣神，随即想起岑家这些年干的破事，以为岑家如今又把主意打到了与他们毫不相干的岑鲸头上，一时怒火中烧，朝自己手下的骁卫大喝一声："把这群违法乱纪的统统带走！"

骁卫们一拥而上，将钟管事和他带来的岑家侍卫都给拿下了。

钟管事似是不服，还在那儿喊自己是岑家的人，说自己不过是奉主家的命令来请白家表姑娘过府，骁卫不该抓他。

"该不该抓还由不得你说了算！"裴简让人把他们都带走。

岑鲸等岑家的人被带远，才走到裴简那儿跟他道谢："多谢裴将军。"

裴简立时收了怒气，拘谨道："职责所在，姑娘不用客气。"

岑鲸想了想眼前这位故人的脾性，又说道："今日还有事，等改日有空，定让我大哥来请裴将军喝酒。"

裴简出身寒微，不善跟斯文人家礼来礼去，因此岑鲸说让她大哥请他喝酒，反倒是正中了他直爽豪迈的性子。裴简一口应下，还问要不要着人护送岑鲸一程。

"不用。"岑奕打断他们，"她去长公主府，正好我也找晋统领有事，和她顺路。"

裴简乍一听没听出什么问题，直到岑鲸的马车走远了，他才感到奇怪：岑奕怎么知道岑姑娘是要去长公主府？岑姑娘之前有提过吗？

丢下疑惑不解的裴简，岑鲸的马车经过几条行街，穿过几道坊门，终于来到长公主府的大门前。

挽霜先从车里出来给岑鲸打帘，意外发现岑奕站在车边的马凳旁，背对着马车。她犹豫着要不要叫岑将军让让，话还未出口，就见岑鲸已从马车里出来，下来时顺手搭了搭岑奕的肩膀。挽霜惊得睁大了眼睛。

岑鲸后知后觉反应过来自己的动作不太妥当，默默把手收回，还回头望了挽霜一眼。挽霜低下头去，假装自己方才什么都没看见。

就在这时，长公主府的大门被人从里头打开，管事跑下台阶，来到岑鲸面前，请她进去，并询问岑奕的来意。

岑奕双臂环胸："我找你们驸马。"

管事得了长公主的命令,知道这会儿除非是皇帝来了,不然谁都得排在岑鲸后头,于是便叫人把岑奕领去花厅等候,又叫人去禀报驸马,自己则带岑鲸去见长公主。

半路上,管事还把岑鲸带来的挽霜给请到了别处。挽霜看向岑鲸,见岑鲸点头,才乖乖跟着长公主府的丫鬟离开。

屏退了闲杂人等,管事带着岑鲸一路来到长公主府的书房。

萧卿颜时常会让官员到她家书房来议事,加上萧卿颜如今在朝中的势力如日中天,她的书房没少在私底下被人戏称作"宫外的宣德殿"。

宣德殿是什么地方?那是皇帝下朝后召见朝臣商议政事的地方。若非萧卿颜是女子,光这一条就足以让朝臣们怀疑她是不是觊觎帝位。

管事把岑鲸带到书房门前,说让岑鲸自己推门进去,就走了。

岑鲸一路走来都算平静,这会儿却突然有些紧张。她把手搭在门上,慢慢把门推开。分里外两间的书房面积很大,中间用一道镂空的拱门隔断,因此岑鲸一进去,就看到了坐在书桌后头等她的萧卿颜。她回身关好门,迈步走进里间。

随着岑鲸的靠近,萧卿颜慢慢坐直了身子。

最后,岑鲸站定,想着闲来无事,就给萧卿颜行了一礼:"殿下。"

萧卿颜一夜没睡,面色有些憔悴,看岑鲸向她行礼,眼角轻轻抽了一下:"⋯⋯坐。"

岑鲸依言坐下,之后便是一段令人尴尬的沉默。

岑鲸对此适应良好,一副能在这儿静静坐一天的安逸模样。

萧卿颜忍了又忍,最后还是没忍住,启唇朝岑鲸唤了一声:"吞舟?"

这个称呼出口的瞬间,萧卿颜有些恍惚。距离上一次对着岑吞舟唤出这两个字,过去太久了。

岑鲸想不出什么有创意的回答,只能照搬昨晚面对岑奕的反应,"嗯"了一声。

和去年面对岑鲸的感觉不同,萧卿颜在现在的岑鲸身上捕捉到了些许岑吞舟的影子。她想起驸马昨晚跟她说,岑鲸就是这么回应岑奕的,于是恼道:"别像敷衍岑奕那样敷衍我,说些别的!"

岑鲸侧身用边上的茶壶给自己倒了杯茶:"我没敷衍他。"说完思考了一下,对萧卿颜说，"好久不见。"

好久不见，做梦都没想到，还能有再见的一天。

萧卿颜又一次红了眼眶。她不愿在岑鲸面前暴露自己软弱的一面，于是转开脸深呼吸，想要让自己冷静，却连吸气都带着无法遏制的颤抖。她强忍许久，其间几次想要开口，却都发不出声，最后实在忍不住，只能低头擦了擦眼。

岑鲸知道她要强，盯着手里的茶杯看，就是不看她。

等情绪稍稍平复，萧卿颜掏出一把匕首，放到桌上，声音微哑："去年琼花宴，我把它压在你脸上的时候，你是怎么想的？"

去年琼花宴，萧卿颜曾起过毁掉岑鲸容貌的念头，还把匕首放在了岑鲸脸上。

岑鲸："去年春天的事情，都过去这么久了，谁还记得？"

萧卿颜的语气变得有些硬："我不信。"

"放心，我从未后悔把它送给你。虽然你偶尔会犯错，但从大体上来讲，你所做的一切已经远远超出了我对你的期待。"岑鲸笑着夸她，"很厉害。"

萧卿颜这两年想哭的次数加起来都没今天一天多，她忍不住跟岑鲸计较："厉害有什么用，还不是最后一个知道你的身份。"

岑鲸："哪儿啊，陛下和娘娘还不知道呢。"

提到皇帝和皇后，萧卿颜眯起了眼："你还想让他们知道你活着不成？"

"这恐怕不是我想不想的问题。"岑鲸为自己那件比纸还脆弱的马甲发出感叹，"你也看到了，我根本瞒不住。方才来的路上，岑家派人要把我劫走，我还以为连他们也知道了我是谁呢。"

"岑家？"萧卿颜想起燕兰庭那边的动作，问，"他们急了？"

岑鲸转动手里的杯子，轻声道："弄不好便是叛国罪，能不急吗？"

自四月份在书院被凶徒挟持过一次后，岑鲸像岑吞舟的流言便传开了，之后几个月岑家一直都不曾闹到岑鲸跟前，全是燕兰庭的功劳。可有千日做贼的，哪儿有千日防贼的，这才让岑晗鸢母子一次次出现在岑鲸面前。

原本岑家还能继续折腾下去，偏偏他们有没落世家都有的通病——入不敷出还要花钱如流水来维系体面，且极其自命不凡。为了金银钱财来保证自己的花销，他们勾结西耀的贡拉查氏，还替贡拉查氏买通陵阳县主身边的男宠刘梓康，让刘

第九章 『哥哥』 GE GE

梓康把陵阳县主骗去月华寺。

按照岑家的计划，刘梓康必然是要灭口的，可岑鲸反应够快，让白秋姝叫人围了温泉庄子，拿下了刘梓康。虽然刘梓康不知道收买自己的人到底是何身份，可耐不住岑家心虚，几次想要赶在官府开印前把刘梓康弄死在大牢里，反而露出了马脚，让燕兰庭顺藤摸瓜查到了他们。

萧卿颜："这么蠢的一家子，是怎么养出你来的？"

岑鲸："谢谢？"

萧卿颜慢慢找回了点儿和岑吞舟说话的感觉。虽然岑鲸的表现还是和岑吞舟有所差别，但比起去年刚遇见那会儿，显然要好许多，至少没那么半死不活了。

两人随口闲聊，其间萧卿颜想到什么，起身走到博古架前，给岑鲸拿来一个小木盒子："庆贺你还活着的礼物。"

岑鲸打开盒子，发现里面是几张纸，她还没看清纸上写的是什么，又听萧卿颜说："还有件事想和你谈谈。"

岑鲸把纸放回木盒："什么事？"

萧卿颜："你和燕兰庭的婚事。"

岑鲸："唔……这有什么好谈的？皇帝下旨赐婚，况且我也不介意嫁给他。"

萧卿颜蹙眉："皇帝下旨赐婚又如何，你正当年轻，找燕兰庭那老男人作甚？亏不亏？"

岑鲸眼神往边上移了移："这话说的，年不年轻有那么重要吗？"

可能是忘了岑吞舟给自己带来的阴影，又或者是岑鲸现在的年龄让萧卿颜放松了警惕，她顺着岑鲸的话随口道："谁不爱俏？"

岑鲸没再说什么，只抬抬下巴示意她往后看。

萧卿颜心里"咯噔"一下，她猛地转身，发现驸马不知何时进的屋，此刻就站在她身后，再一想自己刚刚说了什么，她赶紧拉住驸马的手，辩解道："我不爱俏。"

岑鲸乐得跷起了二郎腿。

驸马比萧卿颜还要小三岁，但那仅仅是相对萧卿颜而言，京城里头有样貌有学识还比驸马嫩的青年才俊不是没有，可他一如既往地乖顺："我知道，早饭做好了，去吃点儿吧。"

萧卿颜多了解他，怎么看不出他绝对在介意自己方才的话，气得回头就朝岑鲸吼："岑吞舟你敢不敢不挑事？！"

岑鲸脸上带着笑："我可什么都没做，爱俏那话也是你自己说的。"

要放在以前，萧卿颜这会儿该掏鞭子了，偏如今岑鲸没有武功，身体还不好，她就是恼炸了也只能咬着牙不痛不痒地骂对方一句："你就欠吧你就！"

岑鲸靠进椅子里，身体的疲惫也没能阻止她越发欢快的心情，不单单是因为捉弄了萧卿颜，也因为眼下这比童话还要圆满的局面。够了，至少对她而言，足够了。

岑奕昨天在白府待了一天，在旁人眼里也失踪了一天。今早好不容易在大街上出现，被人知道他去了长公主府，不一会儿便有虎啸营的人来长公主府找他，因公事将他叫走了。

被留下的岑鲸陪萧卿颜去吃早饭，又吃了半碗紫米粥。这期间有数位官员来找萧卿颜，都被管事安排在花厅等候。

岑鲸见萧卿颜有公务要忙，陪她吃完早饭就准备回家去。

萧卿颜送她到门口，边走还边问她："你既然回来了，有没有想过以后要做什么？"

岑鲸摇了摇头："没想过。"

萧卿颜："趁早想想吧，若是要和以前一样入朝为官，就别在功课上藏拙，免得入了考场，一下子考太好，又被人怀疑是燕兰庭那厮给你透题。"

自五年前有一明德书院的学生女扮男装连中三元被识破身份后，女子为官一事便被摆到了台面上。有萧卿颜出面，过往参加科举的女子都保留了自己的功名，已经为官的女子也还待在朝中，加上世人默认考功名的都是男子，并没有在律法上白纸黑字规定女子不能参加科举，于是越来越多的女子同男子一般下考场，像有才女之名的安馨月，就已经在前年过了童试。

岑鲸："当官就不了吧，多累啊，我现在的身子可撑不住。"

萧卿颜蹙眉："好好调养就是。若不为官，你这一身才能岂不白白浪费了？"

说话间，管事从门口走来，向萧卿颜禀道："殿下，燕大人来了，正在外头，

第九章 『哥哥』

说是来接岑姑娘回白府的。"

萧卿颜还记恨燕兰庭早早知道岑鲸的身份却不告诉她，冷哼一声："他来得倒是快，不知道的还以为你已经嫁给他了。"

岑鲸并不接话，免得这个话题深入下去，又招来萧卿颜"棒打鸳鸯"。

两人朝门口走去，远远看见燕兰庭立在门外，依旧是一身紫衣，冠束青丝，面容冷峻，通身清贵雅致、不怒自威的气派。

可随着距离拉近，岑鲸发现燕兰庭脖子上有一道狰狞的瘀痕，非常刺眼。她蹙眉，问："你脖子怎么了？"

燕兰庭一副才想起自己脖子上有瘀痕的模样，抬手抚了抚脖颈，轻描淡写道："没什么，过几日就散了。"

燕兰庭几乎不对她撒谎，也很少在她当面提问的时候如此隐瞒遮掩，因此这回答让岑鲸心下不快，正奇怪是怎样的内情会让燕兰庭不愿在她面前细讲，突然想起岑奕昨晚亲口对她说过的话——

"我一看那字就知道是你，后来又听殿下说她把这字给燕兰庭看过，我又去找了燕兰庭。"

"燕兰庭这些年变了许多，全然没有当年那样好相处，我与他没说几句便不欢而散，来了你这儿……"

……

岑鲸问燕兰庭："阿奕弄的？"

燕兰庭一副无所谓的模样："他当时也是心急，不怪他。"

他越是如此，岑鲸越是生气："心急也得道歉，多大人了还这么莽撞。"

燕兰庭："那你好好同他说，别太凶了。"

岑鲸："不凶点儿他能记住吗？打小就这样，总爱由着自己的性子来，非得惹得人生气了才肯收敛一二。"

燕兰庭劝她："不至于的，别气着自己。"

一旁的萧卿颜越听越不对劲，总觉得她母后跟先帝说话好像也是这般，看似劝着哄着，实际上每一句都在拱火。

可是……应该不会吧？萧卿颜心中犹疑。

岑鲸暂且放下岑奕的事情，回头跟萧卿颜道别。

萧卿颜回过神来，又叮嘱岑鲸："我说的话，你好好考虑。"

燕兰庭不知道萧卿颜方才同岑鲸说了什么，他护着岑鲸上马车，一路骑马护送她回到白府，等到岑鲸从车上下来，他才问萧卿颜让她考虑什么。

岑鲸低声道："她要我再考一次科举，说不好浪费了我的才能。"

燕兰庭不着痕迹地松了口气，还好不是说抗旨退婚的事。

至于岑鲸未来要如何，燕兰庭还是那个态度："你愿意考就考，若只想悠闲度日也无妨，不必听她的。"

岑鲸随口道："你也不怕我越发疏懒，岑吞舟可不是这样的性子。"

燕兰庭眉头微蹙："你就是岑吞舟。你是什么样的性子，岑吞舟就是什么样的性子。"

岑鲸微愣，随即在面上漾开一抹浅浅的笑："好。"

燕兰庭眼底映着岑鲸对自己笑的模样，面上不显，唯独胸口的心跳诚实地快了几分。

路边风大，他抬手替岑鲸把鬓边落下的发丝拢到耳后，以此按下心中的悸动，听岑鲸与他道别，转身进了白府的大门。

岑鲸回到家，第一件事就是补觉。她昨天睡得晚，早上起得早，看似和平常一样，实际上只有她自己知道她此刻头疼得有多厉害，后脖颈往上到后脑勺的地方时不时泛起一阵酥麻，偶尔转头转得用力些，她都感觉脑子像是在脑壳里晃动，非常难受。所以她特地吩咐挽霜，不用叫她起来吃午饭，就这一觉睡到了下午。

下午醒来，头总算不痛了，就是精神有些萎靡，四肢也软绵绵的，不怎么用得上劲儿。岑鲸心想果然还是懒惰不得，得找个时间把齐大夫那套慢吞吞的拳法再捡起来练一练。

挽霜端来好下口的粥给岑鲸填肚子。岑鲸吃完，趁挽霜收拾好桌子，端着食盒离开的工夫，拿出萧卿颜送给她的那份贺礼。

萧卿颜昨天夜里才知道她的身份，哪里来的时间悉心准备，能直接拿出手，说明盒子里的东西萧卿颜出于某种目的一直备着。会是什么？

岑鲸打开盒子，拿出里头的纸张细看，发现居然是一张又一张的契书。

第九章 "哥哥"

315

系统的声音轻快得几乎要飞起来:"萧卿颜送你房子干吗?"

估计是上元节后一直不敢说话,把它憋得够呛,今早从岑鲸睡醒开始它就没停过声。而且岑奕的好感值也满了,它笃定地认为自己距离集满三个任务目标的好感值只差萧卿颜那一步。岑鲸被吵得难受,威胁再吵就拿刀抹脖子才让它安静下来。之后见了萧卿颜,又回到白家,系统一路都安安静静,愣是一点儿声没出。这会儿岑鲸吃饱睡足,它终于忍不住冒了头。

岑鲸:"都是岑吞舟生前拥有的庄子别苑,除了相府,几乎都在这儿了。"

她感到不可思议,萧卿颜怎么办到的?岑家的人居然没能抢过她,也是神奇。

系统却不在意这个,它问岑鲸:"宿主不想知道目前的好感值情况吗?"

岑鲸:"满了?"

系统:"三个都满了!"

岑鲸把契书放好,盖上盒子:"恭喜。"

冷淡的反应像一盆冷水,浇灭了系统的兴奋,让它感到些许忐忑:"宿主不高兴吗?"

岑鲸:"高兴,怎么不高兴,反正你都要走了,不如把剥离系统的法子告诉我,我拿去帮叶锦黛。"

系统小声说:"我也没有要走。"

岑鲸一下就明白了系统的意图:"你打算把四个攻略目标的好感值都集满?"

系统:"万一呢?三个攻略目标好感满值是系统脱离宿主的最低标准,如果能四个全满,这次任务完成度可就是百分之一百了啊!"

岑鲸往椅背上靠,没有说话。

系统:"宿主,岑奕那么大仇都还念着你,皇帝他……"

岑鲸打断它:"剥离系统的法子给我,我拿它对付叶锦黛的系统,你愿意留就留下,只要别太吵,我就不管你。"

系统静默。

岑鲸也猜到系统不会一口应下,她一点儿不着急,起身把木盒放到床头柜上,顺便将岑奕早上留的字条拿出来,走到桌边撕碎扔进茶杯里。轻飘飘的碎纸屑浮在茶面上,一时还浸不透,她拿起茶杯晃了晃,冷不丁地问系统:"你难道就不想让所谓的升级版系统栽在你手上吗？"

系统依旧无声，但岑鲸知道它在听："你完成任务，顺利离开这个世界，而它别说完成任务，就连宿主都对付不了，这难道不能证明所谓的升级版也没什么了不起的吗？"

这时挽霜从外头进来，她便不再言语，慢慢等着自己扔出的种子生根发芽。

岑鲸以为怎么也要等几日，结果晚上挽霜一走，系统就忍不住问："你真的不会用我告诉你的办法把我剥离吗？"

险些睡着的岑鲸抬起一只手，把手背搭在额头上："……我这边已经拿到了三个人的满值好感，就算皇帝那边出了岔子你也能离开，我没有对付你的理由。"

岑鲸说得非常好听，并没有提醒系统，只要它不趁现在离开，满值的好感随时都有被扣的可能，一旦燕兰庭他们中任何一个人的好感值被扣，系统脱离宿主的条件就不成立，岑鲸就有了对付它的理由——低版本系统无法读取宿主想法的好处在这一刻彰显得淋漓尽致。

系统被任务完成的兴奋冲昏了头脑，没能禁住把同行踩在脚底下的诱惑，将剥离系统的办法告诉了岑鲸。

岑鲸记下，翻个身准备睡觉。

系统好奇："宿主，你为什么对叶锦黛那么好啊？"

从它认识岑鲸起，岑鲸就一直都是一副"你爱怎么样怎么样"的态度，哪怕快要自爆也惊动不了她，唯一的例外是阿芙蓉，刻进骨子里的憎恶叫她对那东西忌惮万分。这样的她突然对一个认识不到一年的穿越者如此上心，是有点儿奇怪。

岑鲸不大想细说，又困得紧，半梦半醒间呢喃出含混不清的一句："因为我也曾想过，要是没有穿越该多好。"

如果没有那场车祸，她就还在现代，和她的父母、姐姐一块过着平凡而普通的日子，不用去做违背自己道德底线的事情，不用上蹿下跳数次命悬一线，也不用费尽心机舍弃一切，尽力让所有人都对她失望，与她离心。说到底，她也不是什么圣人，面对众叛亲离，即便知道是自己的手笔，她还是会感到痛苦和疲惫。

可当时没有任何人能帮她，就连反派系统，能做的也只是在她死后给她一个重生的机会。所以在月华寺看到叶锦黛因两难而痛哭，哭完冷静下来说"我要是

没穿越该多好啊"的时候，岑鲸一下子就想到了曾经的自己——曾经的自己无人相帮，那现在的叶锦黛就由她来帮好了。

六

正月二十三，书院开学的日子。

因为天还太冷，岑鲸继续请假，只有白春毅和白秋姝在这天早上启程前往书院上学。

大早上送走白家兄妹后，岑鲸照例回屋补觉，一觉睡到中午醒来吃午饭，饭后在院子里散步消食，再回屋拆看门房送来的信件或请帖。

下午岑奕来了一趟，大约是发现外头都在传他擅闯相府掐燕相脖子的事，怕岑鲸听到风声，索性提前到岑鲸面前招认，争取一个坦白从宽，顺便再说几句燕兰庭的坏话，让岑鲸重新考虑这门婚事。

可他没想到自己还是迟了燕兰庭一步。虽然岑鲸认认真真听了他口中的版本，却并未把他另外那几句有关燕兰庭的坏话听进去，还训他行事冲动，叫他到相府去给燕兰庭道歉。岑奕憋屈地应了，又留了一会儿才离开白家。

而当天傍晚，一匹快马伴着宵禁即将到来的街鼓声停在了白府门前，纵马之人来自书院，说是来给岑鲸送书院今日的功课。

收到功课的岑鲸无语凝噎。

去年她自十一月中旬生病后就开始请假，也没见书院来人给她送功课，这回突然来这么一出，十有八九是萧卿颜的意思——大概萧卿颜是想营造出她请假在家学习的假象，方便她回书院后"一鸣惊人"。可岑鲸还是懒得花心思做功课，正准备敷衍过去，又发现这几份功课都不是庚玄班的先生所布置的，其中还有一份居然出自甲字班的赵老先生。这位赵老先生是岑吞舟从曲州带回来的大儒，如今多大年岁岑鲸再清楚不过。这叫她怎么敢敷衍，仔仔细细把老先生气出个好歹来。于是岑鲸敷衍了其他先生，只在赵老先生那儿斟酌着交了一份还算可以的功课。

其他先生对她要求也不高，经常批改完留几句评语便算了事，唯独赵老先生每次都会细心地把岑鲸的错处给挑出来，再洋洋洒洒回岑鲸许多字，把各个错处都仔仔细细解释给岑鲸看。岑鲸无法,只能顺着老先生的意,让自己"快点儿进步"。

岑鲸本以为自己达到赵老先生的期望就能让这一遭过去,也好让老先生省点儿心,少花时间在自己身上。可她不知道,就在她认真写了老先生布置的功课后,老先生内心百感交集,越发觉得她会像岑吞舟那样有一番了不起的成就,还在其他先生那儿炫耀了自己的教学成果。

岑鲸也是写信问了萧卿颜才知道,那些给她布置功课的,都是负责教甲字班的先生。文人嘛,多少有些傲气在身上。他们也奇怪自己为何要给一个庚字班的学生布置功课,甲乙丙丁戊己庚辛,水平差这么多,真的有必要吗?后来他们中有人去问了庚玄班的先生,得知岑鲸之前请假,长公主殿下也未让庚玄班的先生把功课记下托人送去,便觉得长公主此举是因为岑鲸被指婚给了燕兰庭,她或是想让出身低微的岑鲸高低得个才女的名声,不至于配不上当朝宰相。于是一想到如此费事麻烦就为让一个姑娘嫁得好听,甲字班的先生们批改起她的功课来越发不耐烦。

因此,当赵老先生拿着岑鲸的功课来炫耀时,他们还都挺惊讶。旁人要是为了讨好长公主和燕相,硬把岑鲸捧成才女他们信,可赵老先生是谁,那可是书院大老远从曲州请来的大儒,也是书院最早一批来教书的,德高望重,就连长公主也敬重他,怎么可能干出这种自降身价的事情?

老先生还怪贴心的,把岑鲸过往的所有功课都带来了。众人忙接过来看,根据时间排序,岑鲸的水平确实在一点点往上提升。再一看赵老先生在那些功课上批注的字,众人都有些自愧不如:这就是他们和老先生的差距啊!

赵老先生这么一炫耀不要紧,岑鲸可就麻烦了。

学生的功课会在先生批改后还给学生做笔记,等做完笔记还得再交上去给书院保存。这样等哪个学生功成名就,书院还能拿他们曾经的功课出来做榜样。因此岑鲸过往交的功课,那些先生们都能找到。他们没有相互商量,甚至藏着掖着不告诉旁人,学老先生的样子把岑鲸在过往功课上犯的错都挑出来细细讲解,等下回送功课,把这些都给岑鲸送了过去。

岑鲸面对诸位先生的态度转变,稍微有些蒙。但还好那几位先生正当盛年,岑鲸也不怕气着他们,原来怎么样现在还是怎么样,写起功课来能偷懒就偷懒,

寄希望于这几位先生能早点儿放弃她。

直到一日旬休,一位甲字班的先生登门来找白春毅,恰逢白志远在家,父子俩好好招待了这位先生。先生也没客气,特意夸赞了白春毅,知道他是第一次下考场,还叮嘱了他不少细节,白家父子听得连连道谢。

眼看着说得差不多了,先生才问白家是不是还有两位姑娘也在书院读书。白志远顺着话头提起岑鲸,那位先生便说岑鲸也算自己半个学生,还说觉得她潜能无限,只是家中不比书院,没有管束难免怠惰,让白志远平日也多监督监督。白志远嘴上应下,心里却想这位先生恐怕不知道岑鲸快要嫁人了,所以才催促岑鲸专注于学业。

待先生离开,白志远把岑鲸叫来,意思意思让她在家无聊就多看看书,毕竟人先生都来说了,但更多的还是要跟杨夫人学管家,免得嫁人相府后什么都不会,被人笑话。

岑鲸原也不打算把舅舅叮嘱她好好学习的话放在心上,可一听舅舅又说让她跟着舅母学管家,她突然觉得读书也没什么不好,还专门问听风上门来叮嘱她学习的先生是哪一位。

如今虽有女子书院,可世人依旧觉得女子嫁人后就该专心后宅——求学作甚,又不是姑娘了。因此那位先生的叮嘱正合了岑鲸的脾性,她觉得自己不该辜负对方的一片好心,便开始用心去做那位先生布置的功课。

没多久,那位先生也炫耀起了自己的成果,还谦虚地表示不是自己教得好,是岑鲸确实有天赋,也多亏赵老先生慧眼识珠,才没埋没这样好的苗子。

其他先生面上笑着说恭喜,心里多少有些酸。这么有天赋的学生,赵老先生和那谁都能教好,怎么唯独自己不行?难道是自己技不如人?

之后他们一打听,得知那谁去过一趟白府,一下就明白了关窍。对此,不少先生都认为一个快要嫁人的女学生而已,不至于这么煞费周章,学不好就学不好呗,书院又不是没学生了。但也有先生想证明自己,于是便在给岑鲸的功课里夹了篇劝学的小作文,满篇苦口婆心,看得岑鲸不好意思再敷衍。

岑鲸没想到她认真对待的第三个科目越发证实了她的潜能,且那位写小作文的先生不仅能写,还很能说,平日里是个喜欢拉踩又争强好胜的,不然也不会这么执着地在岑鲸身上耗费这么大功夫。他拐弯抹角地挑起了旁人的怒火，因此几句话炫耀完，给岑鲸布置功课却又没得到她认真对待的先生们心里都憋了一口气。

这天，岑鲸在屋里和偷偷来找她的岑奕闲聊。

岑奕过阵子就要离京，这段时间每天都会抽空来岑鲸这儿，还和岑鲸聊到许多外头的事情，倒是比燕兰庭用书信告诉她快许多。可不知道是不是因为分别的日子越来越近，岑奕的话越来越少，并频繁地在岑鲸面前提到"我不放心"四个字。

岑鲸："京城又不是龙潭虎穴，有什么好不放心的。"

岑奕："可那日在月华寺，若非我及时赶到……"

他没办法把"你已经死了"这几个字说出口。曾经天不怕地不怕百无禁忌的少年，如今也有了忌讳的字眼。

岑鲸还想说什么，突然挽霜从外头跑进来，说是来了位书院的女先生，专门来找她的。

及时躲到屋外的岑奕"啧"了一声，不满自己和岑鲸独处的时间被打扰，满脸不爽。

心中纳闷的岑鲸则换了衣服去见那位女先生。

女先生在书院也是响当当的人物，女扮男装中的举人，被请去书院后本是在寻常班级教书，却意外展现了教书的才能，被一步步升到了甲字班。她话音温婉，举止利落，三两句就跟岑鲸阐明了由赵老先生起头的炫耀行为，并道明自己的来意，直白地表示自己不甘落于人后，所以仗着自己的性别优势，光明正大来给岑鲸进行辅导。

岑鲸试图婉拒："……这也太麻烦您了。"

女先生笑靥如花："不麻烦，抓紧吧，我一个半时辰后还有课，得赶回去，可不能耽误了。"

岑鲸："……"你们甲字班的先生，好胜心这么强的吗？

就这样，岑鲸被迫卷入甲字班先生们的斗争中，被女先生拉着，一对一上了快半个时辰的课。

课后女先生离开白府赶回书院，岑鲸则回了自在居，让挽霜去厨房给自己找点儿热的吃食。

岑奕还在，挽霜一走他就从窗户那儿翻了进来，当着岑鲸的面埋怨萧卿颜："你劳心劳力这么多年，歇一歇怎么了？殿下为什么非要勉强你？"

"殿下的想法，不难理解。"岑鲸吃了块桌上的点心，可惜放久了有些冷，她佐上热茶水咽下，稍微垫了垫肚子。

岑奕竖起耳朵听岑鲸讲，倒是跟以前听岑吞舟讲话的态度一模一样。

岑鲸："越是懒散度日，能拢在手心里的东西就越少，且谁也不能保证会一直有人护着我，做我的靠山，所以比起不停地给我庇护，她自是更希望我能掌握一定的话语权。"

与其把命运寄托在别人手上，不如自己来捍卫这份安稳，靠山靠水都不如靠自己，倒也符合萧卿颜一贯的作风。

岑奕本想说"怎么不能保证，我又不是死的"，可一想到自己没几日便要离京，此后鞭长莫及，又谈何护佑。这么一想，萧卿颜的顾虑也不无道理。

岑奕不甘心极了，要不是岑鲸身体不好经不起长途跋涉，他真想捎带上她一块走。可惜眼下他无力改变局面，只能对岑鲸说："你好好养身子，等你养好了，我就来带你走，把你放我身边，谁也欺负不了你。"

去边境啊……岑鲸想了想，若是能去一趟倒也挺好，她想见见恭王妃。恭王妃当年必然听说了她的死讯，如今信件往来频繁，恭王妃多半以为她当初是诈死，而不是联想到借尸还魂，要真见上面，也不知道会不会吓到她。

岑奕说完又道："或者等处理完西耀之事，我想办法回京。当初是燕兰庭把我弄出去的，我再叫他把我弄回来。"至于怎么"叫"，他没打算跟岑鲸展开细讲。

岑鲸又不是第一天认识岑奕，怎么可能不知道他在打什么主意，于是提醒："你好好同他说，可别再掐他脖子了。"

岑奕："他若识相些，我自然不会动他。"

岑鲸笑着喝了一口热茶。

初春的暖阳照得屋里很暖和，岑奕沉默片刻，唤道："哥。"

岑鲸放下茶杯："嗯？"

岑奕旧事重提："我这一走，也不知道什么时候才能回来，你……真的要和燕兰庭成婚吗？"

他反对这门婚事也不单单是因为不喜欢燕兰庭，更因为他接受不了自己的兄长有嫁给别人当妻子的一天。太离谱了，怎么会有这么离谱的事情？！

　　岑鲸虽然把岑奕留的字条毁尸灭迹，可还是耐不住他时不时地来跟她确认，问她是不是真的要嫁给燕兰庭。起初岑鲸还挺不好意思，颇有些当着自家小孩的面老牛吃嫩草的心虚感。后来岑奕问得多了，岑鲸的脸皮也就厚了，能脸不红心不跳地给予回复："嗯。"

　　就像萧卿颜评价的那样，岑奕在外头无论多凶悍，面对养大自己的岑吞舟，总是会收起自己的利爪獠牙。所以当岑鲸又一次给他肯定的回答，他的反应并不怎么激烈，就是变得蔫蔫的，估计还是接受不了。

　　岑鲸半点儿没有要因为岑奕而退让的意思。她已经舍弃过燕兰庭一回了，所以这次她无论如何都想要再坚持一下。至于弟弟的心情，嗐，年轻人总要受点儿挫折的，习惯就好，习惯就好。

　　岑鲸抬手，安慰似的拍了拍弟弟的脑袋。

　　转眼二月下旬，岑奕率兵离京，岑鲸起了个大早，偷偷跑到城外去送他。

　　为了不让白家人知道，岑鲸故技重施，借口到玉蝶楼，把挽霜丢下等她，再从玉蝶楼后门乘马车离开。

　　云息给她准备的马车还算低调，岑鲸刚踩上马凳，车帷就被人从里头掀开，另有只手伸到了她面前。

　　岑鲸一愣，随即搭上那只手钻进车里，问："你怎么来了？"

　　车外，车夫将马凳收起，驾车前往城门口。

　　车内，燕兰庭给岑鲸递了一包刚买来的芝麻饼，还热着，香气扑鼻。

　　"和你一块去送岑奕。"

　　燕兰庭嘴上这么说，心里却是怕岑奕会将岑鲸带走。

　　虽然他也明白岑奕早已不是不懂事的熊小孩，不可能罔顾岑鲸的身体健康意气用事，可他还是怕，又猜到岑鲸会让云息这边备马车，就提前赶来了玉蝶楼。

　　马车一路出城，行到城外长坡，等了许久才等来岑奕与他率领的亲兵。

　　岑奕大老远看到站在马车旁的岑鲸，回头跟手下说了些什么，随即驱马离队，奔向马车。

"哥！"岑奕下马，大步走到岑鲸面前，"我还以为你不来送我了呢。"

岑鲸笑道："怎么可能不送。"

两人在马车旁说了几句话，眼看着岑奕的亲兵要走远了才道了别。

岑奕上马离去，半路回了下头，高声让岑鲸早些回城，天冷别在外头硬杵着。岑鲸抬起手挥了挥，表示自己知道了。

从头到尾，岑奕都当燕兰庭不存在。

燕兰庭也不介意，他看着岑奕归队，之后整支队伍渐行渐远，直到看不见了才劝岑鲸上马车。

回城的路上，燕兰庭想起岑奕那一声"哥"，低声问岑鲸："你没告诉他，你本就是女子？"

岑鲸假装惊讶："你知道？"

燕兰庭："……瑞晋殿下同我说的。"

岑鲸心道果然，她告诉燕兰庭："没跟他说，怕他不习惯。"

燕兰庭"唔"了一声，没再说话，心里却有些紧张。是他失言了，原本还能说他是把岑鲸当成男人，才会一如往昔那般不知避讳，随意牵岑鲸的手，如今暴露了自己早已知晓岑吞舟是女子的事实，也不知道岑鲸会不会觉得他的行为过于孟浪。

向来运筹帷幄的燕相就这么忐忑了一路，直到见岑鲸下车时扶了他的手，面上也不见丝毫异样，他才把心放回肚子里。

第十章

大 婚

一

岑奕走后第二日,岑鲸回了书院。

其实早半个月天气转暖她就该回书院了,只是书院不如白府那般好进出,为了方便岑奕来找她,她才推迟了回书院的时间。

最高兴的要数白秋姝,因为她终于又能过上每天都跟岑鲸待在一块的日子。

可惜这份高兴只维持了半日。就在岑鲸回书院的当天中午,乌婆婆来找岑鲸,说是要带她去见微楼,重新参加一次分班考试。

岑鲸早上是在庚玄班上的课,她当时还以为甲字班的先生已经放过她了,没想到是在这儿等着呢。

白秋姝一脸震惊:"重新考?那以后我们就不在一个课室上课了?"

关于甲字班先生给岑鲸布置功课、岑鲸的学业因此飞速提升的事迹,白秋姝比任何人都清楚,所以她明白,重新分班的话,岑鲸大概率会被分到甲字班去。

岑鲸已经暴露了自己的水平,想要再藏拙是不可能的,于是她回头摸了摸白秋姝的脑袋:"要不你努力努力,争取和我一个班?"

那可是甲字班,她就是不眠不休地学习也未必能考上!白秋姝非常委屈地

"呜"了一声，按住岑鲸的手，让她的手在自己头顶多蹭了几下，才放岑鲸跟乌婆婆去见微楼考试。

岑鲸以为这次考试和去年的入学考差不多，结果到了见微楼才知自己有多天真——这次考试，考题由甲字班的先生现出，她落座后等了片刻才等来卷子。

卷子到手，那几位出考题的先生就在课室外的走廊上站着，一个个神情严肃，仿佛参加考试的不是岑鲸，而是他们。岑鲸往窗外看了一眼，正好瞧见那位曾登门白府的女先生，她像是怕岑鲸紧张，表情柔和下来，还对岑鲸笑了笑。

岑鲸："……"

乌婆婆劝过几次，让他们别站外头，免得影响岑鲸，可惜劝不动。最后还是萧卿颜来了，才让他们乖乖离开。

没错，这次负责监考的先生是书院院长萧卿颜。这待遇传出去，岑鲸的风头可算是出尽了。

等外头人都清干净了，岑鲸一边答难度极高的卷子，一边开口问萧卿颜："一个想法，不一定对，你是不是在趁机报复我？"

萧卿颜手里端着茶盏，盏盖轻抚茶面，双眸低垂，朱红的唇角微微扬起："考试呢，闲聊什么。"

岑鲸写完最后一篇策论，放下笔，抬头看向陪自己坐了一中午的萧卿颜："还有茶吗？给我也来一杯。"

闭目养神的萧卿颜睁开眼，屈指敲了敲桌子，外头便有嬷嬷进来，请她示下。

萧卿颜："沏杯茶给她。"

嬷嬷应答后转身离去，很快就端来一盏热茶给岑鲸。

岑鲸接过茶盏的同时道了谢，随后揭开盏盖，吹了吹茶面，试图让茶水稍微凉一些，好能入口。

萧卿颜起身走到岑鲸的桌边，拿起她的卷子看了几眼，确定她有好好写，而不是和去年一样随手敷衍。

岑鲸好不容易把茶吹凉轻抿一口，解了口中的干燥，才又问萧卿颜："听说老师病了？"

岑吞舟的老师是元家的老爷子，也是太后的父亲，萧卿颜的外祖父。

萧卿颜："没生病，就是胃口不大好，叫他那些学生小题大做四处寻医来看，这才传出风声说他病了。"

岑鲸松了口气，喃喃道："没生病就好。"

萧卿颜放下卷子："你要去看看他吗？"

岑鲸手里的茶水险些全洒在裙子上。她赶紧放下茶盏，掏出帕子在裙子上擦了擦。幸好院服是白底绣银杏叶的样式，落了茶渍在银杏叶的绣纹上也看不太清。

萧卿颜也立刻把卷子重新拿起来，免得被茶水打湿。

岑鲸收回帕子，深吸一口气，回道："不了，别气着老爷子。"

萧卿颜也没劝，还难得贴心地换了个话题："你真要跟燕兰庭成亲？"

这个话题显然换得不怎么好，不然岑鲸也不会假装没听见，还又掏出帕子往裙上擦了擦，一副萧卿颜刚刚没说话的模样。

萧卿颜回头看了看，确定课室外只有自己的贴身嬷嬷，再没有别人，才问岑鲸："你什么时候对他有那意思的？"

岑鲸手上的动作一顿，抬头看向萧卿颜。良久，她慢吞吞收起手帕，问："你怎么知道的？"岑奕从小被她养大都没看出她喜欢燕兰庭，只当她女子身不方便，才选了燕兰庭来嫁。萧卿颜是怎么看出来的？

萧卿颜："当年不像现在这么好过，你都敢女扮男装入朝为官，如今女子也能入朝为官，就算不做官，也有像安如素那样不婚的，你又如何会为了世俗的规矩勉强自己嫁给不喜欢的人？"

分析得非常有道理。岑奕不知道岑吞舟是女子，自然不会往这方面想。燕兰庭倒是知道，可惜他对朝政或别人的事情洞若观火，偏偏轮到岑鲸身上就像昏了头，根本不敢往自信的猜，更不敢奢望岑鲸与他是两情相悦。所以只有萧卿颜看出了岑鲸的心思。

萧卿颜见岑鲸一脸恍然，间接承认了自己对燕兰庭的感情，于是继续方才的问题："什么时候？"

问这个问题的要是岑奕，岑鲸肯定不好意思回答，但是萧卿颜，她反而觉得自己应该讲清楚。因为岑吞舟可是从燕兰庭十五岁考上状元开始就对他照拂有加的，要不解释清楚，显得岑吞舟像个对未成年下手的变态。

岑鲸："大概……十年前吧。"

十年前的上元节，那会儿燕兰庭二十岁，比岑吞舟小十几岁。

萧卿颜："你们俩真行，轮着吃对方嫩草。"

岑鲸心虚地摸了摸鼻子。

问完萧卿颜也安心了，既然岑鲸是喜欢燕兰庭的，而不是拿他当挡箭牌，那她也没必要继续阻止下去。至于燕兰庭喜不喜欢岑鲸，和岑鲸成婚是不是为了有一段婚姻来应付外面的流言蜚语，萧卿颜不在乎，岑鲸喜欢就够了，她就是这么双标。要是婚后不幸福，大不了和离，至少在这个过程中岑鲸能把自己喜欢的人给啃了，不亏——尊贵的出身让萧卿颜在思考男女之事上有着特别离谱霸道的一套逻辑，若非如此，驸马当初也落不到她手上。

萧卿颜："等你成婚后，我想把白秋姝扔穆家军里头，正好五月末穆广要带人去代州换防，让他认白秋姝做义女，就当是带自家的女孩儿，倒也方便。"

岑鲸："你安排就是。"

毕竟在考试，两人没聊多久，萧卿颜便拿着岑鲸的卷子离开了课室。岑鲸把茶水喝完，也跟着起身离开。

成绩还没出来，岑鲸继续按照庚玄班的课程表上下午的课。待下午的课程上完，她中午去考试的事情已被传开。

明德书院不是没出过中途升班的学生，但从庚字班到甲字班，还是长公主殿下亲自监考的却是头一回。有人说是岑鲸进步太大，惊动了长公主殿下，也有人说是因为岑鲸被指婚给了燕相，为了彰显书院的公平，才特地由长公主殿下监考。总之什么说法都有，就连安馨月和乔姑娘也跑来岑鲸这儿打听。岑鲸懒得编瞎话，索性一问三不知，倒也没引起她们的怀疑。

晚饭后，乌婆婆过来通知岑鲸，还给她拿来了甲地班的课程表，让她明天按照新的课程表上课。白秋姝瞅了眼，发现甲地班的骑射课和庚玄班是一块的，总算得到些许安慰。

晚上，白秋姝在功课里挣扎，岑鲸去了趟隔壁找叶锦黛，准备把剥离系统的办法告诉她。

岑鲸敲响叶锦黛的宿舍门，里头传来一阵噼里啪啦的声音，好半天叶锦黛才

来开门,眼底的惊慌在看清来人是谁后慢慢淡去。

"吓死我了。"她说着把岑鲸迎进屋,反手又把门关好。

岑鲸也不跟她拐弯抹角,直接问:"柳轩易躲在你这儿?"

叶锦黛面上浮现窘色,含含糊糊地"嗯"了一声。

岑鲸:"现在还在吗?在的话让他出去一下,走远些,我有话想单独跟你说。"

叶锦黛猜到是跟系统有关的事情,走到窗边,朝窗外那棵大树比画了一下。见树上没动静,她拉下脸,气呼呼地朝大树做了个抹脖子的手势,非常凶。数息后,树上跳下什么东西,还没看清,就跟影子似的不见了。

岑鲸以自己的经验估计,柳轩易是个高手,也不知道具体什么来头。

之后两人在桌边坐下,叶锦黛给岑鲸倒了杯热水,问她找自己什么事。

岑鲸心血来潮,坏心眼地等叶锦黛喝了口水才告诉她:"我找到剥离系统的办法了。"

叶锦黛愣住,许久才"咕咚"一声把嘴里的水咽下去,因为太用力还把嗓子给咽疼了,但好歹没呛到,也没喷出来。

岑鲸多少有些遗憾。

叶锦黛回过神来,激动地拉起她的手,瞪大的眼睛仿佛在发光:"真的吗?!"

岑鲸:"嗯,不过过程有点儿冒险,我也不能确定真假,所以还需要你再考虑考虑。"

2700难以置信地说:"你怀疑我说谎?!"

岑鲸的提醒让叶锦黛稍微冷静了一点儿,但还是耐不住兴奋:"说来听听。"

岑鲸:"系统会在宿主濒死时用自己的能量来修复宿主的身体,这是系统被设定好的程序,自动触发,不受系统的主观意愿所控制。而在修复宿主的身体后,系统会因为能量耗竭陷入短暂的休眠。休眠的系统无法抵御外来攻击,只要有可以收容系统的容器,我的系统就能帮忙把你的系统移到容器里。"

确实是非常冒险的办法,一个弄不好可能真的会死掉。叶锦黛想了想,说:"不对,移系统这个过程需要其他系统的帮忙,你帮了我,那你呢?"

岑鲸:"我已经拿到三个攻略目标的满值好感,系统随时能从我身上剥离。"

叶锦黛惊讶地张大了嘴巴,而系统S975看出了系统2700的险恶用心,在叶锦黛脑子里大骂2700无耻卑鄙。

叶锦黛听S975骂个不停，判定："这个办法应该是真的。"

岑鲸："嗯？"

叶锦黛指了指自己的脑子："我的系统现在很生气，整个系统都失去理智了。"

2700："哈哈哈哈哈哈哈哈，活该！"

岑鲸点点头，但因生性多疑，她还是有点儿顾虑。

叶锦黛："就是不知道哪里能找到可以装系统的容器。"

岑鲸："我有。"

她拿出一块模样像荷花花苞的石头，正是去年刚到京城时，白秋姝送给她的那块恰好藏了系统的石头。按照2700所说，用金子将石头裂开的地方镶连起来，就能继续容纳系统——幸好她当初看这块石头是白秋姝送的就没丢掉，也幸好云息、江袖对她盲目信任，半点儿不觉得用金子镶连一块石头有什么问题。

岑鲸把石头交给叶锦黛，让叶锦黛自己保管，并考虑要不要尝试这个办法。毕竟这个办法需要"濒死"，字面意义上的向死而生，若没有博一博的勇气，怕是很难实施。为了不让叶锦黛感到太大压力，她还微笑着宽慰叶锦黛："不敢试也没关系，反正系统不能强迫你做任务，它要是真的会自动触发程序救宿主，那把它困在你这儿，你就相当于多了好几条命，无限循环利用，未尝不是一件好事。"

叶锦黛一听，心里的压力果然小了很多。

S975和2700则齐齐陷入沉默：她到底是怎么用那么温和的语气，说出对系统而言这么残忍的话的？

岑鲸将关乎未来的选择题放到叶锦黛面前后回到隔壁，辅导白秋姝做功课，免得她明天交不上作业，或是错太多，被先生责骂。

第二天一早，岑鲸与白秋姝照常一块去食堂吃早饭，安馨月与乔姑娘找来，恭喜岑鲸升到甲字班。她们俩都知道岑鲸的性子，深刻怀疑岑鲸原先就是太懒了才不爱学习，让自己掉到庚字班去的。

乔姑娘还感慨："你去的要是甲天班就好了，还能跟馨月做个伴。"

安馨月也说："秋姝不在你身边，你又是个不喜欢费心思同人相处的，我怕你到成婚离开书院都认识不上几个甲地班的同窗。"

岑鲸微微一怔，正想解释什么，白秋姝的声音响了起来："那怎么办？"

白秋姝自己不喜欢孤独，生怕岑鲸离了她就不再主动和谁交朋友，上课下课都孤零零的一个人。

岑鲸无奈地说："担心什么，我又不是不会交朋友，只是觉得不必谁都认识，清净些更自在而已。"

乔姑娘佯怒嗔道："这话说的，往日让你同我们一块玩，倒是为难你了。"

安馨月和白秋姝都笑了起来，岑鲸也乐了，玩笑似的跟乔姑娘赔了个不是。

吃完早饭，乔姑娘去见微楼上小课，岑鲸和白秋姝还有安馨月则离开西苑，前往明德楼。

岑鲸第一天到新班级，略有些担心甲地班的同窗会过于热情，幸运的是，甲地班的学生无论男女都未对她的到来表现出多大反应，也没有任何一个人主动来和她说话。岑鲸非常满意，于是这种情况便保持下来，不过几天时间，就奠定了她在甲地班最没有存在感的地位。

二月最后几天，一个消息突然传开，说是随太祖皇帝一同开国、有着近百年历史的梧栖府岑家倒了：岑家的男人自正月二十官府开印后第二天就被上门来的骁卫捉拿入狱，经过三司审理，皇帝御笔亲批，定岑家为叛国逆贼，待秋后问斩，家产抄没充公，家中女眷贬为奴籍，尽数发卖。

屹立多年的世家就此倾塌，本该是件令人唏嘘的事情，然而岑家的下场并未在京城内掀起多大波澜，一是因为岑家早已没落，二是因为二月结束后便是三年一次的会试，全国各地的学子早早便齐聚京城，压上过往数年或十数年或数十年的寒窗苦读，为给自己的人生拉开新的序幕，拼尽最大的努力。

书院内的气氛也因此越发凝重，书院门房处更是热闹得不行，每天都有各家的人送来各式各样的东西，包括且不限于补药、衣物等，生怕自家备考的学子临考前出什么岔子。

三月初五，距离会试还剩四天，书院让那些准备下考场的学生都回家准备，书院内的气氛这才缓和过来，门房处也不再堆满物件。

三月初九，会试第一场第一天。

会试一共三场，每一场考三天，考生们三天离一次考场。

三月初十,岑鲸和白秋姝旬休日回家,白春毅没和她们一道,因为他也是今年下考场的学子之一,昨天就进了考场。

杨夫人为此紧张到不行,捻着佛珠念"阿弥陀佛",看得白秋姝直言:"娘像是在等大哥从战场上回来。"

岑鲸回忆起当年自己下考场的经历,笑道:"对读书人来讲,考场就是战场,倒也没错。"

三月十一,岑鲸和白秋姝回书院继续上课。

三月十七,会试最后一场最后一天。

三月二十,又是书院旬休日,岑鲸和白秋姝从书院回家,总算见着白春毅,他虽然消瘦了一大圈,但精神看起来非常好,想来是考得不错。

听杨夫人说,白春毅一出考场就闷头睡了整整两天,吓得他们赶紧给叫了大夫。幸好白春毅只是累狠了,并无大碍,睡醒还默出答卷,亲自送去书院给先生们看,在书院待到傍晚才回家。

考完试的白春毅彻底放飞了自己,趁着岑鲸和白秋姝旬休,特地带她们出城去踏青放风筝。等岑鲸和白秋姝回书院上课,他又出门找友人潇洒,就连赵国公府的赵小公子也被他拎出家门,游了一回湖,简直像是要把备考期间缺失的快活日子都补回来。

一直到四月初,会试成绩下来,白春毅榜上有名,他这才终于消停,在家准备起了四月二十一的殿试。

大约是为了跟殿试后的琼林宴同一天举行,原本定在四月中旬的书院琼花宴也被挪到了四月下旬。今年岑鲸收到了萧卿颜的请帖,和白秋姝、安馨月一块去长公主府别苑赴宴。乔姑娘没去,因为去年琼花宴给她留下太大的心理阴影,导致她现在连四月份开得正好的琼花都不太喜欢了。

琼花宴上,岑鲸和去年一样被萧卿颜叫去水榭。不同的是,去年萧卿颜晾着她,让她一个人在旁边坐着发呆;今年萧卿颜好歹给她备了茶水,且每见完一批今年新来的学生都要问问岑鲸的看法。岑鲸久历官场,看人的眼光不比谁差,萧卿颜问她,她便回答,所言内容都被萧卿颜一一记在心里。

看完新来的学生,萧卿颜准备歇歇再去隔壁庭院。

第十章 大婚

岑鲸也喝完了最后一口茶，让萧卿颜放自己走："再不让我走，我怕秋姝来爬你这屋顶，看你是不是把我给吃了。"

萧卿颜嫌弃万分："也不知道你是怎么养的孩子，一个比一个黏人。"

岑鲸听出言下之意，问："岑奕那儿来消息了？"

萧卿颜支着脑袋："给我写了好几封信，说不让他回来，他就想法子把你带到边境去，说得好像他敢一样。"

如果岑鲸身体健康，这话说出来还有人信，偏偏岑鲸身体不好，就是给岑奕十个胆，他恐怕都不敢随便把岑鲸带出京城去。

岑鲸听了直笑。

两人又闲聊了几句，萧卿颜才放岑鲸离开。

岑鲸回到隔壁庭院，刚一露面白秋姝就凑了过来。安馨月和她一起，调笑道："可算回来了，秋姝等你许久，我都怕她等不及，游湖过去找你呢。"

白秋姝皱了皱鼻子："我会轻功，不用游湖。"并没有否认自己是真的想闯一闯隔壁的水榭。

庭院内学生众多，娱乐活动也很多，像什么联诗作对、曲水流觞，当真是要多风雅有多风雅。偏偏白秋姝不爱风雅，就拉着岑鲸去吃宴会上提供的点心，说是吃到好几样味道绝妙的，想让岑鲸也尝一尝。

岑鲸坐下品尝，白秋姝也跟着吃了两块，还四下张望，像是在找什么，嘴里呢喃着"奇怪"二字。

岑鲸问她："什么奇怪？"

白秋姝："你还没来的时候，好几个人跑来问我你在哪儿，如今你来了，那些人明明看到你却又不过来找你，真奇怪。"

一旁的安馨月猜到白秋姝说的是谁，略微冷了神色，道："别管他们。"

岑鲸和白秋姝看向安馨月："怎么说？"

安馨月："那些都是甲地班的。"

白秋姝："阿鲸班上的？是想跟阿鲸打招呼吗？那他们干吗不过来？"

安馨月撇了撇嘴："没脸吧。你们不知道，因为临近会试，阿鲸又是未来的宰相夫人，他们怕被人说趋炎附势，便都离阿鲸远远的。如今没了这层顾虑，也

334

知道阿鲸下个月嫁人后不会再来书院，都有些后悔呢。"

岑鲸再一次想要解释，又再一次被白秋姝打断："他们怎么这样！"

白秋姝跟安馨月一块讨伐起了甲地班的学生，岑鲸无从开口，只能把方才要解释的话咽回肚子里。

宴会照例到下午才结束，学生们乘坐马车回书院。

别苑这边第一辆载着学生的马车刚出发，就有别苑的仆役快马至书院报信。于是等马车抵达书院，下车的学生就瞧见西苑的监苑安如素站在书院门口等他们，这让经历过去年劫持事件的学生们安心不少。待学生都一一进了书院，书院大门缓缓关上，安如素跟在一众学生后头，和步伐较慢的岑鲸走在一块。

迎面吹来的风还未染上孟夏的热意，带着令人舒适的凉。白秋姝故意放慢步子，挽着岑鲸的手同安馨月说话，气氛融洽又和谐。安如素在一旁跟着，突然有些伤感。相府的婚宴请帖她也收到了，五月初八过后，岑鲸将彻底离开书院。对此，安如素感到非常可惜。岑鲸能在短时间内从庚字班升到甲字班，说明她天赋不差，然而被发掘得太晚，才崭露头角便要嫁人，真的太可惜了。

其实可惜的又何止岑鲸一人，岑鲸之前那位记录例会的女学生不也是这样？长公主殿下曾非常看好那位学生，认为她才思敏捷，是可塑之材。那位学生也有自己的抱负，可惜没能赶上今年的会试，去年成婚后就离开了书院。年初的时候，安如素还在曲成侯府的宴席上看到过她，曾经神采飞扬的少女梳着妇人的发髻跟在妯娌身后，会说会笑，进退得当，只是碰到还未出阁的小姑娘们聚在一块吟诗写字，她总会忍不住出神，还为此被妯娌打趣，惹得安如素非常心疼。

想远了……安如素闭了闭眼，将思绪拉回到当下，开口让岑鲸把入学当天书院给的学生玉牌交给她。

岑鲸低头解下腰间的玉牌，递过去，问："你要玉牌做什么？"

玉牌上串着金丝玉珠的流苏微微摆动，安如素伸手去接玉牌，回道："你下个月不是要嫁人了吗，书院规定，离开书院的学生都必须上交玉牌。"

岑鲸听完这缘由，轻轻把手一抬，让安如素接了个空。

安如素以为她不舍得这块陪伴了自己一年多的书院玉牌，补充道："放心，书院会另外给你一块一模一样的木牌，作为你曾是书院学生的证明。"

第十章　大婚

岑鲸其实早就想说了，只是一直没找到机会，当下没人打搅，她叹道："我没想离开书院。"

安如素愣住，一旁的白秋姝和安馨月也一脸意外——几乎所有人都认定岑鲸成亲之后不会再来书院，因为过去的规矩就是这样，女学生要么在成婚前考取功名离开书院，要么是在成婚嫁人后离开书院。

安如素一脸恍惚："可你成亲之后得留在相府执掌中馈，哪里还有时间来书院读书？"

岑鲸："相府原先没我也好好的，现在怎样，日后还是怎样，要有走不开的应酬需要我出面，我告假就是，大家不都这样吗？"

并非全京城的喜事丧事都发生在旬休日，偶尔遇到要上课的日子，学生请假，书院是一定会批的。安如素觉得岑鲸说得有道理，可又觉得哪里不太对："但是书院还从没有过出嫁的女学生回来上课的先例。回来教书的倒是有，可你才十六岁，又不曾考取功名……"

"那就由我来做这个'先例'。"岑鲸语气寻常，仿佛在说今晚要吃什么一般，"况且你也说了，我才十六岁，东苑多少成亲后学到二三十岁都还在书院读书的学生，他们可以，我当然也行。"

安如素刚想说"他们是要考功名的，自然不可能因为成亲就停止学业"，随即又想起如今女子也能下考场……对啊！安如素那被局限的思维一下子就打开了，不由得停下脚步。

岑鲸等人回头看她，她却仿佛透过岑鲸看到了过往那些明明有实力考科举，却因为年纪到了要嫁人，不得不放弃的女学生。

男子和女子是不同的，别说富贵人家，就是穷苦人家，男子都能从小考到老，靠父母妻儿供养，熬一个大器晚成。女子呢，能来书院读书的姑娘基本都出身不凡，即便如此，她们还是需要面对一个期限，那便是婚期。婚期之前若是无法考取功名，就只能嫁与他人，从此安守内宅，相夫教子。安如素在书院见过太多有实力有野心的女学生没能熬过这个"期限"，也见过太多女学生咽下不甘的泪水强装镇定与她告别。

所以，这一切原来都是可以改变的吗？安如素眼底蓦地浮现水汽。

岑鲸见状吓了一跳："怎么了这是？"

安如素也觉得自己眼下这般不太稳重，她难为情地转开了脸，闭上眼硬生生把泪水憋了回去，随即又睁眼转回头看向岑鲸，定定地看了好一会儿才开口，发出的声音有些沙哑，语气莫名的郑重："那我等你回来。"她看着岑鲸，像是在看新的可能与希望，"你一定要回来。"

岑鲸一开始并没想那么长远，因为她不像安如素那样曾亲手送走一批又一批的学生，所以她对那些学生的惋惜和痛心，永远都不可能比得上安如素。

她会有成婚后继续求学的念头，全是因为二月份那会儿曾有甲字班的先生来她家劝学。因男女有别，那位先生的话是通过她舅舅传达的，而白志远不仅传达了先生的叮嘱，还劝岑鲸跟着舅母学管家，叫她日后专心内宅，学业什么的，反正要成婚了，先生的要求不能听而不闻，但也不用太过刻苦。她因此起了叛逆之心。后来发现身边的人都以为她成婚后会离开书院，安如素更是直接来和她讨要书院玉牌，没一个人问她的意见，她心中越发不满，说起话来也多了几分怒气。直到听安如素说"你一定要回来"，她才意识到对此不满的，恐怕不止自己一人。

如此，她就不能和原来一样住校了。因为并非所有男子都是燕兰庭，对岑鲸就跟对师长一般无所不依，也并非所有女子都是岑鲸，不惧世俗又敢挑战规则。且两人头上的长辈也少，岑鲸和燕兰庭皆父母早亡，岑鲸的舅舅舅母不可能把手伸到相府去，燕兰庭的叔伯长辈早年移居老家，去年年底来京住下，等燕兰庭完婚还是要回去的，因此不会有长辈逼他们夫妻必须如何如何。岑鲸要想婚后继续住书院，每旬回一次家，根本没人能阻拦她。但对其他已婚女子而言，"住书院"会成为她们求学之路上最大的阻碍。

岑鲸找时间同萧卿颜商量了一下走读的安排。为了中午能在书院休息，她的宿舍床位留着，东西也没拿回家，不过玉牌还是要换。玉牌是书院学生的身份证明，也是学生进出书院的凭证，若已婚女子来上课，拿着玉牌就能每日进出书院，很难说会不会有学生效仿她们，凭借玉牌溜出书院。所以岑鲸的玉牌最后还是交了上去，说是要在玉牌的基础上镶嵌金饰，和寻常玉牌做出区别，方便书院门房辨认。

岑鲸上交玉牌后就离开了书院，说是回家备嫁，好像很忙碌一般，其实她要做的仅仅是熟悉成婚当日的流程，其余嫁妆之类的东西早就准备好了，云息、江

袖不仅想着法给岑鲸添妆，一应物件的采买亦是竭尽所能地忽悠杨夫人，用最低的价格拿最好的货物，唯恐成亲当日丢了他们岑叔的面子。

一切准备妥当，之后要做的就是等五月初八，燕兰庭来迎亲。

初七当天，白秋姝从书院回来，非赖着在岑鲸的自在居睡了一晚。

第二天早上白秋姝早早就起了，她轻手轻脚地从床上下来，换好衣服出门，离开前还叮嘱挽霜别太早把岑鲸吵醒。反正迎亲得到下午，招待宾客有父母兄长和她，岑鲸能多睡就多睡一会儿，别因为成婚这样的喜事把自己给累难受了。

白秋姝体贴岑鲸，然而岑鲸还是起得比平时要稍早些，醒来后再怎么也睡不着，索性起身换好衣服，吃了挽霜端来的汤圆，再去找舅舅舅母，同他们一块提前去祭拜祖宗，也让后头的时间安排宽裕不少。

中午过后，来女方这儿的亲友越来越多，自在居内外热闹得不行。岑鲸换上了华丽繁复的嫁衣，坐在梳妆镜前梳妆打扮。屏风外，白秋姝跟陵阳县主几个商议待会儿怎么为难燕兰庭，杨夫人同长乐侯夫人等就坐在一旁说话，一大群女眷凑在一起，时不时发出阵阵欢笑声。

岑鲸被屏风外的笑声感染，涂了口脂的唇角不自觉上扬，再一抬眼看到镜中妆容艳丽的自己，忽然有些恍惚。

她居然要嫁人了。

三辈子，头一次。

话说皇帝赐婚时，她与燕兰庭只在信中说了两人成婚的种种好处，并未提及婚后是否要履行夫妻义务，所以……应该要的吧？就算不是因为相互喜欢才成婚，那也毕竟是成了婚的合法夫妻。萧卿颜不也让她至少把喜欢的人睡了再说，日后若生了龃龉，再和离也不亏。可要怎么同燕兰庭说呢？燕兰庭又是怎么想的呢？

岑鲸陷入思考，待外头传来锣鼓喧天的动静才猛然惊醒——迎亲的来了！

新郎上门迎亲，必然要受到女方家人的种种为难，燕兰庭在外头也不知道遭受多少，反正岑鲸在屋里等了很久才等到嬷嬷给她递来障面扇。

岑鲸拿上障面扇，在嬷嬷的搀扶下前往正堂，去见来迎亲的燕兰庭，同时向舅舅舅母拜别。

从自在居到正堂，这条路岑鲸走过无数次，却是第一次走得那么慢、那么仔细，途中所看到的一切风景都像烙印一般深深地刻在她脑海里。

正堂之上，舅舅舅母端坐上首，四周围满了亲朋宾客，而在他们面前站立的，便是一身新郎装扮、器宇轩昂的燕兰庭。

岑鲸隔着细绢扇面，看到那熟悉的身影穿着一身红色，心跳陡然快了几分，像极了十年前上元灯节那次心动。她一步一步走到那人身旁，心想十年前心动之际，她绝对不会想到有今天，真是太不可思议了。

岑鲸感到不真实，燕兰庭何尝不是？且他比岑鲸还要夸张些，从前一天晚上开始就没睡好，一路行来，只觉一切都仿若梦境，哪怕他亲眼看着岑鲸上的花轿，又亲眼看着岑鲸从花轿上下来，跨过马鞍，踩着转席一路走进相府，他心里依旧不曾有半点儿真实感。

转席通往青庐，也就是专门搭建起来拜堂的地方，拜堂后一对新人移至婚房，燕家的伯母婶娘们将准备好的红枣、桂圆等物撒满床铺，谓之撒帐。

燕兰庭是从什么时候开始有真实感的呢？

是在岑鲸却扇之后。

看到岑鲸的脸和她眼底隐藏的倦意，那一刻，燕兰庭终于意识到，自己是在和岑鲸举行昏礼，和他喜欢了许多年、一度以为连再见一面都是奢望的岑鲸。

岑鲸放下障面扇，抬眸望进燕兰庭的眼。她不知道燕兰庭对她的爱慕，还以为是自己太喜欢他，所以光是被他注视，都会有"他爱我"的错觉。

却扇礼后是喝合卺酒，用红线相连的酒瓢不能离太远，因此低头喝酒时，两人的额头撞到了一块，观礼的女眷们哄笑不已，一旁的仆妇嘴里更是不要钱地往外吐吉利话。这也就罢了，燕兰庭还在喝完酒后抬手碰了碰她的额头，问："疼吗？"哪有半点儿对皇帝赐婚不满的模样？

谁也不是傻子，由此看出坊间传言为虚，暗笑燕兰庭平日里多冷的性子，竟也是个疼媳妇的。

岑鲸也看出来燕兰庭是在为她挣面子，生怕有谁因外头的传言怠慢了她。她敛了眉眼不说话，旁人以为她害羞，只有她自己知道，她此刻的心脏像是被人温柔地捧着，还轻轻地落了一吻，既欢喜又折磨。

因为岑鲸知道，燕兰庭对自己的好未必与情爱有关。

第十章 大婚

夫妻同饮合卺酒是倒数第二个流程，最后再让人挑一缕他们各自的头发，绑在一起剪下，意为结发夫妻，这一切才算彻底结束。接下来燕兰庭要到外面招待宾客，岑鲸则留在屋内等他回来即可。

燕兰庭也知道这一天的流程有多烦琐累人，待观礼的亲朋退去外头喝酒，屋里只剩伺候的丫鬟和嬷嬷，他覆上岑鲸的手，说：“要是觉得累就先睡，不用等我。”

左右是在相府，燕兰庭幼时吃过叔伯管家不严的苦，因此对相府上下约束极严，不会让谁乱嚼岑鲸的舌根，岑鲸想做什么都行。

岑鲸领燕兰庭的情，但她还是想等他回来，因为她是真的很想知道，他们的婚姻到底包不包含"开车"这一项目。

岑鲸以为自己能在今晚酒席散后得到答案，却忘了自己身体不好，重生以来再也没有碰过酒，以至于酒量差到令人发指的地步，光那一小口合卺酒，就让她在燕兰庭离开后不久表现出了醉酒的生理状态：她的脸颊开始发烫，脑袋晕晕乎乎，人也就跟着肆意起来，颇有几分当年在洪州同一大桌人拼酒，喝到最后被燕兰庭背回屋，嫌弃醒酒汤不好喝，硬要燕兰庭大半夜给自己弄些蜜饯来就汤的任性模样。

她抬手乱摸，试图把头上的金发冠摘掉，太重了，压得她头痛。一旁的挽霜和陪嫁嬷嬷本想劝一劝，好歹等姑爷回来再散发，后见岑鲸下手没章法，扯断了好几根头发，只能替她把发冠给摘了。

摘完发冠，岑鲸眼睛酸涩想要躺床上去睡，又还记得心中的疑问，于是靠坐在床边，等燕兰庭回来给她答案。其间她迷迷糊糊睡过去好几次，挽霜看她头发都散了，干脆不再管什么规矩，想把她扶到床上躺着，可每次刚一碰到她她就醒了，还挥开挽霜的手，让挽霜别管自己。

一直等到月上中天，外头宴席散去，燕兰庭特地洗掉了一身的酒气才回来，进屋发现岑鲸靠在床边打瞌睡，赶紧上前几步，可还没来得及责问屋内伺候的人为何不劝岑鲸好好躺床上，岑鲸就醒了。

岑鲸以为又是挽霜，下意识把伸来的手挥开，忽觉触感不对，抬头对上燕兰庭微愕的脸。她没有停顿，又把燕兰庭的手拉了回来，让他在床边坐下："是你啊，我当是挽霜呢。"

燕兰庭方才被吓到了，他还以为夫妻身份会让岑鲸抗拒自己的触碰。他用另一只手理了理岑鲸散落肩头的长发，还替她把脸颊边的发丝拢到耳后，试图以更多的触碰来压惊，只是表面上依旧平静："怎么不躺床上睡？"

"等你回来。"岑鲸的声音越来越小，"有问题想要问你。"

燕兰庭听不清最后几个字，于是低头凑过去："什么？"

"我有问题想问你。"岑鲸倾身，一只手撑在燕兰庭身后的褥子上，嘴唇挨到燕兰庭耳边，炙热的吐息染红了他的耳郭。

太近了，近到燕兰庭都能闻到她发间淡淡的桂花香，应当是梳妆的时候，往头发上抹了桂花发油一类的东西。他喉结上下滚动，没被岑鲸握住的那只手抬起，像是怕岑鲸喝醉酒身子太软会栽倒一般落在她后腰处，声音难掩低哑："你说。"

岑鲸不知道该怎么问，好像怎么问都不太对，毕竟……燕兰庭知道她是岑吞舟，也知道岑吞舟的真实年纪，她怕自己问得太露骨，会叫燕兰庭觉得尴尬。最后她动用被酒精麻痹的大脑，委婉地问："女子初夜得有元帕，你打算怎么办？"

燕兰庭哑然，过了好一会儿才低声回答："元帕本就是新嫁娘备给婆母看的，如今不会有人管你要元帕，便是没有，也没什么。"

明白了。岑鲸心中叹息，叹得格外沧桑。所以，她这辈子还能跟自己喜欢的人开上车吗？岑鲸把额头压在燕兰庭肩上一动不动，也不出声，说不好是倦了不想再有任何反应，还是干脆就睡着了。

燕兰庭半抱着岑鲸，略有些……不知所措。他知道岑鲸醉了，因为岑吞舟喝醉就是这样，会对亲近之人失去距离感，只是他不明白，为何在外边被人敬酒的是自己，待在屋里的岑鲸却比自己醉得还厉害。难道是等得无聊，喝酒了？

屋里伺候的下人还在，燕兰庭想问她们岑鲸是不是在自己离开后又喝了酒，然而在对岑鲸的称呼上出现了卡顿。好一会儿，寂静的空气中才响起燕兰庭的声音，语速比平时稍慢一些，似是在暗自体会那格外新奇的称呼："夫人喝酒了？"

挽霜有些怕燕兰庭，哪怕出嫁前被陪嫁嬷嬷好生调教过数月，面对燕兰庭的提问依旧无法对答自如。最后还是给岑鲸陪嫁的林嬷嬷上前一步："回老爷的话，夫人只喝了合卺酒，想是不胜酒力，这才有些醉了。"

燕兰庭意外，没想到岑鲸的酒量会变得那么差。随即他又吩咐她们去备热水

给岑鲸洗脸，原还要让岑鲸泡泡脚的，江袖给的药方子不错，岑鲸长期泡下来，手脚冰凉的症状减轻了许多，可惜现在天太晚，只能先洗一下了事。

燕兰庭不想折腾困倦的岑鲸，岑鲸却从燕兰庭肩上抬起了头，说："我要沐浴。"

这一天事儿太多，哪怕岑鲸不是容易出汗的体质，也觉得不洗澡难受。要没有条件，她肯定能忍，但这里是相府，所谓的新房就是她作为岑吞舟时睡的那个屋，环境太熟悉，岑鲸没道理委屈自己。

燕兰庭摸了摸岑鲸额头上压出的红印子："你刚睡醒，沐浴会着凉。"

岑鲸："可是我想沐浴。"

面对岑鲸的坚持，燕兰庭晓之以理："今天也不是很热，我让人打水来，你先擦擦将就一晚，明天起了再洗。"

岑鲸沉默下来，把额头又搭回到燕兰庭肩上。

燕兰庭以为她妥协了，下人也都忙碌起来，去端水的端水，拿寝衣的拿寝衣。

岑鲸抬起手抓住燕兰庭的衣襟，指甲在衣襟的绣纹上刮了刮，像是手上太闲，随便找了个消遣，嘴里也没头没脑地说起了别的事："我原想叫乌婆婆也来吃酒的，可她说自己这一生命运坎坷，怕在我成亲这日过来会碍了我以后的日子。"她的声音维持着只有燕兰庭能听见的音量，嘟囔，"小老太太讲究忒多。"

岑鲸一边埋怨，一边跟燕兰庭提议："我想给她腾个屋子，往后旬休或是逢年过节的，就把她接回来住。"

燕兰庭："这里永远是你的相府，你说了算。"

岑鲸："等乌婆婆不想在书院里待了，让她过来陪我。"

燕兰庭："好。"

岑鲸："有些饿，叫厨房给我做碗吃的。"

燕兰庭："好。"

岑鲸："我要沐浴。"

燕兰庭根本不上当："不行。"

岑鲸松开燕兰庭的衣襟，掌心撑着他的胸口，往后靠回到床柱上，语气并未作怪，很是平淡寻常，因此显出几分正经来："都说男子婚后易变，原来是真的。"

燕兰庭无奈极了，可他并不因这样的无奈而感到困扰，因为岑吞舟当年也没少让他无奈，偶尔把他惹急了也是有的，所以早在迎娶岑鲸之前他就已经做好了心理准备，甚至对此充满期待。毕竟燕兰庭早已不是当年那个会轻易被岑吞舟牵着鼻子走的少年了。

他对岑鲸说："我几年前曾跟乌婆婆提过，让她搬回相府来住。"

岑鲸："她怎么没答应？"

燕兰庭："她怕触景伤情。"

岑鲸愣住。

燕兰庭："如今你在，她必然是愿意回来的，所以哪怕是为了她，好好保重自己的身体，明天再洗，好吗？"

岑鲸："……"

这一局，是燕兰庭胜了。

岑鲸吃了碗厨下端来的热汤面，随后洗干净脸，到屏风后让挽霜帮自己一块把繁复的嫁衣脱下，再洗了手脚，换上寝衣。

岑鲸是觉得自己开车无望，索性一切照旧，殊不知在林嬷嬷看来，她的举动有多不合规矩。

林嬷嬷是杨夫人特地托长乐侯夫人找来的。杨夫人知道自家配不上相府，一应规矩也肯定比不上，于是就安排了原在国公府做过的林嬷嬷来教挽霜规矩，还让林嬷嬷陪嫁，好时刻提点岑鲸，免得岑鲸在相府出什么岔子。

林嬷嬷做好了岑鲸和挽霜这对主仆不靠谱，自己可能要累死累活的准备。可她怎么也想不到，贵为宰相的姑爷会如此纵容她家姑娘。醉酒散发不说，大好的新婚夜，谁家新嫁娘不是主动伺候丈夫宽衣，到时浓情蜜意，她们这些做下人的再悄无声息退出去就好。偏她家姑娘另辟蹊径，拉着丫鬟自己到屏风后头换衣服，全然不顾姑爷这边。

林嬷嬷就没这么手足无措过，眼睁睁看着岑鲸换好衣服从屏风后面出来，连声招呼都不打，就跟在自己家似的，与收拾好床铺的丫鬟擦肩而过，上床盖被。她甚至不晓得自己该不该庆幸，岑鲸好歹记得在床上留出空位，给另一个人躺。虽然留的位置不对，做妻子的应该睡外边才是，这样下床便不会惊动睡在里头的丈夫，必要时还方便去拿东西倒水，早上也能在丈夫醒后跟着醒来，伺候穿衣。

343

着急的林嬷嬷显然已经被岑鲸给带偏了,她忘了夫妻成婚头一晚不该是单纯的睡觉,还想到床边去提醒岑鲸,然而还未走近,就被刚喝过醒酒汤的燕兰庭给拦下:"她睡了,莫要吵她。"

燕兰庭语气淡淡的,林嬷嬷忙低下头,心中莫名升起几分惧意,但还是壮着胆子为岑鲸说了几句话:"夫人早前一直在书院,也是成婚前几日才从书院回来,新学的规矩记不住也是有的,还望老爷不要怪罪。"

燕兰庭看向林嬷嬷的眼神并不像对岑鲸那样温和,平静到发冷。并非林嬷嬷有什么不妥,也不是针对谁,而是他对岑鲸以外的其他人向来如此,若岑鲸还没睡,他愿意在岑鲸面前表现得更温和一些,可岑鲸已经睡了,所以他也没必要再温和给谁看。

"林嬷嬷。"

林嬷嬷不知道自己的来历早被燕兰庭摸了个透,心里奇怪新姑爷怎么知道自己姓什么,依然不动声色地应道:"老奴在。"

燕兰庭:"你不必拿条条框框约束她,她比你懂得多。"

林嬷嬷愕然,还未来得及反应,又见燕兰庭走向床铺,丢下一句"都退下吧",只得带着挽霜等丫鬟退出屋外。

待屋门关上,燕兰庭站在床边做心理建设。他不是没跟岑吞舟睡过一张床。不过那会儿他没发现岑吞舟是女的,也还没对岑吞舟产生心动的感觉。后来他虽不知道那是心动,却也开始注意起了两人之间的距离。如今他知道自己的心意,又将同自己心爱之人同床共枕,要说一点儿感觉都没有,那是假的。可他能如何?他总不能新婚夜跑别处去睡,传出去多不好听。

片刻前还想岑鲸爱怎样就怎样,反正相府铁板一块,不会让任何对岑鲸不利的消息传出去的燕兰庭,这会儿倒是把自己管家极严的事给忘得一干二净,"万分为难"地上了床,静悄悄地在岑鲸身边躺下。

闭上眼,他能听到岑鲸的呼吸声,平稳、轻缓,是只要伸出手就可以把人揽入怀中的距离……

燕兰庭以为自己杂念太多,今夜根本不可能睡着,却不知是喝了太多酒,还是因为意识到岑鲸就在身边,整颗心落到了实处,躺下后不过片刻,他便睡着了。

二

　　大婚后第二天早上是个明媚的晴天。阳光透过窗户纸，再透进轻薄的床帐，明亮程度已然削弱好几个层次，使得床帐内的一切都显得格外晦暗。

　　燕兰庭睡前把头发束到了背后，岑鲸没有，所以她的头发散着，被在睡梦中侧身的燕兰庭给压住了。这导致岑鲸想要换姿势的时候扯到头皮，被迫醒来。

　　古人就这点不好，头发太长不能剪，她又不喜欢梳着头发绑着头皮入睡，因此和人同床睡觉特别容易被压着头发。岑鲸一边这么想着，一边感到困惑，她昨晚不是把头发绑起来扔枕头后面了吗，怎么秋姝还能压到她的头发？

　　岑鲸侧头，想看看白秋姝是怎么睡的，却被映入眼帘的燕兰庭给吓了一跳。她整个人都颤了一下，总算想起跟白秋姝同床而眠是前天晚上的事情，昨晚……不对，昨日她跟燕兰庭成婚，所以昨晚和她同床的人是燕兰庭。

　　昨天维持了一整天的不真实感再次涌上岑鲸心头，要说原因，大概是因为昨晚她喝醉了。就那么一小口，她居然醉了！岑鲸简直为自己现在的酒量感到震撼。

　　因为是喝醉后入睡的，所以她没有机会跟燕兰庭认真交流，也就难怪她因眼下的一幕感到虚幻。为了找回点儿真实感——岑鲸是这么说服自己的——她将指尖探出被子，缓缓伸向燕兰庭的脸。

　　无法否认，燕兰庭闭眼睡着的样子很诱人，她的指腹轻轻落在燕兰庭的鼻尖，再慢慢往下，落到那双薄唇上……想亲，能啃一口就更好了。

　　都说晨起的男人自制力差，岑鲸觉得这事儿不分男女。

　　就在她准备做些什么的时候，燕兰庭的眼睫轻轻颤动。岑鲸倏地把手收回被子，闭眼装睡。

　　燕兰庭睁开双眼，倒是没被岑鲸吓到，因此眼底满满都是还未睡醒的迷蒙。他看岑鲸的睡颜看了许久，越看心越软，只想离得近些，再近些，最好能呼吸交融，肌肤相触……回过神来时，他发现自己的脸很诚实地凑到了岑鲸脸前，再近一点儿就能碰到岑鲸的唇角。幸好在即将触到岑鲸之前，他停住了自己的动作。

　　想要在不设防的岑鲸面前管住自己，好难。燕兰庭无声轻叹，最后还是强迫自己拉开了和岑鲸的距离。

成婚第二天自然没什么事务等着他，他本想就算醒早了，陪岑鲸再躺一会儿也好，如今却是不敢了，便起身下床，换衣梳洗。

丫鬟端着热水轻手轻脚进屋时，床帐内装睡的岑鲸睁开了眼。她慢吞吞地从温热的被窝里伸出手，掌心朝着自己，悬在眼前极近的位置，能感觉到自己的气息触碰到掌心，再落回到脸上的触感与温度。半响，她放下手，手背落在燕兰庭刚躺过的位置，那里还带着余温。岑鲸心想，他方才离我这么近，且还停了好久没动，总不能是想看我还有没有气吧？

燕兰庭收拾完自己又回来看了一眼，刚掀开床帐就发现岑鲸醒了，晨光自床帐掀开处洒进帐内，正好落在岑鲸的脸上。

"刺眼。"岑鲸又抬起手，在眼睛前挡了一下，声音带着刚睡醒时独有的沙哑。

燕兰庭在床边坐下，一边把床帐拉严实，一边问岑鲸："吵醒你了？"

岑鲸一脸正在开机中的迟钝模样，缓了半天才发出一声："嗯。"

她撒谎了，她不是被燕兰庭吵醒的，其至她醒得比燕兰庭还早。至于为什么要撒谎……她想知道，体贴如燕兰庭，会不会为了避免早起吵醒她，就搬到别的房间去睡。

燕兰庭垂下眼，思考一阵后，说："我以后醒了就到隔壁，不让她们进屋，尽量不吵着你。"

如此，倒也是个办法。

岑鲸又问燕兰庭："现在什么时候了？"

燕兰庭："辰时一刻。"

"好早，是待会儿有事要出门吗？"岑鲸撑着床坐起身，被子堆落在腰际，披散的长发略微有些凌乱，宽松的寝衣也不如最开始穿上那样齐整，领口松松垮垮地敞着，氤散着从被窝里带出来的细腻温热。

燕兰庭不自在地挪开了视线。他当然不可能告诉岑鲸自己之所以起这么早，是怕和她一块躺久了，会忍不住做出不规矩的事，于是回道："边境来了消息，准备去看看。"

他也撒了谎，边境的消息昨天早上就到了，具体内容他也知道得一清二楚，根本不需要早起去看。

"是吗？我还以为你是太热了睡不着。"岑鲸身体不好，哪怕是五月份，屋里也没法摆冰盆，白秋姝和她同屋尚且会被热得睡不着，更何况是燕兰庭。

燕兰庭隐隐意识到什么，否认道："不至于，昨晚又不热。"

岑鲸："那以后越来越热了怎么办？不如分房睡吧，总不好因为我，让你连觉都睡不了。"

话一说完，燕兰庭没了声。

床帐内光线昏暗，燕兰庭又背着光，岑鲸看不太清他的表情，见他突然沉默，还特意唤了他一声："明煦？"

燕兰庭垂眸，吐出两个字："不行。"

岑鲸歪了歪头："为什么不行？"

为什么？因为他变得贪心了。原本他想着能与岑鲸做一对假夫妻，此后能光明正大地护着她就好，可当这一步真的成了，他又忍不住想要更多。哪怕无法触碰，哪怕煎熬万分，他也不愿就此放弃跟岑鲸同床共寝的机会，他希望此后每一天早上醒来，都能看到岑鲸恬静的睡颜。

燕兰庭小心翼翼地把自己那点儿不堪的心思藏好，为防万一，他还用冠冕堂皇的理由将其包裹："哪儿有新婚夫妻分房睡的，若让府中下人误会你我之间起了嫌隙，容易传出闲话来。"

还真是滴水不漏。

岑鲸努力过了，若是岑吞舟，此后必然会继续步步为营下去，直到彻底确定燕兰庭的心思，保证十拿九稳，再装糊涂捉弄燕兰庭，叫他越陷越深，直至最后走投无路，不得不当着她的面表白心意，好补偿她一直以来所耗费的时间精力。那一定会是一段特别精彩且跌宕起伏的交锋。可惜岑鲸没有岑吞舟那样的活力，仅仅是两个用于试探的提问，就已经开始让她感到疲倦。伸头是一刀，缩头也是一刀，就这样吧，累了。

岑鲸的沉默让燕兰庭开始心虚。就在他表面稳如老狗，内心慌得不行的时候，岑鲸终于开口问："明煦，你……是不是喜欢我？"

话未说完，外间传来林嬷嬷的声音："老爷、夫人，宫里来圣旨了。"

第十章 大婚

岑鲸："……"

"你慢慢换衣服，我先出去看看。"燕兰庭巴不得有人来打断，他起身离开，还不忘替岑鲸把床帐掩好。

不一会儿，林嬷嬷拿来衣服给岑鲸换上。岑鲸一脸恹恹地起身换好衣服，漱口净面，再让挽霜替她整理好妆发，到外头去接旨。来宣旨的公公姓曲，是皇帝身边的老人，岑鲸记得去年到白府拿她庚帖的就是这位。

岑鲸到时，曲公公正同燕兰庭说着话。岑鲸与这两位都是老相识，怎么听不出这两位的对话看似客套，实则内藏乾坤。她敛眸，心想燕兰庭出息了，居然能将这位曲公公收作己用。

岑鲸的到来中断了两人的对话，既然相府的主人家都到齐了，曲公公也不耽搁，宣读了圣旨。圣旨内容简单，就一个，皇帝给岑鲸封了诰命。

领旨谢恩后，曲公公还给岑鲸道了贺。

岑鲸："公公客气。"

曲公公微微愣了下，心里奇怪岑鲸的脾性也不像当初那位岑相，怎么还是会让他有种微妙的熟悉感，表面却展露笑颜，同燕兰庭与岑鲸告别，先行回宫去了。

曲公公离开后，岑鲸把圣旨往燕兰庭怀里一塞，打着哈欠往回走。

燕兰庭跟着她。

路上，岑鲸说："既封诰命，我明日就必须入宫去谢恩。"若只是见皇后倒还好，要一个不小心遇见了萧睿……

燕兰庭："无妨，到时我同你一起入宫，你去见皇后，我去找皇帝，他若身体抱恙自然最好，若不是，我就拿边境传来的消息拖住他，直到你出宫为止。"

"皇帝身体抱恙自然最好"，这般大逆不道的话，也亏得燕兰庭能说出口，也亏得岑鲸能面不改色地听，并抓住其中的重点。

岑鲸："边境的消息不是刚到吗？你又没看，怎么知道能用这消息拖住他？"

说漏嘴了！燕兰庭眉头微蹙："你不信我？"

她这是被倒打一耙了？岑鲸愕然："你……跟谁学的？"

燕兰庭默默地看着岑鲸。

岑鲸难以置信地指了指自己："我？我有……哦，我有。"

不仅有用过这招，还没少用。岑鲸回忆起自己在朝堂上的光辉事迹，再想想燕兰庭好歹顶着"岑吞舟的学生"的名头，只能选择释然。

两人谈的不是什么能见人的话题，因此靠得极近，说话声音也小，后头丫鬟婆子、小厮远远跟着，还以为他俩正值新婚蜜里调油，在聊夫妻间的悄悄话。

岑鲸回屋后实在困得不行，就又躺回去睡了一觉，睡醒跟燕兰庭一块吃了午饭。下午来了几位官员，燕兰庭去见客，岑鲸则带着挽霜逛起了相府。

一趟逛下来，岑鲸惊讶地发现相府完完全全就是她记忆中的模样，破损之处当然也会修葺，不过是修葺成原来的样子，因此一些地方的装潢有些过时，半点儿配不上燕兰庭权倾朝野的身份。

岑鲸最后来到一棵梅花树下。五月份的梅花树上长满了绿叶，她仰头看叶，赏花似的看了许久。岑吞舟不擅长养花草，这是她唯一种活了的东西，为了显摆，她会在梅花树开花的时候折一枝下来放在窗边，所以去年冬天，燕兰庭还专门折了一枝，连夜拿去陵阳县主府给她。

半晌，岑鲸终于从梅花树下走开，回屋去做功课。是的，知道她婚后会回书院，甲字班的先生们居然还给她留了婚假作业，简直惨无人道。

晚上临睡前，岑鲸还挣扎在题海中，是燕兰庭看不下去，硬把她从书桌前拉了起来："还有好几天，着什么急？"

岑鲸揉了揉酸涩的眼睛："明天要入宫，后天要回白家，今天多写一点儿，之后几天的压力也能少一些。"

燕兰庭心疼，问："要不，我帮你写点儿？"

岑鲸想也不想就道："好！"

燕兰庭失笑，监督岑鲸泡完脚再去睡觉。

岑鲸今晚还是睡里头，待下人都退出屋外，她像是想到什么，对身旁的燕兰庭说："你明天要是起早了，不用到隔壁去，也不必怕吵醒我。"

燕兰庭不解："为何？"

岑鲸把早上埋下的炸弹一个接一个地挖了出来："因为我今早不是被你吵醒的。我比你醒得早。"

燕兰庭眼底的迷茫，因岑鲸的话语，被错愕与惊惶覆盖。

屋内没留灯，床帐内黑得几乎看不见，所以岑鲸也不知道燕兰庭此刻的表情，她仅仅是凭借逛相府逛来的底气，问燕兰庭："你早上是想亲我吗？"

今晚不像昨天那么凉爽，从下午开始就变得闷热起来，更有厚云罩顶，蜻蜓低飞。林嬷嬷猜夜里恐怕会有雨，还特地吩咐隔壁守夜的丫鬟，说若是下雨了，就进屋把不靠外廊的窗子给关上，免得雨水飘进屋里。所以当外头传来雨滴砸下的声音时，岑鲸还在心里赞叹林嬷嬷思虑周全。守夜的丫鬟也果真进屋来关了两扇不靠外廊的窗子，一时间，雨滴打在窗子上的声音格外响亮。

那丫鬟关好窗子就轻手轻脚地退出了屋外，这期间，燕兰庭不曾发出一点儿声音，就好像岑鲸什么都没问他，或者他什么都没听见。

岑鲸寻思：要么是燕兰庭被她说中，不敢言语；要么就是她没说中，燕兰庭在斟酌措辞，免得解释完她会尴尬。所以到底……

不等岑鲸猜这两种可能性哪个更大，身旁突然传来动静，一具宽厚结实的身躯靠近她，将她整个抱进怀里。陌生的温度与熟悉的气息一同袭来，隔着薄薄的寝衣布料，烫在她皮肤上。

"是。"

燕兰庭的声音在岑鲸耳畔响起，简简单单一个代表承认的字眼，给人感觉居然不是坦然而是压抑，因此咬字极重，就跟一把大锤似的，狠狠砸蒙了岑鲸的脑袋。

岑鲸过了许久才回过神来，因错愕微启的唇合上，嘴角在黑暗中慢慢扬起，眼睛亮得不像话，活像只偷了腥的猫。

相较于岑鲸的愉悦，燕兰庭内心是绝望的。他早就知道自己不可能在岑鲸面前一直瞒下去，他只希望那一天能来得晚一些，越晚越好。然天不遂人愿，他竟在成婚头一天就露了马脚。

此刻再去回想早上岑鲸对自己说的那些话，燕兰庭终于明白了岑鲸的"意思"。什么被吵醒，什么天热分屋睡，不过是给他一个保留体面的机会罢了，是他不识好歹非要贪心，才让岑鲸无可奈何说破这一切。

要狡辩吗？

狡辩吧。她那么好，一定会装作相信的样子让你不那么难堪，之后再找个理由与她分房，让她知道你不会仗着那一纸婚书得寸进尺，这样你们就能继续维持原来的关系，让她继续像过去那样相信你。

燕兰庭清楚怎么趋利避害，甚至就连这个道理都是岑吞舟教他的，可是……

"岑吞舟，我喜欢你。"

不是见色起意，也绝非一时的意乱情迷，是最初的憧憬，是后来的一往情深，是时隔多年不见半点儿消减，反而在无望中生根发芽、茁壮成长的思念与爱恋。

屋外风雨大作，电闪雷鸣，屋内再听不见有谁的声音，只剩两人轻浅的呼吸。

黑暗中，燕兰庭感觉到怀里的岑鲸动了，他适时放松力道，等待岑鲸接下来的动作。推开他，与他把话摊开讲明彻底绝了他的妄念，或是直接让他今晚就到别的屋去睡，其他的等明天从宫里回来再讲……都有可能。

燕兰庭开始思考该怎样应对才不至于让岑鲸因此与他疏离，然而大脑受情绪的影响，彻底陷入了罢工。

就在这时，岑鲸的手搭上他的后背，之后又往上挪到他肩头，稍稍用了点儿力气，但并非是把他推开，而是将自己的身子往上探了探。接着，一抹柔软伴着岑鲸的气息，触碰了一下他的额头。

燕兰庭的思绪出现了一瞬间的卡顿，卡顿过后，一个解释率先出现在他脑海里：她应当是要起身，不小心碰到自己了吧？

燕兰庭一脸恍惚，只觉得额头上被碰过的地方像是被火灼了似的发烫。

随后那抹柔软又落到了他的鼻尖，这下燕兰庭的脑子是真的空了。他呆呆地感受着岑鲸近在咫尺的呼吸，还有岑鲸摸到他脸上的另一只手。

那只手顺着他的脸颊一点点往下滑，指尖蹭过他的耳垂，最后落到他脖子上，让他下意识抬起了头，把整段脖颈都送到了岑鲸手中，同时也让他不小心碰到了原本悬在他鼻尖前的那柔软的唇。

燕兰庭松开力道的手，又慢慢地收紧了。

岑鲸感受着掌心里那上下滚动的喉结，就跟玩儿似的，在燕兰庭的唇上轻啄了几下，后又嫌不够加重了力道，慢慢碾磨，还上牙齿不轻不重地咬了一口，也算了结今早未能达成的心愿。

这一套做完，见燕兰庭还呆着，岑鲸笑了一声，自言自语似的呢喃："我亲的难道是块木头？"

第十章

大婚

燕兰庭的回答，是翻身将岑鲸压到身下，肩头滑落的发丝垂在岑鲸脸旁。

岑鲸笑着："看来不是。"

燕兰庭不说话，低头再一次亲上岑鲸的唇。

伸手不见五指的床帐内，两人的呼吸逐渐变得凌乱、粗重，哪怕是外面倾盆的大雨，也降不下屋里越发令人难耐的燥热。

最后没让一切走向失控的，还是燕兰庭那几乎刻进骨子里的克制。

岑鲸喘得险些晕过去，此刻还在燕兰庭怀里，身上的寝衣褪得不多。倒是燕兰庭的寝衣被岑鲸扯得堪堪挂在臂弯，她的一只手至今还贴在燕兰庭结实的腹部。

岑鲸缓了一下，无奈得不行："我这破身体真是……"太不争气了。

燕兰庭却并不觉得扫兴，本来能有这样的结果已经让他喜出望外，更何况岑鲸的身体在他看来比什么都重要，就是岑鲸本人，也休想为了一时欢愉，在他的眼皮子底下拿自己的身体乱来。

两人慢慢冷静，过了许久，岑鲸才说："给我倒杯水。"

燕兰庭松开手，穿好衣服，下床去给岑鲸倒水。路过朝着外廊的窗户时，他停下脚步，吹了会儿冷风，随后才到桌边倒水，拿着杯子返回床上。

岑鲸喝了水又躺下，还朝燕兰庭伸手，示意他过来。

燕兰庭："……待会儿。"

岑鲸直白地问："要帮忙吗？"

燕兰庭没说话。

岑鲸拉住他的手，调笑道："怕什么羞，你什么不是我教的……不对，我还真没教过你怎么……不如给你补上这课？"

燕兰庭突然发现岑鲸和以前太像也不好，太欠了。

但说是要教，其实岑鲸根本没有替人动手解决的经验，所以真的很难说最后到底是谁在教谁。

待一切归于平静，岑鲸内心感到无比遗憾，因为光线太暗看不清燕兰庭的表情，只听见他近乎失态的喘息和低吟。那是岑鲸从未见过的燕兰庭，错过了，真可惜。

折腾半宿，原还想腾出时间互诉衷肠，可因为第二天早上还得入宫，对岑鲸而言熬夜早起无异于酷刑，于是燕兰庭就让岑鲸先睡，别的等从宫里回来再说。岑鲸心想也行，不过有件事一句话就能说清楚，倒也不必等到明天。

岑鲸的额头挨着燕兰庭的额头，说："我也喜欢你。"

雨声渐大，燕兰庭抱紧岑鲸，彼此滚烫而炽热的心在这一刻无比贴近。

然而这夜燕兰庭睡得并不安稳。

或许是屋外雨声太急太吵，又或许是觉得心上人同样喜欢自己的可能性太小，乍然如愿，除了喜不自禁，还有隐隐的惧怕，怕这一切美好只是他多年求而不得臆想出的幻影虚梦。燕兰庭患得患失，夜里醒了两三次，每次发现岑鲸还在他怀里，他才暂且安心地合眼睡去。

后半夜雨声渐息，天亮时雨彻底停了，晨光映在地面的积水上，不一会儿就被洒扫的婆子扫到一边，免得行走间溅起水花，污了鞋子和衣摆。

燕兰庭早早醒来，看了许久岑鲸的睡颜，又凑上前去在岑鲸唇上落了一吻，才终于起身梳洗换衣。他原想着岑鲸嗜睡，便尽可能推迟出门的时间，让岑鲸多睡一会儿。然而就在他收拾好自己准备去叫醒岑鲸的时候，外头送来消息，那消息的内容太过令人出乎意料，饶是燕兰庭也不免感到错愕。

林嬷嬷不知风云变幻，还在怕岑鲸起迟了入宫会遭到怪罪，正要入内去把岑鲸唤醒，却被燕兰庭拦下："不必唤她了。"

林嬷嬷："可是……"

燕兰庭："今日入宫也见不到皇后，就让她睡吧。"

什么叫入宫也见不到皇后？林嬷嬷惊疑不定。

燕兰庭却并未再同林嬷嬷多说什么，留下岑鲸在家，自己坐上马车，出了趟门。

岑鲸昨晚睡得太迟，醒来已是正午。因还记得自己要早起入宫，醒来却发现自己一觉睡到中午，她差点儿没反应过来今儿是她成婚后的第几天，甚至怀疑昨天的一切是不是自己的一个梦，燕兰庭根本就没有在她装睡的时候要亲她，也没有宫里来的圣旨给她封诰命，更没有燕兰庭亲口对她表白……不然怎么没人叫醒她，任由她睡到了中午？

屋内做针线活的挽霜见她醒了，赶紧到外头唤人提热水，还叫厨房把备好的午饭热了端上来。

第十章 大婚

岑鲸手软脚软地下了床，一脸迷茫地问："我今日……不是要入宫吗？明煦呢，怎么不见他人？"

林嬷嬷拿来衣服给岑鲸换上，边换边说："老爷一大早就出去了，好像是……"她压低了声音，"好像是宫里出了什么事儿，老爷说您入宫也见不到皇后，就让我等不必催您起床。"

岑鲸第一反应是：太好了，不是梦。至于宫里出了什么事，等明煦回来就知道了，不着急。

岑鲸被林嬷嬷和挽霜服侍着换好衣服，收拾好妆发，又去吃了午饭，饭后继续做功课。

待到未时，燕兰庭终于回家，进屋第一句便是："夫人呢？"

不等门口的丫鬟告知，岑鲸就先有气无力地回了句："夫人还在赶功课。"

屋内的丫鬟们听了掩唇偷笑，燕兰庭也跟着笑出了声。

岑鲸没急着问燕兰庭宫里发生了什么，坐在桌前把最后一篇经义写完，方才搁笔抬头。这期间燕兰庭也换掉了朝服，洗手净面后让屋内伺候的人都退了出去，屋里一时只剩他们两个。

燕兰庭知道岑鲸喜欢在写字后擦手，就拿着拧干的帕子来到她面前。岑鲸正要接过帕子，燕兰庭却抬手躲了躲，径直牵起岑鲸的手，亲自替她擦拭，岑鲸也由着他。

岑鲸问："宫里怎么了？"

燕兰庭言简意赅："大皇子夭折了。"

大皇子，萧睿唯一的儿子，今年不过四岁。

岑鲸愣住："可知真凶是谁？"

燕兰庭摇头："还未审出结果来。"

岑鲸："若让你猜呢？"

燕兰庭坦言："不好说。皇后嫌疑最大，可她至今不肯替安王治疗双腿，也不曾诞下皇嗣，大皇子死了对她没有一点儿好处，反而容易遭人怀疑。偏她近来行事越发无所顾忌，向皇帝进言赐婚你我的是她，明知皇帝存心折辱不愿给你封诰命，冒着让皇帝不悦的风险进言劝说的也是她。大皇子更是死在她的宫中，只因她这几天爱看安贵妃提心吊胆的模样，便一次又一次叫人把大皇子给她抱去。前日皇帝误以为她喜欢大皇子，还曾提议把大皇子过继到她膝下做嫡皇子，她当面拒绝，还说了些不大好听的话，惹得龙颜大怒。"

岑鲸"唔"了一声："那确实不好说。"

燕兰庭替岑鲸擦干净手，将她的手拢进掌心："你不怀疑我和长公主殿下吗？"

岑鲸随口道："怎么会，你们不是准备扶大皇子继位吗？"

燕兰庭先是意外，随后又觉得岑鲸能猜出来是理所当然的事情。他从未瞒过她朝堂之事，只不曾言明自己与萧卿颜日后的打算，所以凭借朝局变换与她对自己以及萧卿颜的了解，能猜出他们的打算，着实不算奇怪。她只是……不说罢了。

岑吞舟与皇帝曾互为知己，一同去谋夺那至尊大位，甚至敢将自己的命交到对方的手上。可后来他们相互猜忌，势同水火，皇帝更是亲手杀了岑吞舟。他们之间的关系实在难以用一个"恨"字来概括。然而燕兰庭对皇帝只有仇恨，只想杀了皇帝——曾经是为岑吞舟复仇，如今是为保岑鲸一世平安喜乐。

岑鲸知道，也明白此事没有任何转圜的余地，因为从燕兰庭和萧卿颜纵容皇后下毒，趁着皇帝病中精神不济瓜分朝堂开始，他们就站到了皇帝的对立面。终有一日，维系了多年的平衡会被打破，要么皇帝死，要么燕兰庭与萧卿颜死，绝无两全的可能。燕兰庭亦是忍耐了许多年，不断在皇室宗亲里寻找适合的继位者，以免皇帝死后江山风雨飘摇，毁了岑吞舟这么多年的心血。

大皇子是燕兰庭跟萧卿颜共同确立的继承大统人选。待到皇帝驾崩，曲公公拿出的遗诏上会写明让大皇子继承大统，另封安贵妃的父亲为承恩公，并由长公主殿下摄政，燕兰庭、顾太傅，还有元阁老辅政。

大皇子年幼体弱，继位后，大权自然是落在摄政的长公主萧卿颜手中。元阁老与萧卿颜沾亲带故，只要萧卿颜的母亲还在一天，元家必不会与萧卿颜作对。顾太傅虽是保皇党，却也无能得很，根本不足为惧，特意在辅政大臣中加上他，纯粹是为了安抚保皇党一派。

可是人算不如天算，大皇子居然死了。

下午，一辆不带任何标识的马车行到了相府后门，乔装打扮的萧卿颜从车上下来，入了相府。

此时岑鲸和燕兰庭正在招待燕家那些从老家赶来的亲戚，他们明日就要离京返乡，走前特地再来见一见他们燕家的新妇。

燕兰庭的叔伯婶娘并非什么恶人，就是对幼时父母早亡的燕兰庭并未给予太多关心，又管不好家里的下人，让燕兰庭在小时候受过些委屈。陈年往事燕兰庭自然不会再计较，可他们却心虚得紧，因此来京也不敢带家里的晚辈，更不敢在燕兰庭面前摆长辈的谱，和和气气喝杯茶说几句话送份贺礼就走了。

送走燕家人，燕兰庭和岑鲸一起去书房见萧卿颜，结果一来就看到萧卿颜站在书桌前，手里拿着两份岑鲸的功课，准确地说是岑鲸写的功课和燕兰庭模仿岑鲸字迹写的功课。

光看字迹，萧卿颜还真认不出这两份功课出自两人之手，关键这两份功课一份放在书桌上，一份放在榻桌上，还都正好只写了一半，显然就不是一个人写的。萧卿颜都给气笑了："燕兰庭，你拿你仿人字迹的本事干什么不好，居然用来替人做功课？"

燕兰庭并不接话，当事人岑鲸也没有半点儿不好意思的样子，还微笑着问："你来得正好，要不也替我写几份？"

萧卿颜赶紧把那两份功课给放下，脸上写满了拒绝。

岑鲸拿起其中一份，坐回到榻上继续写。

燕兰庭端起茶壶给岑鲸沏了杯茶，放到榻桌一角，又把下人刚送来的茶点端到了榻桌上。

岑鲸看点心碟子上有云记的标识，问："玉蝶楼送来的？"

燕兰庭拿了一块送到岑鲸唇边："新品，尝尝。"

岑鲸就着燕兰庭的手一口咬住，只尝了一口，便摇头不肯再吃："太甜了。"

一块点心也就两口的大小，燕兰庭顺手把岑鲸吃剩下的放进自己嘴里，才入口就蹙着眉头去给自己倒茶水："确实太甜了。"

萧卿颜在一旁看着，觉出不对劲来，视线在岑鲸和燕兰庭身上来回扫了几圈，迟疑着问："你们这是……勾搭上了？"

燕兰庭手一抖，茶水险些洒了一地。

岑鲸："……殿下，咱能换个好听点儿的词吗？"

萧卿颜确信："还真勾搭上了。"

所幸萧卿颜对他们的爱情故事不感兴趣，确定他俩是有情人终成眷属，便不再纠结细节，与燕兰庭谈论起了大皇子夭折之事。

此事尚未查明，宫女太监抓了一大批，光是审讯就要审上一两天。因此真凶是谁暂且放一边，问题在于大皇子没了，若按照计划杀了萧睿，后续该由谁来继承皇位。皇帝的兄弟就剩下安王，他不喜权力，且还有找人当岑吞舟替身的恶习，因此哪怕安王没有残疾，他们也不会选他。剩下的皇室宗亲里头，血缘最近的便是萧睿那几个侄子和表侄。

萧卿颜对那几个人还算有所了解，稍一思量，就跟燕兰庭提出了自己认为适合的人选："胥王世子萧闵自幼体弱多病，生母早亡，与其父胥王关系也不好，听说胥王一直想以他年岁难永为借口，上折子把世子位过给他同父异母的弟弟。若让他入宫继位，应当要比另外几个好拿捏。"

燕兰庭："如此孤立无援的一个人，却还能保住世子位到如今，殿下当真觉得这是个好相与的？"

萧卿颜并非听不进话的人，想了想说："你这么一说，我倒是想起一件事。"她眯起眼，"去年十月份，胥王世子曾回他外祖家给他外祖母贺寿，路上遭遇水匪却全身而退，运气着实太好了些。"

但这样也还不能断定胥王世子就不是合适的人选，于是两人商议分别派人去查，确定胥王世子是个怎样的人。

此外他们还提到了萧睿的另外几个侄子：有两个就差把野心摆在脸上了，他们不仅不会考虑，还会提防；另外一个行事荒唐，却也不知是真的被宠坏了，还是故意装出来让人看的。

就这么一间平平无奇、内部装潢甚至有些过时的书房，当朝宰相与长公主殿下就跟挑猪肉一样对皇室宗亲挑挑拣拣，所说皆是悖逆之言。

岑鲸一边写功课一边听他们商议，越发觉得这一屋子都是反派，合该来个正派主角把他们一锅端喽。

燕兰庭和萧卿颜除了商议皇位的继任者，还说到了大皇子遇害一案，以及大皇子夭折后朝局上可能会出现的变化以及他们各自的应对。

聊得差不多了，萧卿颜临走时往岑鲸面前递了块玉牌，正是岑鲸成婚前交上去的那块书院玉牌。不过比起之前，玉牌边缘多镶嵌了一圈薄薄的金边，右下角还有几片金子打的银杏叶作为装饰，比原先多了几分雍容的贵气，还能跟西苑的院服搭配，挺好看的。

岑鲸收下玉牌，正寻思什么时候返校读书，突然听萧卿颜问她："你怎么看？"

岑鲸："看什么？"

"这皇位，该由谁来坐？"萧卿颜在岑鲸对面坐下。榻边就是窗户，凉风袭来，吹动她鬓间的步摇。

岑鲸没想到还有自己的戏份，她看了看燕兰庭，发现燕兰庭也在等她的意见，于是收回视线，低头看了眼自己刚写完的功课。

这是一篇策论，所谓策论，便是以当下的某个政治问题为论点进行讨论，并提出对策的文章。她这篇策论，先生给的问题是女子为官会不会让男子无官可做。

岑鲸的论点是不会。首先读书的女子远远少于男子，愿意科考的就更少了，绝不可能出现男子无官可做的情况。而且朝廷选拔人才靠的是科举，无论男女用的都是同一套题，因此只要男子中有人能胜过女子，就不会让男子无官可做。至于胜不过怎么办？胜不过，只能说明这个人本事比别人差，又有何颜面让朝廷破格录取？

这个问题换成"老与少"也一样。今年的进士里头，有一个年近八十的老者，谁知道他还能做多久的官，难道朝廷会因此限制科举年龄吗？难道会有人问，老者为官会让年少者无官可做吗？不会，因为谁都知道年长者能考上不是"常事"，也知道老者是凭自己本事考中的进士。

换成女子自然也是一样的道理，没必要纠结这个问题，因为目前能参考的女子人数，还远远不到讨论这个问题的地步。至于什么时候才能到，岑鲸也不确定。

岑鲸盯着自己的字看了一会儿，抬头问萧卿颜："殿下，你就没想过自己当皇帝吗？"

这个问题让萧卿颜陷入了长久的沉默。

萧卿颜没想过吗？

当然想过。

最早出现这样的念头，是在喜欢跟太子攀比的幼时。那时的她不知天高地厚，只因为生母是元家所出的皇后，便自以为无所不能，费尽心机要与未来储君争高低。是母后那一巴掌打醒了她，让她彻底意识到有些事情注定只能是她的妄想。

若非机缘巧合遇见岑吞舟，若非那一把匕首，若非那一声"殿下，不要怕"，她恐怕已经屈从于世俗，变得和她那些同父异母的姐姐妹妹们一样，看似高高在上贵不可言，实际连自己的命运都无法掌控。

可就算是做到了其他女子做不到的事情，就算她如今位比亲王，她依旧没能想起幼时那不切实际的痴梦。不是因为她胆子变小了，而是了解越多，越清楚那有多难。

后来她从燕兰庭那儿得知皇后意图利用废太子遗孤把持朝堂，她也不是没想到只要顺水推舟就能让这天下落入自己掌中，可她实在无法容忍岑吞舟死后的名声因此受损，于是她放弃了这唾手可得的机会。

都说成大事者不拘小节，偏她骨头硬，就是岑吞舟也没能教会她如何低头，可见大位与她着实无缘，便也不再肖想。找个省心的傀儡，继续和以前一样把持朝堂也没什么不好，谁说君临天下就一定要穿龙袍坐龙椅？她以摄政长公主之名，照样能把天下握在自己手中。

结果岑鲸又用一句话勾起了她强压下去的野心，真有她的。

步摇流苏随风碰出的轻响声中，萧卿颜叹息："你也不怕我变成第二个萧睿。"

到时候悲剧重演，知晓岑鲸就是岑吞舟的萧卿颜绝不会因为岑鲸是女眷就留她性命。

岑鲸却说："你不会是萧睿，明煦也比我懂分寸。"

说到分寸，一个疑问又在萧卿颜脑海里出现：岑吞舟死前那两年行事格外嚣张，是以最后惹得萧睿忌惮，死于非命，依照她那时的脾性，合该回来找萧睿报仇才是，怎么反而变得这般与世无争？难不成当年之事另有内情？

萧卿颜不经意间触碰到了真相的边缘，可因为过去太久，且谁也不会想到岑吞舟是自己作死，所以她并未真的触及真相。

片刻后，萧卿颜带着岑鲸的提议从相府后门低调离开。

书房内，岑鲸问燕兰庭："我是不是又把事情弄得复杂了？"

女帝登基，可比找个傀儡要难太多太多。

燕兰庭站在岑鲸跟前，手中拿着岑鲸的书院玉牌仔细端详，说："再复杂你不也都做到了吗？当初你一人辛苦筹谋尚且能成，如今我与她联手若还不行，岂不丢了你的脸？"这话说的，倒真像是岑吞舟的学生。

岑鲸屈指在榻桌上叩了两下，说："我许久没听你叫过我'先生'了，叫句来听听？"

燕兰庭放下玉牌看向岑鲸，听话地唤了一声："先生。"

一贯淡漠的声线带着隐隐的笑意与柔情，硬是让本该充满尊敬的称呼勾缠上几缕说不清道不明的暧昧旖旎。偏偏外面日头正好，午后明媚的阳光透过窗户落在两人身上，反而把藏在话中的那份容易遭人诟病的不伦衬得磊落起来——

如果他没在之后俯下身，吻住岑鲸的话。

三

三朝回门，岑鲸出嫁的第三天，燕兰庭陪她一块回白家。

燕兰庭去见岑鲸的舅舅白志远，岑鲸则到后院去见她舅母杨夫人。

杨夫人握着岑鲸的手百感交集，只因早些年她还担心岑鲸体弱，难找夫家，如今虽说嫁得高了些，但看岑鲸的模样便知她在相府过得不错，如此她也能放下心，开始为白秋姝的未来做打算。

提起白秋姝，杨夫人那叫个气不打一处来，说是昨日旬休，白秋姝出门去玩，路上遇到一偷人钱财的贼，出手把人揍了一顿。她就没听过谁家姑娘会在大街上同人动手的。且要是这样也就罢了，偏还遇见了穆家的二少爷，那二少爷不明就里，还以为是白秋姝性情跋扈当街欺人，便要出手教训，结果反而被白秋姝给揍了一顿。之后这俩连着那贼都被巡城骁卫给逮了。还好事情也不复杂，问清楚后白秋姝就回了家，不过因为这事儿被白志远罚了禁足，连书院都没让去。

岑鲸准备去见见被禁足的白秋姝，正要跟舅母打声招呼，又听舅母迟疑着问她："对了，我听春毅说，你过几日还要回书院？"

岑鲸就是怕舅舅舅母知道她婚后还要去书院会反对，所以才一直瞒着，谁承想还是躲不过，只能实话实说："嗯，我想再读几年书。"

杨夫人一脸不理解："你向来聪慧，怎么也有糊涂的时候？"

岑鲸几乎能想到舅母会说什么，果然就听她继续说："你想想那燕兰庭什么年岁，至今膝下无子，定是着急的，你还不在家好好待着多与他亲近，你这……"

岑鲸听她说得不像样，忍不住打断道："舅母，他若着急要孩子，早就成婚了，哪里会等到现在？"

杨夫人："那是原先，如今都成亲了，自然也是想要孩子的。你身子又不好，就怕怀不上，你还跟秋姝似的不懂事，净想着往外头跑！"

岑鲸听得是哭笑不得。因为昨天晚上她跟燕兰庭也讨论过这个问题，和杨夫人相反，燕兰庭不怕岑鲸怀不上，就怕岑鲸怀上。女子生产就如同走鬼门关，他尚且因为岑鲸身体不好不敢肆意触碰，又如何舍得让岑鲸冒风险去怀孩子。他怕岑鲸会想要孩子，甚至提出可以从燕家旁支过继一个来。还好岑鲸对养小孩也没什么执念，毕竟一个岑奕就已经叫她心力交瘁，便把这事给压下了。

岑鲸知道杨夫人不是不顾她的身体健康，只是这个时代如此，女子若不好生育，流言蜚语传起来比让她们死了还难受，杨夫人也是担心她。所以岑鲸考虑过后，还是决定把自己和燕兰庭的打算告诉她，这是他们夫妻俩共同做的决定，纵然杨夫人再不理解，也没法逼他们改变主意。

从杨夫人那儿出来，岑鲸又去了白秋姝的灵犀阁。

白秋姝知道她今天回门，一大早就等着了，还把她带到屋顶上坐，说不能出门实在太无聊，也就在屋顶上待着能舒服些。

岑鲸："你要好好的，谁能禁你足？"

白秋姝蔫头蔫脑的："你别训我，大哥说过我了。"

岑鲸："他怎么说的？"

白秋姝："他说我捉贼没错，但在穆家那谁谁误会我的时候，我不该由着性子动手揍人，应该把事情说清楚。"

岑鲸："如果说清楚了，人家还不和你讲道理呢？"

这个白春毅倒是没说，白秋姝想了想说："揍他？"

岑鲸笑道："要是说清楚了还纠缠不休非要和你动手，那就是欠打，不揍他

揍谁？"

白秋姝嘿嘿一笑，又跟岑鲸聊起自己昨天是怎么和人打架的，还说："被骁卫带走的时候，那孙子还骂我有帮手偷袭他。我才没帮手，是赵彧多管闲事非要射一箭，没赵彧我照样能把他打趴下。"

岑鲸："赵小公子？他和你一块？"

白秋姝："是赵家姐姐找我出去玩。赵彧不是落榜了吗，心情不好，我们就带他一块出来散心。"

岑鲸："唔。"

她听燕兰庭说过，赵彧才能不比白春毅差，但考场里头的事情不能只看本事，也看运气。赵彧考第一场的时候吃坏了肚子，影响了考试，而第一场考的是帖经墨义，类似填空题和简答题，因为太简单，题目足有近百道。而要是连这第一场都没能考好，之后两场便想都不要想了。赵彧第一场就出了岔子，但他还是坚持把后面两场考完了，以累积更多的考场经验，免得三年后再出什么意外。这样强的心理承受能力叫燕兰庭欣赏，不然燕兰庭也不会单单跟岑鲸提起他。

之前白春毅考完特地到赵国公府找赵彧，也是怕赵彧憋在家里钻牛角尖，游湖后发现人好得很，才没再硬拉人出门玩。怎么突然就心情不好了？

岑鲸跟燕兰庭回家时提起这事，还问："是不是他带去考场的吃食被人动了手脚？"

不怪岑鲸多心，她当年下考场历经艰难，只因为她那大伯母不愿她考好，想叫她烂死在岑家，便让丫鬟在考前一天开了她屋里的窗子，还熄了她屋里驱蚊用的熏香，要不是反派系统提醒，她定要顶着一头的蚊子包去考试，到时候痒都痒死了，如何还能集中注意力考好。就这样还不算，大伯母"悉心"准备给她带进考场的吃食也都有问题，以致她第一场就饿了三天，因此她考完第一场也不回家，直接就去了元府，投靠她老师元老爷子去了。也因为元老爷子肯收留她，她才能好好考完剩下的两场。

燕兰庭："那倒不是。"

赵国公府家风还行，不至于出这种糟心事。

那是为什么？岑鲸疑惑，但也没问出来，万一燕兰庭不知道呢？

燕兰庭确实不知道，但他在书院教过赵小公子和白春毅，今年上元节也同他们说过话，作为过来人，他可太清楚赵小公子对白春毅的态度，以及赵小公子时不时看向白秋姝，看到挪不开眼意味着什么——暗恋嘛，他熟。

　　借口心情不好赚一个共同出游的机会这事儿他也不是没干过，可那又如何？有岑鲸和萧卿颜在，白秋姝注定不会被困在谁家后院，甚至整个京城都困不住她。赵彧要想追上白秋姝，光靠一份心意，没用。

　　岑鲸跟燕兰庭到家后不久，宫内传出了大皇子夭折的消息，此时距离大皇子身死已过去足足两天。

　　自昨日大皇子夭折，宫内人心惶惶，宫外却全无半点儿风声，岑鲸便猜萧睿定是陷入了两难。因大皇子是萧睿膝下唯一的子嗣。萧睿要是年轻力壮倒也罢了，偏他这些年缠绵病榻无力朝政，大皇子一死，朝堂必生动乱，皇室宗亲们也必将蠢蠢欲动。若所料不差，此后朝堂上立储的呼声会越来越高，免得皇帝哪天突然没了，皇帝那几个侄子和堂兄弟打成一团。可又有谁会承认自己日薄西山，要靠过继兄弟的儿子来延绵子嗣？且谁又能保证他以后就一定没有儿子，现在立储岂不养虎为患？

　　要想避免以上种种，萧睿只需伪装出大皇子还在的假象，直到后宫再出一位皇子，再来宣布大皇子的死讯。可这也就意味着大皇子暂且无法入土为安。古人最重身后之事，萧睿自然也无法接受自己唯一的儿子死后成孤魂野鬼。所以在经过两天的挣扎后，他还是让人宣布了大皇子的死讯。

　　为寄托哀思，大皇子的丧仪比成年皇子还要隆重，王公朝臣皆着素服七日，京城上下禁嫁娶舞乐。

　　也就在大皇子死讯传开后，燕兰庭变得越发忙碌，明里暗里向他示好的皇室宗亲数不胜数，连带岑鲸这边也多了许多不必要的社交往来。岑鲸实在懒得应付各方讨好，索性提早回书院，以求个清净。

　　回书院那天，早上天气不错，睡了许多天懒觉的岑鲸忽然被燕兰庭叫醒，坐起身后一头撞到他胸口，缓了片刻才下床梳洗。

　　待一切收拾妥当，燕兰庭又亲自将岑鲸送去书院，并和她约好下午过来接她。

　　岑鲸不是黏人的性子，且对燕兰庭的忙碌有着深刻的了解，便表示："要忙

的话，不来也行，我又不是不会自己回家。"

燕兰庭格外喜欢听岑鲸说"回家"这个词，他面上不显，实则心情愉悦地道："马车来回走一趟的工夫，能费多少时间。"

岑鲸看他坚持，也就不再劝。

马车抵达书院门口，安如素早早就在那儿等着了，身旁还有一位同样穿着西苑院服的女子。

燕兰庭离开后，安如素介绍了那女子的身份。她名唤李竹淮，出自书香世家，父兄皆在朝为官，如今嫁给了令国公家的嫡幼子。她嫁人前也是西苑的学生，还曾任书院例会书记，也是因为她凭借一己之力拉高了书记的专业水平，才让书院在她离开后迟迟找不到适合的人选来顶替她的位置，最后只能让岑鲸来。

能重返书院，李竹淮心中不知有多喜悦。

倒不是说她婚后的日子过得不好，恰恰相反，因为丈夫是家中嫡幼子，他们这一房深受老祖母疼爱，几个妯娌知道她虽聪明，却对后宅事务兴趣乏乏，因此常来找她帮忙，也不怕她夺后宅管家的权。可她心里始终都有遗憾在，遗憾自己的婚期没能延迟到会试之后，遗憾自己错过了下场的机会。而就在前阵子，长公主殿下亲自登门，与她公公令国公商议，让她回书院去读书。令国公不介意卖长公主殿下一个人情，可要让已婚的妇人回书院委实出格了些，犹豫多日，还是听说宰相夫人也会回书院读书，才终于同意让她也回书院。

李竹淮聪慧，如何不知令国公之所以会同意，是希望她能为宰相夫人分担世人议论的压力，卖殿下与燕相一个人情，同时也希望她能借此机会与宰相夫人交好。可她并不在乎被自己的公公当作棋子，她只在乎自己能不能借这得来不易的机会读书入仕，成为下一个执棋之人！

李竹淮原是甲天班的学生，回来后被安排与岑鲸同在甲地班。岑鲸见她没有丝毫怨言，甚至主动和自己亲近交好，忍不住在心里感叹：这心理素质，天生混官场的好苗子啊。岑鲸不讨厌这样的人，便也与李竹淮交谈了起来。

正值第一堂课结束，全书院学生刚在校场打完那套慢慢吞吞的拳，有还未来得及离开校场的学生看见西苑的监苑安如素，免不了停下脚步，向安如素行礼问好。其中有认识岑鲸或李竹淮的，看到她们都是一脸诧异，不明白她们怎么会回书院，且都穿着学生的院服。

只有白秋姝大老远跑过来，挽住了岑鲸的手臂："走，上课去，待会儿中午我们一块吃饭！"说到这儿又停了一下，"你中午是在书院吃吧？"

岑鲸："当然。"中午就那点儿休息时间，自然是留在书院休息更为便利。

白秋姝："那就好！"

之后白秋姝也跟李竹淮认识了一下，还邀李竹淮和她们一块吃午饭。李竹淮却想跟昔日甲天班的同窗叙旧，于是跟白秋姝约好明天再一起吃饭。

一行人入了明德楼，在二楼与白秋姝分别，去了甲地班在三楼的课室。

三人出现在课室门口时，许多学生都以为自己眼睛花了，更有甚者不小心撞翻了桌上的笔架。岑鲸与李竹淮对众人的反应视若无睹，各自找到空位坐下。

安如素同她们说："一切都与平时一样，就是早上不如住书院的学生方便，恐怕得错过第一堂课，错过的内容你们可以找先生询问，下午上完课凭玉牌离开书院，若要在书院留宿，务必提前同我说一声。"

岑鲸："好。"

李竹淮："劳烦安监苑了。"

安如素对她们俩也算放心，眼看上课的先生出现在外头走廊上，她也不敢耽误，赶紧从课室里退了出来。

岑鲸和李竹淮一同上完了上午的课。甲地班没有一个人敢主动来找岑鲸说话，倒是甲天班的安馨月和几个跟李竹淮相熟的姑娘趁着下课的间隙来了一趟。

中午岑鲸跟白秋姝、安馨月等一起去食堂，李竹淮也找了熟识的姑娘结伴。

忽略两人明显不属于闺阁姑娘的打扮与腰间与众不同的玉牌，别的倒是和其他学生没什么两样。

午睡时，白秋姝跟岑鲸说起自己怎么解的禁足令。原来是上回和她打过架的穆家二少爷的爹娘来了趟白家，倒也不是上门找碴儿，而是拎着儿子来道歉。可那穆家二少爷性子倔，只说自己是误会了，才没有犯错，把穆广气得当场拍桌，说要他这个儿子还不如要白家的三丫头，最后还真就提出要把白秋姝认作义女。白志远一个文官哪里说得通武将，稀里糊涂就看着自己女儿多了个义父。为此，白志远也不好再关着白秋姝，只能放她继续回书院读书。

第十章 大婚

白秋姝跟岑鲸念叨穆家，岑鲸虽有些犯困，却也还是强打起精神来听。因为按照萧卿颜的计划，五月末穆广出京换防，应当会带上白秋姝。

　　五月末……真快啊。

　　岑鲸忽然有种孩子长大了要自己出门闯荡的感觉，有些骄傲，也有些不舍。

　　可雏鹰长大了总是要起飞的，岑鲸期待她能飞得高远，飞得自在。

　　下午的课程结束后，岑鲸刚出书院大门就看见了相府的马车，她拉着燕兰庭的手上车，因为中午没睡，回家路上靠着燕兰庭补了会儿觉。

　　燕兰庭知道她累，虽然心疼，却也没说出让她不要再来书院这样的话，不愿让自己所谓的担心成为岑鲸的枷锁。

　　吃了晚饭，岑鲸还得做功课，于是在相府的书房里，再次出现了夫妻俩一个写书院功课，另一个处理公务的一幕。

　　为了方便岑鲸，燕兰庭早在书房里添了一套桌椅，因为新桌椅样式时兴，看着倒是比燕兰庭用惯的那套还要气派。好几次有官员来燕兰庭的书房，发现他还在用原先的旧桌椅，一旁的新桌上摆着学生的课本和各式各样的笔墨纸砚，比燕兰庭用的还要精细讲究，心情都特别复杂，也说不好燕相这算不算惧内。要说不算，这几乎把夫人供起来的架势恐怕全京城都独一份，要说算……那宰相夫人据说长着一张和宰相老师极其相似的脸，敬重师长又怎能算是惧内呢？

　　岑鲸不知道那些官员的纠结心理，因为不凑巧，每次他们来的时候，她都不在书房。

　　岑鲸的功课不算多，写完就回房间洗澡准备睡觉。燕兰庭处理完手头上的事务回房时，正看见她坐在床边泡脚。大约是太累了，她倚着床柱，眼睛闭着，也不知道是不是睡着了。

　　泡脚盆里堆着许多药材，挽霜在外间替岑鲸整理熨烫明天要穿的院服，林嬷嬷不在，剩下的丫鬟给燕兰庭端了热水来洗手净面。然而他并未接过丫鬟递来的帕子，而是走到床边，在岑鲸面前蹲下，把手伸进了泡脚盆里。盆里的水已经彻底没了热气，岑鲸的脚泡在里头，摸着非常凉。

　　岑鲸一睁开眼，就对上了燕兰庭满是不快的脸。

　　燕兰庭："水凉了。"

岑鲸浅笑着，却难掩疲惫："我知道，我没睡着，我就是……懒得动。"

燕兰庭冷着脸让丫鬟提了壶热水来，他先把岑鲸的脚放盆沿上，再倒进热水，确定温度适宜，才让岑鲸把脚又放进去泡着。之后燕兰庭去洗脸换衣服，回来又在岑鲸面前蹲下。

岑鲸："我自己来就好。"

燕兰庭不听，一手握住岑鲸从水中抬起的脚掌，一手拿着干帕子，替她把脚擦干。

岑鲸叹气："你这是伺候家里的老父亲呢。"

燕兰庭把岑鲸擦干的脚塞进被窝，同时站起身在岑鲸额头落了一吻："伺候我夫人。"

屋内伺候的丫鬟原还因自身疏忽提心吊胆了好一阵，生怕受到责罚，后又听岑鲸自比老父亲，燕兰庭非但没有感到不快，反而因此散了脸上的不快，还跟岑鲸举止亲昵，才总算松了一口气。之后其中一个丫鬟低着头红着脸，悄摸上前把床边的泡脚盆端走，另一个拿布将溅出来的水擦干，一齐退到了屋外。

这会儿外间也都收拾妥当，挽霜听岑鲸说要睡了，便熄掉屋内多余的灯烛，退了出去。

窗外月色溶溶，薄被下，燕兰庭拥着岑鲸。

岑鲸抬手覆上自己的额头，问："你好像特别喜欢亲我额头。"

燕兰庭："嗯。因为你第一次亲我，就是亲在额头。"那时的感觉他恐怕这辈子都难以忘怀，因此总觉得吻在额头比吻在别处更能表达心中的喜欢与珍爱。

岑鲸依着燕兰庭的话回想了一下，想起那晚燕兰庭同自己表白，自己确实是先亲了他的额头。

那日确认彼此心意后，两人曾约定第二天再来详谈。可毕竟是头一回与人谈情说爱，且当天又出了大皇子夭折一事，故两人一直到晚上才重新拾起话题，想好好同对方诉一诉自己心中的爱恋。结果稍显惨烈，因为互表心意的兴奋劲过去了，两人都恢复到了最理智的状态，比起追溯往昔，他们更多的是讨论以后，大到岑鲸以后生不生孩子、要不要考个功名入朝领个闲差，小到燕兰庭以后忙公务忙晚了是回屋睡还是到隔壁将就一晚……因为聊了半宿，隔日回白家的时候还险

些起迟了。

如今又提起那晚，且气氛还算不错，岑鲸强打起精神，喊："明煦。"

燕兰庭："嗯？"

岑鲸："你是从什么时候开始喜欢我的？"

燕兰庭沉默了数息，他不想说真话，不想让岑鲸知道自己对她的喜欢曾经历过一段注定没有结果的时光。与心上人阴阳相隔却仍不变心说出来诚然很能显真情，可从另一个角度来看，也显得过于沉重了些。

他不希望岑鲸因此感到亏欠和压力，于是他选择了撒谎："去年年底你在月华寺遇险，我那时才知，我喜欢你。"

岑鲸恍然，难怪回城时燕兰庭的反应那样奇怪，还拉着她的手不肯放，原来是意识到了自己的心意。所以……

岑鲸笑着问："所以被赐婚时，你信上所言皆是假话，说什么不好封驳赐婚诏书，有了婚约见面方便，还让我拿你做挡箭牌，都是为了让我觉得嫁给你不亏，对吗？"

燕兰庭没想到岑鲸记得如此详细，难得地感到不好意思，片刻后才"嗯"了一声，并为了岔开话题反问岑鲸："你又是什么时候喜欢我的？"他当真是一点儿都察觉不出，不然也不至于如此小心翼翼。

岑鲸顿时笑不出来了，因为她也不太想说真话，不想让燕兰庭知道自己早早就喜欢他却还是选择去死，于是她在燕兰庭怀里翻个身，说："好困，睡觉睡觉。"

燕兰庭微微一愣，随即忍着笑，把刚刚的问题还了回去："你回我的信上也都是假话，对吗？"

岑鲸闭眼装死。

燕兰庭终于笑出了声，他亲吻岑鲸温热的后脖颈，惹得岑鲸缩了缩身子，又翻过身来把他按进自己怀里。

"睡觉！"

非常霸道。

第十一章
薄情寡义

一

岑鲸花了几天时间，逐渐适应了走读生的日常。

因为她在书院，又有令国公府上的李竹淮"打样"，不少想要与岑鲸交好的人家都打起了送家中已婚女眷进明德书院的念头。反正家里女眷太闲也容易出乱子，若遇上争强好胜的，又少不得为争管家权起争端，如此送一两个进书院，不仅能结识宰相夫人，扩充交际圈子，还能让家宅清净，何乐而不为？

为此，书院和长公主府收到许多来信，说要送家中已婚的女眷来上学，问书院能不能收。

书院内部经过一番讨论，想着反正也有两个先例了，再多收几个试试也无妨。

决定下来那天，安如素既高兴又苦恼：高兴女子嫁人后回书院读书不再艰难，苦恼其中大半都是冲着后宅社交来的，后续要不要重新分出一个夫人班，分班后会不会影响那部分想要专心读书的已婚女子，都是未知数。

萧卿颜将相关事宜全权交给安如素来负责，安如素偶尔会找岑鲸商量。

岑鲸见她满心忧虑，生怕行差踏错，便劝："没什么事情能十全十美，日后发现问题慢慢改进就是了，别那么紧张。"

可简单的劝解安如素哪里听得进？于是岑鲸就去西苑书阁翻找书院创建以来的记录文书，把当初岑吞舟创建书院留下的各种问题，以及萧卿颜接手书院后如何一点点改进，指出来给安如素看。安如素发现就连创建书院的岑吞舟也没办法一步做到位，这才定下心，开始大胆尝试。

五月末，白志远和杨夫人刚准备为白春毅说门亲事，转头就发现白秋姝跟着离京的穆家军跑了，差点儿没气晕过去。

此事瞒压不下，在京城闹得沸沸扬扬，不过因为白秋姝凶名在外，又有个表姐是宰相夫人，故也无人敢议论得太过分。

后来白秋姝带着几十个穆家军把沿途山匪寨子给剿了的消息传回京城，白秋姝因此受到朝廷嘉奖，便再没人敢多说什么，就算私下议论不好听的，也都是说白秋姝身为女子却如此能耐，定然是个长得凶神恶煞的母夜叉。

当然这些都是后话。

初伏那天，燕兰庭给岑鲸带来一个消息：皇后怀孕了。

岑鲸诧异："什么时候的事？"

燕兰庭："若没猜错，早在大皇子夭折当天，皇后就已将此事偷偷告诉皇帝，要不是皇后近来坐胎不稳需要喝安胎药，恐怕要等她显怀了我们才会发现。"

大皇子夭折当天……难怪第二日皇帝就公布了大皇子的死讯，也不怕朝臣逼他立储。倒不如说那样正中萧睿下怀，能让他借此机会看清朝堂派系，利用得再好些，未必不能以谋逆的罪名除掉燕兰庭。至于皇后肚子里的孩子，恐怕无论是男是女，最后都只能是"皇子"。

岑鲸正想着，突然一只手伸过来，用指腹推她眉心，让她抬起了头。

"嗯？"

岑鲸顺着力道抬起头，那手又沿着她的鼻梁滑下来，屈起的指节蹭过她的唇，最后用掌心捧住她的脸颊。

"我同你说这些，是想你心里有个底，不是让你陪我一块操心。"燕兰庭凑过来，用自己的额头抵着她的。

岑鲸扬了扬唇角，说："习惯了。"虽然因为容易疲惫说得少，做得也少，可她的脑子还是习惯根据已有的条件和线索进行思考和判断。

"你上回说,大皇子夭折一案最后查到了安王头上。"岑鲸靠到燕兰庭肩上,缓缓道,"但你觉得和安王无关。"

燕兰庭:"安王无能,决计做不到这个地步。"

岑鲸垂下眼,沉默片刻后还是说:"把皇后有孕一事传开,说不定能让幕后真凶露出马脚。"

大皇子的死对谁最有利?自然是萧睿那几个血缘关系近的堂兄弟和侄子。而有能耐把手伸进后宫,又能狠下心去杀一个四岁孩童的人不得不防,萧卿颜若要继位,还需尽早揪出来才是。至于其他的,燕兰庭不让她操心,那她就不操心了。

岑鲸每日上学放学,日子过得平淡且祥和。

与她相反的是,在"皇后有孕"的消息传开后,沈霖音再没有睡过一个好觉,甚至连吃饭喝水都变得胆战心惊,要人试了再试,生怕自己会像大皇子那样被人投毒,一尸两命。

这样焦虑的日子持续了一段时间,直到这天早上,有替她试毒的宫女在喝了她的粥后呕血不止,沈霖音脑子里的最后一根弦彻底绷断。无尽的恐慌中,她产生了一个极其疯狂的念头:让岑鲸入宫!让她与我同食同寝!我不信燕兰庭和萧卿颜会眼睁睁看着她和岑吞舟一样死在宫里!

沈霖音疯狂中又带着清醒,她强忍颤抖,没有让任何人知道自己召岑鲸入宫是为了拿岑鲸的性命要挟燕兰庭和萧卿颜保护自己,只让溪嬷嬷去传自己的口谕,说要见岑鲸,召她即刻入宫。

皇后的口谕传到书院时,岑鲸正在书院上早上第二堂课。安如素急忙来到课室门口,打断了正在讲学的先生。那先生面露不悦,叫安如素有什么事下了课再来,却见一向稳重的安如素朝他行了一礼,硬把他请到了外头。两人在课室外的走廊上说了几句话,不一会儿,安如素又走到门口,把课室内的岑鲸唤了出去。

岑鲸一脸茫然地出了课室,听见安如素同她说:"皇后娘娘派人接你入宫,马车已经在书院外头等着了,你快些去吧。"

岑鲸并未依言离开,而是先向一旁的先生行礼道歉:"是学生之过,打扰先生上课了。"

那先生对岑鲸的道歉很是受用,还让她不必介怀。

岑鲸这才跟着安如素下楼，前往书院门口。

路上，安如素的脚步不自觉迈得有些快，回头看岑鲸落下一大截，不得不站在原地等了片刻。终于等到岑鲸，她才尽力放缓步伐，感叹道："你倒是镇定。"

岑鲸："你见殿下都能从容，怎么遇上皇后反而变得急躁了？"

安如素也说不好是为什么，可能是因为皇后与安家不对付，又或是她从未接触过皇后，因此无法做到像面对长公主那样沉稳。

快到书院门口时，岑鲸望着门外宫里来的马车，对安如素说："待会儿恐怕要劳烦你跑一趟。"

安如素："替你送信回相府吗？"

岑鲸："还有长公主府。"

后宫那地方，哪里是燕兰庭一个外臣能去的，还是得找萧卿颜才行。

皇后宫里险些毒死一宫女的消息很快就传到了萧睿耳中。他匆匆赶来时，沈霖音正一脸憔悴地坐在椅子上，整个人愣愣的，直到身旁嬷嬷提醒，她才如梦初醒一般望向萧睿。

萧睿如今正值壮年，却因"病痛"缠身熬得形销骨立。近一个月沈霖音没再给他下药，他"生病"的次数少了，脸上终于显出几分活人该有的血气，不再那么人不人鬼不鬼。

望着这样的萧睿，沈霖音蓦地想起了他最初登基那一年。那一年是他最意气风发的一年，是他们夫妻最为欢喜的一年，也是……岑吞舟还活着的一年。

若是一切都停在那一年，该多好啊。

"陛下……"沈霖音轻声呼唤，语调颇有几分旧时的清朗。

萧睿似是听出了差别，脚步微顿，随即走到沈霖音身旁坐下，拉住了她的手。

沈霖音也仿佛回到了过去，她倚进萧睿怀里，任由满心的恐惧与不安化作泪水，浸湿了萧睿的衣襟。

"好了，没事了。"萧睿轻轻拍着沈霖音的背，心中宽慰。

自他生病以来，沈霖音的脾气越发古怪，心情好的时候连药会不会太烫都放在心上，坐在床边亲口为他试药，坏的时候处处与他争吵，偶尔看着他的眼神也

第十一章 薄情寡义 BO QING GUA YI

格外令人心碎。现今大约是因为有了孩子，她终于找回了过去的模样。想来这孩子也是个带福气的，一来就让自己病体好转，也让沈霖音慢慢变回原来的模样。

萧睿越想，越是对沈霖音肚子里的孩子充满了期待。这孩子是男是女都无妨，若是女孩儿，暂且对外谎称诞下了皇子，等日后有了别的皇子再说就是……

一个念头在萧睿脑海里浮现，和那念头一同出现的，还有一张熟悉的脸。那是一张极为漂亮却不会叫人错认成女人的脸，那张脸上带着浅浅的笑，唇角微扬，吐出含笑的话语："学得很快嘛，就该如此，总那么耿直，怎么斗得过太子？"

萧睿浑身一颤。

这时，出宫去接岑鲸的溪嬷嬷走进殿来，禀道："娘娘，宰相夫人已在殿外。"

倚靠在萧睿怀里的沈霖音猛然想起眼下的处境，没顶的不安撕扯着她，把她从往昔的美梦中拉出。

萧睿正因想起岑吞舟而胸口发闷，听溪嬷嬷提到宰相夫人，依稀记得皇后同自己说过此女像极了岑吞舟，心中越发感到不快："你召她入宫做什么？"

沈霖音这会儿才反应过来让岑鲸与自己同食同寝是件多么不可能的事情。不说燕兰庭与萧卿颜肯不肯，光说萧睿……萧睿从未见过岑鲸，仅凭旁人口述，他自然不会有太多想法，可要是让他亲眼看见岑鲸那张脸，岑鲸必死无疑。

她早前不知道自己有孕，只想着把局势搅得乱一些，最好多几个和自己一样难过的人，于是便故意让萧睿赐婚，又硬让萧睿给岑鲸封诰命，为的就是让岑鲸入宫谢恩，叫萧睿看见岑鲸，好失去理智动手杀人，惹怒燕兰庭与萧卿颜。可如今不同了，如今她有了孩子，岑鲸就是她的保命符，所以岑鲸不能死，她得活着。

沈霖音强自镇定，对溪嬷嬷说："把她带去偏殿。"

带去偏殿，不让萧睿看见。

然后她才跟萧睿解释："臣妾想着，下毒之人会不会与燕兰庭有关，一气之下就让人把她召来了。"

萧睿信了沈霖音的话，责备道："尚未查明事情真相，怎可如此冲动？"

沈霖音没有和往常一样用抬杠来宣泄心中的不满，低着头说："对外就说臣妾召她谈话，迟些再让人把她送出宫就是。"

萧睿没有异议，却也打消了在凤仪宫多留一阵的念头，免得见到那据说和岑

374

吞舟长得极为相似的女子。

沈霖音比任何人都清楚岑吞舟是萧睿的噩梦，她起身送萧睿离开，待确定萧睿走了，才放下胸口悬着的那颗心，让溪嬷嬷把岑鲸带过来。

因为入宫匆忙，岑鲸还穿着书院的院服，大热的六月天，竟还在薄薄的小袖衫外罩了一件白底银杏叶纹的褙子，臂挽披帛。进殿后，她向沈霖音行礼问安。

沈霖音早前见过岑鲸，第一眼确实有被惊到，之后明白那不是岑吞舟，也就没什么感觉了。她淡声叫起，给岑鲸赐座。

岑鲸谢了恩，起身在椅子上坐下，抬眼间看到那端坐上首的女子头梳凌云髻，大约是怕胭脂水粉对胎儿不好，面上未施粉黛，难掩憔悴——与岑鲸记忆中的沈霖音判若两人。

沈霖音是女主角，她的经历注定不同凡响。她还在母亲肚子里时曾被一道士批言命中带煞，不巧她刚出生沈家老太太就生了一场大病，沈霖音的父母因此信了那道士的话，将她送去道观，还找来据说命中带福的她的表妹，代替她养在老太太膝下。后来因为养得太过倾注真情实感，沈霖音回到家时，众人更喜爱的反而不是养在外头的她，而是那被找来代替她享尽富贵的表妹。

若是旁的女子，恐怕是要委屈死自己，偏她在道观里住着也有奇遇，一是跟着医术高超的女道医学了一手旁人拍马都追不上的医术，二是意外结识了萧睿，还曾因年纪小被萧睿轻视，最后她用实力打了萧睿的脸，两人就此相识，成了一对小冤家。这对小冤家平日里总是一副嫌弃对方的模样，可当沈家要随便给沈霖音指一门婚事时，是萧睿第一个冲出来，说什么都要娶她做自己的诚王妃。

岑吞舟为了确保剧情顺利，曾偷偷去见过那时的沈霖音，依稀记得对方是个过分文静沉着的小姑娘，也就只有遇到萧睿，才会展现出几分符合年龄的活泼。

再后来，沈霖音陪着萧睿一步步走到那至高位上，两人同生共死，关系越发亲密。岑吞舟再见她时，她已经是皇后，褪去了在诚王府的天真稚气，问岑吞舟有没有喜欢的姑娘，张罗着要替岑吞舟娶媳妇。

那时的沈霖音多了几分身居高位的威严与气度，就像正午的太阳，光芒万丈。而如今的沈霖音，不像太阳，也不像旁的什么，就像个人，一个……快要枯萎的人。

沈霖音不知眼前人是故人，目光在岑鲸身上流连，一边想着该如何利用她，

第十一章 薄情寡义 BO QING GUA YI

让燕兰庭和萧卿颜帮自己保下胎儿,一边问些问题来试探岑鲸的为人。

气势恢宏的殿阁内四角都摆着冰盆,冷气一点点在室内聚集,透过岑鲸的衣服布料渗至皮肤,没一会儿岑鲸就觉得自己鼻子堵了,喉咙也开始发痒,想要咳嗽。她下意识喝了口热茶强忍下不适,然后才想起自己的打算,在开口回答沈霖音的问题时轻轻咳了一声。

沈霖音并不知道岑鲸体弱,蹙着眉抬手在口鼻前挡了挡,问:"你病了?"

岑鲸起身:"娘娘赎罪,臣妇体弱畏寒,殿内太过阴凉,这才……"

话没说完,沈霖音就从上首站起了身,走到岑鲸面前,用力扣住她的手腕。这一把脉,她面上蓦地露出喜色,但随后说出的话和她那不加掩饰的欣喜加在一块,竟叫人感到瘆得慌——

"有没有人告诉你,你没几年好活了?"

岑鲸一脸诧异地望着眼前的沈霖音,许久说不出话来。

没有。给她看过病的大夫,没有一个说她命不久矣,但也没有一个能将她的身体素质拉回到正常人该有的水平。拳法她有练,药膳也在吃,还用专门的药方子泡脚,持续了一年多,现在的她比在青州那会儿要好不少,但比起正常人还是差了一大截。

原本岑鲸也是不在乎这些的,因为一旦有了执念,开始着急,就免不了投入更多的时间精力,她嫌累。直到最近体会到了体质太差带来的不便,岑鲸才终于开始思考怎样更好地改善自己的体质。她思来想去,也就只有这个世界的医术天花板——女主沈霖音——有可能还她一具健康的身体。

所以她让燕兰庭散播"皇后有孕"的消息,一是要抓出害死大皇子的真凶,把可能会妨碍萧卿颜的不安定因素扼杀在摇篮里,二是想让沈霖音害怕,促使沈霖音为了自保,主动挑她这个软柿子来捏。

是以岑鲸早就猜到沈霖音会为了肚子里的孩子把主意打到她头上。方才她也很自觉地把自己的软肋暴露在了沈霖音面前,告诉沈霖音自己体弱畏寒,好让沈霖音以她的健康作为筹码,换取腹中胎儿的平安。只要能达成目的,岑鲸并不在意自己在旁人眼中扮演的角色是猎人还是猎物。但岑鲸没想到,多年不见,沈霖音的精神状态会变得这么糟糕,更没有想到自己的身体居然差到这个地步。

"长公主殿下,您若要见皇后娘娘,且容奴婢进去通传一声……殿下!殿下这是做什么?!"

如火一般艳丽的红色裙摆扫过地面,凤仪宫的宫女太监众多,却无一人能拦下手持长鞭的萧卿颜,就这么让她一路闯到了殿门口。过程中有一个宫女被推搡着近了萧卿颜的身,慌乱中抬起手,眼看便要碰到萧卿颜的手臂,却被不知道从哪儿扔来的一块小石头砸中了手背,吃痛后又缩了回去。

驸马踏着瓦檐,一路看着萧卿颜进了殿门,又从高处落下,如影子一般跟了进去,手中还拿着禁军的雀笛,方便随时调遣宫中禁军,以备不时之需。

"长公主殿下,您怎么……"溪嬷嬷听见外头喧闹,还未走到殿门口就迎面撞上了来势汹汹的萧卿颜。她本想拦一拦,可对上萧卿颜居高临下的冰冷眼神,涌上心头的畏惧叫她不由得软了双膝。

萧卿颜越过溪嬷嬷,直直走向沈霖音和岑鲸。

发现自己的寝殿被人擅闯,沈霖音脸上短暂地出现了错愕的表情,她不敢相信萧卿颜居然会为了一个仅仅只是长相像岑吞舟的女子紧张到这个地步。可随后她又重展笑颜,在意才好,萧卿颜越是在意岑鲸,自己手中的筹码就越大。

"瑞晋……"沈霖音唤出萧卿颜的封号。

萧卿颜是萧睿的妹妹,虽非一母同胞,但因萧睿脾气耿直,对萧卿颜的胃口,兄妹俩又同是岑吞舟的友人,故而在萧睿还是诚王时,萧卿颜也曾亲切地唤过沈霖音"嫂嫂"。如今物是人非,萧卿颜对沈霖音再无当初的和善,开口便是一句冰冷而疏离的"皇后"。她抬手把岑鲸拉到了自己身后:"岑鲸是我书院的学生,皇后若没事,就不要打扰她在书院读书。"说完,就要带岑鲸离开。

萧卿颜对岑鲸入宫一事有心理阴影,一听书院来信说岑鲸入宫,便想起岑吞舟当年是如何死在宫墙之内,以至于她全然不顾分寸,想也不想就进宫,闯到了皇后这儿。

沈霖音没有拦她,而是对着萧卿颜的背影朗声道:"你就不问问本宫为何要让她入宫吗?"

萧卿颜没理她。

沈霖音看她们就要踏出殿门,终于把持不住,单刀直入:"你现在把她带走,

过几日还是要带她来见本宫，求本宫为她医治！"

萧卿颜终于停下了脚步，侧身回头，不见半点儿被人胁迫的慌张，斜睨来的眼神透着危险："你给她下毒了？"

沈霖音听见这话，整个人像是被针扎了似的轻轻一颤，呼吸也变得有些重。她看了眼一旁的溪嬷嬷，溪嬷嬷会意，当即行礼退出殿外，顺便把外头的宫人尽数带走，只留下这殿内的三人。

沈霖音："她这身子哪里需要我下毒。"

萧卿颜彻底转过身，面向沈霖音："什么意思？"

"她的脉象看似是虚脉，实则是残烛脉。"沈霖音也知晓萧卿颜耐心不足，不细说脉象区分，而是换了寻常人都能听懂的话，"她过去必然濒死过一回，后又不知为何莫名保住了性命，眼下是看不出什么问题，调理得当甚至能恢复得如旁人一般，但再过个三四年，她的身体会突然变得比纸还脆，随便一场冷风就能叫她病得不省人事，甚至要了她的性命。残烛脉虽罕见，却不是没有记载，你若是不信，只管让人去查。"

萧卿颜见岑鲸没什么表示，又无法确定沈霖音这番话的真伪，索性不同沈霖音废话，带着岑鲸离开了凤仪宫。

沈霖音虚脱一般跌坐在地上，整个人松下劲，软得像摊泥，唯独脸上却挂起了笑。她低头轻抚肚子里的孩子，呢喃道："孩儿乖，娘这次一定不会让你有事……"

"她说的可是真的？"离开皇宫的路上，萧卿颜问岑鲸。

岑鲸："不知道，我也是头一回听大夫说我没几年好活了。不过……有一点她说得没错。"

萧卿颜："什么？"

"我现在用的这具身体，"岑鲸抬手按在胸口，"确实在六年前'死'过。"

六年前，岑吞舟死的那年，原主也死了，反派系统因此才能帮岑吞舟借尸还魂。如此，她的确算是死过一回。

萧卿颜怀疑岑鲸是岑吞舟的女儿时，曾派人到青州去查过岑鲸的身世，自然也知道岑鲸十岁那年曾大病一场，甚至连呼吸、脉搏都断了，却不知为何又突然好了起来，虽然从此以后身体越发孱弱，但总归是留下了一条性命。后来她得知岑鲸就是岑吞舟，一夜无眠之际想起此事，便明白那场大病后留下性命的并非原来那十岁的幼童，而是同年死在京城的岑吞舟。之后她同燕兰庭谈话时提起此事，还得知燕兰庭早在认出岑鲸身份后，特地让人去青州当地最大的寺庙，给原身供了一盏长明灯。当时他们都没想到，这具本就该死去的身体根本无法支撑岑鲸太久。

行至宫门，宫门外停着一辆相府的马车，燕兰庭一袭紫衣站在马车旁等岑鲸，终于见到她时，那一脸的冷峻出现了明显的缓和。

岑鲸看得都有些不忍心告诉他了，她转头对萧卿颜道："我可能命不久矣的事……"

萧卿颜："替你瞒着？"

岑鲸摇头："你替我跟明煦说吧，我实在不知道该怎么同他开口。"

萧卿颜："……我还以为你不会让他知道。"

"怎么会？"岑鲸笑笑，"我与他已是夫妻，若连生死之事都要瞒着，那还算什么夫妻啊。"

萧卿颜想了想，点头："也是。"

两人还没走到马车旁，燕兰庭便已迎了上来。岑鲸自觉地伸出了手，让燕兰庭牵住她。双手交握时，燕兰庭感觉岑鲸的手很凉，下意识用另一只手来拢住岑鲸的手，想要让她的手暖和起来。

"多谢殿下。"燕兰庭同萧卿颜道谢。

萧卿颜："别急着谢，我有话要单独同你说。"

单独？

岑鲸："我到马车里等你。"

燕兰庭没什么异议，松开了岑鲸的手。

岑鲸一个人走到马车旁，正逢艳阳高照，她便没上马车，而是站在阳光下，任由暖阳驱散她那一身从凤仪宫带出来的阴寒。

燕兰庭从萧卿颜那儿得知沈霖音的话，猛地回身去找岑鲸，就看见岑鲸沐浴在温暖的阳光中，余光注意到他，还朝他露出一抹温和浅淡的笑。

第十一章 薄情寡义 BO QING GUA YI

明明是非常美好的一幕，却叫燕兰庭想起六年前面对的那具属于岑吞舟的冰冷的尸体。他眼睫轻颤，心脏像是被谁用手死死攥着一般难受，眼圈逐渐染上薄红。

半晌，燕兰庭听见自己对萧卿颜说："皇后所言，未必是真。"

皇后为了寻求庇护而选择撒谎的可能性不是没有。

燕兰庭极力克制，条理清晰地说："我会派人去查找医书，另外再叫宫中的御医和齐大夫给吞舟看看。"

若非改唤了"吞舟"二字，萧卿颜还真以为燕兰庭有多冷静："那我去找萧睿，好歹把方才我擅闯宫闱之事遮掩过去，免得他起疑心。"

燕兰庭向萧卿颜行了一礼："劳烦殿下了。"

萧卿颜转身往宫里走，燕兰庭则回到了马车旁，岑鲸拉住他的手上车，刚坐稳就被他抱进了怀里，抱得很紧很紧。

马车驶离宫门，外头逐渐变得热闹起来，熙熙攘攘，满是人间烟火气。

燕兰庭静静地抱着岑鲸，过了许久，带着些许沙哑的声音在岑鲸耳畔响起："我一定会让你好好活着。"明明是承诺，听起来却充满了杀气，像是要与吝啬给岑鲸一个圆满的老天为敌，拼死也要将她留在这人世。

岑鲸对自己的生死向来不放心上，唯独这次，她听着燕兰庭的声音，感受着他拥抱自己的力道，突然想再努力一下，就算累点儿也没关系。

"好。"

我一定、好好活着。

二

岑鲸给了燕兰庭一路的时间，待马车在相府门口停下，燕兰庭果然已经整理好自己的情绪，松开了将岑鲸禁锢在自己怀里的手臂。

"你先回家。"他说，"我去一趟文阁。"

京城内外共有五处文阁，不仅收纳各类书籍，还有国家盟约、皇室档案等，是类似国家图书馆的存在。燕兰庭身为宰相，兼领文阁大学士一职，要找什么资料吩咐一声便可，偏要自己过去，大约是怕让人传话会有疏漏，引起皇帝的注意。

其实岑鲸有办法验证皇后的话是真是假，但因为无法说明系统的存在，她只能让燕兰庭用自己的办法去查。她目送燕兰庭乘着马车离开，随后回了主院。

院子里有棵大树，树上挂着一架秋千，最初是岑吞舟让人挂的，江袖当年非常喜欢，时常同院子里的丫鬟们抢着玩，偶尔岑吞舟自己也会去坐一坐。后来相府易主，燕兰庭明明是这座宅子的新主人，却住到了别的院子，还锁了岑吞舟住过的主院不让人进出，这秋千便再也没人坐过。

直到两人成婚前，燕兰庭让人收拾主院，怕秋千绳索蚀损，岑鲸坐上去会摔着，特地叫人换了新的。新秋千的绳索上没有昔日丫鬟们玩闹时缠上的彩绳与花草藤蔓，红木坐板亦是干干净净的，没有半点儿岁月的痕迹。

岑鲸坐上秋千，让挽霜她们该干吗干吗，别离她太近，她想一个人待一会儿。

待挽霜等丫鬟领命散开，她又抬头对无处不在的相府暗卫道："都撤远些，两刻钟后再回来。"

树冠无风而动，岑鲸明白是藏在树上的暗卫离开了。她脚尖点地，轻轻地晃了晃秋千。

"系统。"岑鲸唤了一声，问，"沈霖音说的是真的吗？"

系统很心虚："系统目前无法确定。"

岑鲸捕捉到关键词：目前。那也就是说——

"你能确定，但需要时间。"

系统："为宿主进行体检需要耗费能量，体检结束后系统将陷入休眠，需花费二十四小时蓄能重启。"

虽然系统平时也很安静，就跟不存在一样，但在休眠时无法抵御外部攻击，会让系统非常没有安全感，所以它一次都没给岑鲸做过全面的体检。反正岑鲸要是濒死，它再用自己的能量抢救也来得及，至于自己离开后岑鲸会不会突然死掉，它还真没考虑过——本来它就是个恋爱系统，而不是救死扶伤的医疗系统。

岑鲸没着急让系统给自己体检，而是问："那让叶锦黛的系统也做一次体检，不就能让它休眠，将它移除吗？"免去了濒死这一步骤，多安全。

系统悲愤道："升级版的恋爱系统在能量槽方面进行了优化，体检耗费的能量不足以使它陷入休眠。"

岑鲸轻飘飘地扎了自家系统一刀："果然升级版还是有优势的。"

系统倔强地"嘤"了一声。

岑鲸："体检吧。"

系统磨磨叽叽："那说好，体检完二十四小时内你一定不能去书院，就算不得已去了，也绝对不要让叶锦黛碰到你！"不然S975一定不会放过它！

岑鲸耐着性子一一应下。

随后系统对岑鲸进行了全面的身体检查，耗时十分钟。检查结束后，它赶在休眠前汇报了体检结果："不出意外，宿主的身体最多只能再支撑三年，三年后器官开始衰竭，免疫系统全面崩溃，由此引起的并发症将导致宿主死亡……系统能量低于百分之五，将在五秒后进入休眠。"

系统拣主要的说完，就跟断线一样没了声。

岑鲸又一次荡起了秋千。沈霖音的话被证实，她一下子想到了很多，比如最坏的情况：自己要是死了，燕兰庭他们该多难过。还有，系统能不能自发地为宿主进行治疗？如果不能，她或许可以考虑去找叶锦黛，叶锦黛有系统商店，说不定可以兑换治疗身体的药物，就是不知道如果这类药物需要的好感值太多，叶锦黛兑换不起怎么办……反派系统说过，这次重生是它送给她的礼物，希望她能有一段属于自己的人生。可如今这份礼物出了点儿问题，岑鲸不得不担心反派系统是不是为这份礼物付出太多，才顾不上这些细节。

岑鲸思绪万千，最后却只感叹出一句："傻系统，也不说提个要求趁机威胁一下什么的，真老实。"

恋爱系统已经刷满了三个攻略目标的好感值，随时能离开，给岑鲸做体检这件事，它可做可不做，甚至以此威胁岑鲸也是可以的，但它没有，还在检查完第一时间就把结果跟岑鲸说了，简直迟钝，不，是善良。

下午，燕兰庭回到家，看见岑鲸在做书院送来的功课。因为天气不错，她就坐在窗户边，午后残阳斜照进屋内，正好避开了岑鲸，只落在半张榻桌上。

燕兰庭换了在家穿的便服，没有坐到岑鲸对面，而是走到她身后坐下，说："休息一下吧。"

岑鲸笑着靠进他怀里："就算沈霖音说的是真的，也还有几年呢，担心什么？"

燕兰庭垂眸不语，显然是不喜欢岑鲸这个假设，他岔开话题，同岑鲸谈起了别的："皇后今早突然召你入宫，是因为有人在她的吃食里下了毒。"

岑鲸："查出是谁了吗？"

燕兰庭："俞王。"

俞王，萧睿的亲侄子，不曾在朝领职，没什么存在感。

"不过……"燕兰庭说，"比起毒害大皇子那次，此次的手法拙劣，未必是同一人所为。"

岑鲸："那就再等等吧。"

沈霖音死不了，幕后真凶总会着急。

"嗯。"燕兰庭从背后环着岑鲸的腰，努力装出和平时没什么区别的模样。

可第二天，岑鲸还是察觉到了燕兰庭的异常。

岑鲸请了假没去书院，但因为习惯了早起，她还是在燕兰庭起床后跟着起床吃早饭。但因为吃完还要回床上补觉，岑鲸只加了件衣服，并未整理妆发。

她洗好脸，转身正遇上衣着整齐的燕兰庭，于是双手抚上他看起来没什么精神的脸，问："没睡？"

燕兰庭垂眸不语，因他确实一夜无眠。

岑鲸："文阁那边查出什么了？"

燕兰庭摇头："还没。"

岑鲸想了想，问："害怕？"

燕兰庭倒也诚实："嗯。"

那不是激烈到会展现在脸上的恐惧，但却一直萦绕在心底，叫人挥不去、忘不掉，一空下来就忍不住去想，根本无法静下心，自然也就无法好好入睡。

寻常夫妻，这会儿妻子就该温声安慰丈夫了，偏偏岑鲸直男性子上身，来了句："出息。"

燕兰庭也不辩驳，低头吻了吻岑鲸的额头，好清楚感受到岑鲸的存在，抚平心中那丝丝缕缕纠缠不休的忐忑。

唇瓣轻触，正要离开之际，岑鲸的手攀上了燕兰庭的脖颈，拉着他低下头的同时略微踮起脚，送上一吻。燕兰庭顺着力道吻上岑鲸的唇，起初只是细碎的轻吻，

待到屋内的丫鬟悄悄退出，合上门，岑鲸加重了力道，越吻越深。

来自岑鲸的霸道强势在燕兰庭闷疼的心口撬开了一个豁口，让在那儿挤压的一切隐忍不发都化作凶猛的回应，涌向岑鲸。

待一吻停歇，屋内静得只能听见两人喘息的声音，岑鲸被燕兰庭用仿佛要把她揉进身体里的力道抱着，若有似无地轻笑了一声——无论是不满还是怨恨，发泄出来就好了。

吃早饭的时候，岑鲸对燕兰庭说："明日旬休，我有事要去找叶锦黛。"

"我和你一起。"燕兰庭说完，又补充一句，"正好我也有事找叶临岸。"

隔日也是大好的晴天，碧空万里。

看到找上门的燕兰庭和岑鲸，叶临岸脸色复杂。

当初若是燕兰庭主动提出要娶岑鲸，叶临岸肯定会恢复过去六年来的态度，唾弃燕兰庭居然对岑吞舟怀抱如此不堪的心思，还找了个长相相似的女子来寄托心中那份肮脏龌龊的感情。偏偏这婚约是皇帝御赐。叶临岸虽知道燕兰庭权倾朝野，可就像平民百姓无法想象皇家的富贵，他被自身的经历限制了想象力，对燕兰庭的掌权程度了解不深，所以并不知道燕兰庭是有能力封驳这道赐婚圣旨的。因此他在不满这门亲事的同时，并未完全把矛头指向燕兰庭，而是加深了对皇帝的仇视。

但这并不意味着他能平静地接受燕兰庭和岑鲸以夫妻的身份同时出现在他面前。他努力忍耐着，直到岑鲸被叶锦黛带去别的屋说话，才终于对着燕兰庭露出了些微的不满。

燕兰庭习以为常，丝毫没有要替昔日同窗调节心态的意思，直接与其谈论起了正事。

另一边，岑鲸把自己的情况跟叶锦黛说了一遍，问："你的系统商店里面，有能让我恢复健康的道具或者药物吗？"

叶锦黛小鸡啄米似的点头："有！回春丹！"

她点开岑鲸看不见的兑换面板，一边翻找一边说："但是这个药的购买方式特别贼，说什么需要在购买的时候输入使用对象，这样购买的回春丹就能直接在使用对象身上起作用，不需要另外想办法让对方吃实体药物就能使之恢复健康，可是你知道吗……"点击面板上的药物，跳出了一个输入框，叶锦黛语带愤懑，"这个药物的价格居然是会变的！要根据病情轻重发生变化我也就认了，但它居然还会根据作用对象的身份进行调整。普通配角还好，一旦输入攻略目标的名字，它的价格就会成倍往上翻，难度越高的攻略目标需要的好感值就越多，简直坑爹！"

叶锦黛输入岑鲸的名字，看也不看需要的好感值数额，直接点击"确定"，结果眼前跳出菜单，提示好感值余额不足。

"怎么可能？"叶锦黛不是没有兑换过，知道像岑鲸这样的非攻略目标根本不需要多少好感值，自己的余额肯定是够的。她关掉菜单，终于看了眼左下角的所需数额，整个人傻在原地。

岑鲸："怎么了？"

叶锦黛转向岑鲸，活像是见了鬼："数……数额……"

岑鲸："多少？"

叶锦黛声音颤抖："一千……"

她得同时刷满十个攻略目标，才能给岑鲸换来一颗回春丹，简直比用三千好感值兑换岑吞舟的完整资料还离谱！

叶锦黛一脸虚弱："是因为你长得像岑吞舟吗？"

岑鲸："……"不，是因为我是岑吞舟。

另一边，叶临岸也正眉心紧蹙，不明白燕兰庭为何要他托友人给皇帝举荐一位善于炼丹的道士。

"那道士姓罗，原是山野大夫，精通毒术。"燕兰庭点到即止。

幸好叶临岸也不是傻子，一下就明白了他的意思："你是想……"毒杀皇帝？

叶临岸只猜对了一半，但也大差不差。这道士原是陵阳县主府上种出了阿芙蓉的小大夫，后来燕兰庭核实了他的来历，顺手将他收为己用，还让他假扮道士，做自己手上的一枚暗子——在得知皇后怀孕之前，燕兰庭安排罗大夫扮道士，纯粹是想从皇后手中接过给皇帝下毒的主动权，彻底控制皇帝。而在那之前，燕兰庭还得挑拨帝后关系，让皇帝亲手把皇后从身边推开，以免皇后出手为皇帝解毒。

然而计划赶不上变化，大皇子夭折，皇后怀孕，萧卿颜有意争夺皇位，岑鲸又被皇后断言命不久矣。这枚原本被他安排在外地，需要几经转手才能通过顾太

第十一章 薄情寡义

BO QING GUA YI

傳送到皇帝面前的棋子，不得不提前被他叫回京城。别的不说，罗大夫曾在外游医，知道许多医书上没有记载的病症偏方，让他同旁的大夫一起来确认岑鲸的身体是否如皇后所说才最要紧。

所幸皇帝常年被皇后暗中下毒，身体亏损严重，即便皇后停了药，皇帝的身体依旧未能大好。因此换个法子，提前计划把抵达京城的罗大夫送到皇帝面前也未尝不可。只是举荐人绝对不能跟燕兰庭扯上关系，于是燕兰庭想到了叶临岸。

叶临岸过去几年与燕兰庭关系恶劣，尽人皆知，加上叶临岸是明德书院的东苑监苑，清名在外，所以与叶临岸交好的大多都是敌视燕兰庭的清流世家，让他们给皇帝举荐一个擅长炼丹的道士，为皇帝调理身体，不容易引起皇帝的怀疑。

不过燕兰庭并未把计划的更改全都告诉叶临岸，只说了目前的打算，并告知注意事项，具体细节就让叶临岸自己把握。

事关复仇，叶临岸自然不会推辞。两人又商量了一会儿，在叶临岸相熟的友人中挑出了适合的人选。商量得差不多后，燕兰庭带岑鲸同叶家兄妹告辞回家。

路上，燕兰庭问岑鲸怎么了，怎么她与叶锦黛一个心不在焉一个神情怏怏，可是遇上了什么麻烦事。

岑鲸把玩着燕兰庭修长漂亮的手指，闻言停下揉捏其指腹的动作，改成十指相扣，说："不算麻烦，我也只是感慨。"感慨自己在系统商店居然这么"值钱"。

之后几天，岑鲸依旧没有回书院，对外说是病了，由燕兰庭接连请宫中御医来相府看诊，后来连书院的两个大夫都没放过，很快外头便开始传言，说宰相夫人病重，危在旦夕。相府因此收到许多要来探病的帖子，都被燕兰庭给回了。

六月下旬，文阁终于在浩瀚书海中找到四册与残烛脉相关的病情记载，其中两册是孤本医书，一册是时人道听途说后编纂成书的乡野奇闻，还有一册则是前朝宫中一后妃的病案。

有医书和详细的病案记载做底，又有一众医术高超的御医和大夫共同商议探讨，皇后所言终于被证实。可如何医治又成了一大难题，因为其中一册医书中只是提及此脉象病症，并没有相对应的救治良方；另一册虽有药方，但在前朝宫妃的病案中用到过此药方，非但没能减轻病症，反而加重了病情，致使他们不敢轻易尝试。后来他们中也有人提出了另外的医治方案，却都被同行挑出了或大或小的问题，导致燕兰庭根本不敢让他们拿岑鲸试药。

就在大夫们挠破头想法子的同时，皇后以避暑为名，移居城外的皇家别苑。

此后不久，萧卿颜调派城外驻军在别苑外驻守，燕兰庭则在别苑内安排了自己的人，确保皇后安全的同时监视皇后。

也是从那一天起，长公主府的马车每隔三四天就要去一次别苑。

这天天气不大好，阴雨连绵，长公主府的马车在别苑门口停下，下人撑起油纸伞，掀开了马车的车帷。然而从里面出来的人并不是长公主萧卿颜，而是传闻中重病不起的宰相夫人岑鲸。

过去半个月，都是岑鲸和燕兰庭打着长公主的名号过来别苑，让沈霖音给岑鲸看诊、开药、针灸。所用药方以及如何施针，都会提前拿去别的大夫问过，一众大夫经过讨论，难得地没什么反对意见，认为此法或可一试，更有见猎心喜者，询问此药方的来历与开药方的人是谁，燕兰庭这才敢把岑鲸交给皇后。

之前每次岑鲸打着萧卿颜的名号来别苑，燕兰庭都会跟来。这次是实在没办法，燕兰庭要离京外出一趟，少说也得半个月才回，岑鲸很是干脆地把他撵走了。

岑鲸跟随别苑的下人去见皇后。她到时，沈霖音正坐在窗边听雨看书，滴滴答答的雨声像玉珠落盘接连不断，纸页泛黄的书本上写的不是什么药方病案，而是孩童启蒙学的《三字经》，一旁的桌子上还摆着《千字文》《论语》等书籍。

住在别苑的沈霖音衣着比在宫里要简朴许多，但她的精神状态却更好了，仿若归林的飞燕，又似回池的游鱼，整个人看起来非常放松，没有半点儿一个多月前在凤仪宫给岑鲸把脉、发现岑鲸命不久矣后笑得一脸欣悦的瘆人。

"来了？"沈霖音把《三字经》叠放到《千字文》上，打开了书本旁的药箱，一边拿出脉枕，示意岑鲸过来坐下，一边问，"燕兰庭没同你一道？"

那是一个用红色福字暗纹布料和黄色丝线缝制的脉枕，做工肉眼可见的不好，针脚都露出来了，还能看见几丝棉花妄图钻出边缘的缝隙。

岑鲸走到沈霖音对面的位子上坐下，伸出手腕放到脉枕上，还未回答，就听见沈霖音说："燕大人呢，是不是终于嫌烦，懒得来了？"

岑鲸低头不语，一副不敢顶撞皇后的温顺模样。

可沈霖音却越说越起劲："你也不用难过，莫说男人，是人都如此，久病床前还无孝子呢,更何况你们只是没有血缘关系的夫妻。"

岑鲸依旧低眉顺眼,沉默不语。

沈霖音一拳打在棉花上,觉得实在没意思,也就不再言语,专心给岑鲸看诊。过了大约一个半时辰,岑鲸登上长公主府的马车,离开了别苑。

三天后,岑鲸再次借长公主府的马车去别苑。萧卿颜因听别苑宫人传来消息,得知了沈霖音对岑鲸说的话,便提出要和岑鲸一块去。

若放在以前,有人对岑吞舟说难听的话,萧卿颜只会在心里觉得不爽,等着岑吞舟自己去报复,后来两人关系不好,萧卿颜不仅不会管,还会在面上表现出一副拍手称快的幸灾乐祸样儿。然今时不同往日,岑鲸被证实命不久矣后,萧卿颜对岑鲸带上了几分以往从未有过的小心与怜惜,想着怎么也要替岑鲸出一回头。

可惜,岑鲸适应了好些天,实在习惯不了这样小心翼翼的萧卿颜,就在车上呛了萧卿颜几句,把萧卿颜给气清醒了——怜惜什么,她岑吞舟那么欠,哪有半分需要怜惜的样子!

马车一到别苑,萧卿颜不等随从掀帘子就从车里出来,态度非常糟糕:"说要陪你来的我大抵是个傻子!"

"我也没说什么。"岑鲸跟在萧卿颜身后下马车,被站定后转过身去的萧卿颜剜了一眼,面上反而露出笑意。

两人被下人领着去见沈霖音。这次有萧卿颜在,沈霖音果然没有多说什么。只是在给岑鲸诊脉前,她发现药箱里的脉枕不见了,便要回屋去拿。

萧卿颜随口道:"叫个人替她拿来不就行了?"哪怕不在宫里,沈霖音也是皇后,何须亲自回屋拿脉枕?

岑鲸:"那脉枕是萧睿亲手给她做的。"

当时两人新婚不久,就遇上了沈霖音的生日,萧睿不知道送什么,便跑去问岑吞舟。岑吞舟一脸"你问我就对了"的老练模样,说"你看她经常用什么,你就送什么,这样她每次用到那东西,都会想到你"。萧睿觉得这话没毛病,甚至还很心动,于是在细心观察后,决定送妻子脉枕,甚至还举一反三送了亲手做的脉枕,凸显自己的心意。就是那大红大黄的配色和糟糕的绣工毫无审美可言,被岑吞舟笑了不知道多少回。可沈霖音却很喜欢,一直留着。

萧卿颜闻言非常意外，根本无法想象萧睿拿着针线剪刀缝东西的样子。但更让人无法想象的，大概是昔日这般恩爱的一对竟会走到如今这一步。物是人非，不过如此。

岑鲸也想不到，甚至偶尔回忆起往昔，她还会忍不住问自己，这一切是不是她造成的？可就算是又如何，还能挽回吗？不能了。如今的沈霖音宁可向燕兰庭和萧卿颜寻求庇护，都不会再去找萧睿了。

岑鲸端起热水——她现在连茶都喝不了——轻吹了两下："你可千万别羡慕，小心让我们的驸马爷瞧见，连夜跑去学针线活。"

萧卿颜面无表情地看着岑鲸。

岑鲸还在一脸认真地思考："你也不学医，要脉枕也没用，或许他会给你缝个鸳鸯枕？"

萧卿颜毫不留情地踹了一脚岑鲸坐着的椅子，惹来岑鲸一声笑。

片刻后，沈霖音拿着自己寻回来的脉枕，进屋给岑鲸把脉。

早前的药方喝久了容易食欲不振，沈霖音就换掉了其中两味药。新药方昨日送去城里叫那些大夫们都过了目，今日根据岑鲸的实际情况改一下剂量，便可叫下人拿去煎给岑鲸喝。但岑鲸喝了药还不能马上离开，因为药效作用，她会在喝药后陷入昏睡，其间沈霖音将在岑鲸后背施针。

若是以往，燕兰庭定会在一旁坐着等岑鲸这边完事。萧卿颜却没这个耐心，坐不过一刻钟，就要起身到别处逛逛。

萧卿颜离开后，沈霖音给趴睡在床上的岑鲸施针，待针都扎完，她并没有像平时一样离开，等时间到了再回来给岑鲸拔针，而是在床边静坐许久，然后抬手抚上岑鲸的脸。

方才沈霖音进屋，正瞧见萧卿颜冷着脸，岑鲸在一边提起茶壶给她倒茶。倒完岑鲸手上没停，给自己也倒了一杯，结果刚把壶放下，就听见萧卿颜说"你敢喝一口试试"。岑鲸只能无奈地将热茶换成了热水。乍一看，仿佛是萧卿颜无理取闹，而不是岑鲸明知自己不能碰茶却非要贪那一口茶吃。这情形叫沈霖音险些以为自己回到了过去，岑吞舟登门诚王府，偶尔遇到萧卿颜在，两人之间便是这般比旁人都要多几分与众不同的亲近，也难怪坊间会传出他们情投意合的谣言。

第十一章 薄情寡义 BO QING GUA YI

如此看来，岑鲸不仅外貌像岑吞舟，私底下与他们相处的性子多半也是像的。这样一个人，又有这样一张能叫萧卿颜与燕兰庭一同为她尽心竭力的脸，接下来只要把身子养好，往后余生怕是差不到哪儿去。真叫人羡慕……

沈霖音轻抚岑鲸的脸颊。正当二八年华的少女，皮肤最是柔嫩，偏偏越是柔嫩的皮肤，越容易落下疤痕。也不知道这张脸要是有了瑕疵，那两人还会不会对她如现在这般。这么想着，沈霖音注意到岑鲸眼皮底下的眼珠在动，于是收回手，问："你醒着？"

岑鲸果然睁开了眼，眼底还残留着睡醒的困倦，让她的态度看起来不像平时表现的那样恭敬。

沈霖音半点儿不因自己方才所想而感到心虚，又问："何时醒的？"

岑鲸想了想才说："回娘娘的话，你刚施完针的时候。"

沈霖音："之前也是这么早就醒了？"她每次施完针就走了，所以并不知道岑鲸之前是什么时候醒的。

岑鲸："上一次是你施完针后，上上次是快要拔针之前。"

沈霖音了然："耐药性。"

岑鲸没接话。"耐药性"这个词不属于这个时代，是许多年前岑吞舟与沈霖音闲聊时提到的，沈霖音觉得这个词能概括药物越用所需剂量越大的现象，也就记下了。总归这不是岑鲸应该听得懂的词。

知道岑鲸醒着，沈霖音也没有马上离开，而是继续问她："你知道岑吞舟吗？"

岑鲸："知道。"

沈霖音看岑鲸模样淡定，甚至还有些困倦，突然感到不满：一个替身，被人当面提起白月光，怎么可以这么平静？又凭什么这么平静？

被心中的恶意所驱使，沈霖音开始往岑鲸的痛处上戳："那你应该也知道，你能有如今的风光，都是多亏了他。你该好好谢谢他。毕竟无论是燕大人还是长公主殿下，他们都是把你当成了那已死之人，才会对你如此珍视。"

她的话一句比一句刻薄，若岑鲸当真是岑吞舟的替身，这会儿怕是心都给沈霖音扎烂了。偏偏岑鲸就是岑吞舟，所以并没有"所爱之人不爱自己，而是把自己当作另一个人"的痛苦。于是她维持之前的人设，闭上嘴，安静受着。

岑鲸的本意是在沈霖音面前伪装成一个温顺无害的女子，然而再温顺的女子遇到眼下的境况总该有些情绪波动，她这般波澜不惊刀枪不入，反而显露出几分岑吞舟的影子，叫沈霖音又刺了一句："你还真有几分像他。"

说完最后一句，沈霖音起身离开。而她走后，萧卿颜就进来了。

萧卿颜虽然坐不住，但也没走出去太远，她算半个习武之人，耳力不错，因此也听到了沈霖音对岑鲸说的话。对此她的反应和岑鲸一样平静，反正她知道岑鲸不会因为沈霖音的话感到难过。

反倒是岑鲸对萧卿颜说："她当真变了许多。"

萧卿颜在床边的椅子上坐下："你不会才发现吧？"

岑鲸："你知道她为什么会变成这样吗？"

萧卿颜给自己倒了杯茶："燕兰庭没跟你说？"

岑鲸："明煦说是因为后宫女人太多。"但她总觉得应该不仅是这个。

"这么说倒也没错。"萧卿颜垂下眸，轻吹茶面，抿了口才道，"你死后没几天，皇后没了一个孩子。"

岑鲸愣住。

萧卿颜淡淡道："当时都说……"

都说当今还是诚王时，曾在酒桌上扬言，日后有了孩子，定要认岑吞舟做干爹，所以那孩子应是随他死于非命的干爹去了。

然而现实远没有传言那般玄幻烂漫。岑吞舟死于萧睿之手，沈霖音肚子里的孩子则死于后宫一位不知死活的嫔妃之手。那嫔妃本想让沈霖音一尸两命，结果沈霖音医术逆天，硬是把自己给救下了，但那已是极限，她救不下自己腹中的孩子。

后来那嫔妃死得很惨，她背后的家族也遭到血洗。萧睿尽自己所能为那个没出世的孩子报了仇，也花了很长时间来安慰沈霖音。偏偏那孩子死的时间实在不凑巧，加上"随干爹去了"的传言，导致萧睿在沈霖音恢复后变得不是很想再提起这件事。

一切到这儿还算寻常，沈霖音虽然难过，但有萧睿精心照料，她还是从阴影里走了出来。

所以，沈霖音为什么会变成现在这样？

沈霖音从岑鲸那儿离开后就去了花园，散步晒太阳。这是她得知自己怀孕后养成的习惯。

今天她没有按照平时的路线走，途经之前没来过的水池，看到了一池子的荷花。沈霖音停下了脚步。

荷花又称芙蕖。

安家那位贵妃，闺名安芙蕖。

那是一个比她合格的大家闺秀，一举一动堪称完美。也是这位安贵妃，给她的丈夫生下了第一个孩子。

沈霖音始终记得，在自己没了第一个孩子后萧睿曾安慰过她，说他们还会再有孩子。结果萧睿是有了孩子，可惜那个孩子并不是她的。

萧睿因那个孩子的降生而无比欣悦，好几次她都看见萧睿抱着那孩子玩，一旁是温良贤淑的安贵妃，两人站在一块，头挨着头，笑着逗弄襁褓里的孩子。

这是幸福到能将她逼疯的一幕。

这也确实将她逼疯了。

她开始成宿成宿地睡不着，开始变得易怒爱哭。待萧睿问她为何如此，她提到自己当初没了的那个孩子，本想寻求安慰，可萧睿却表现出了避而不谈的态度。

后来她又开始害怕，害怕之后会有越来越多的宫妃怀上孩子，害怕会看到萧睿同别的女子幸福美满的画面。这样的害怕在她意外发现某个贵人怀孕之后变成了憎恨，也是这股憎恨让她做出了她做梦都没想到自己会做的事情——杀人。

最后那个贵人和她肚子里的孩子一尸两命，沈霖音也从害怕变得麻木，从毒杀怀孕的妃嫔变成毒杀萧睿多次宠爱的妃嫔。

直到有一天太医院的一个小学徒被抓到与宫女私通，被溪嬷嬷报到了她这儿。她本想按照规矩处置，结果小学徒吵着要为自己申冤，说自己与宫女清清白白，他会去那宫女的住处，还叫那宫女脱衣服，是要为那宫女医治。沈霖音自己也是大夫，稍一了解便知小学徒没有撒谎，那宫女病得重，若不脱衣施针，怕是会活活病死。可是——

"这是在宫中。"沈霖音对那小学徒说，"你既身处禁庭，就应知道什么该做，什么不该做。"

那小学徒年纪轻，性子还未经打磨，竟一脸认真地对沈霖音说："为人医者，当济世救人，下官该做的就是救人！"

为人医者，当济世救人。

救人……

沈霖音没忍住笑出了声：是啊，为人医者，就当如此，可她都做了什么？

无尽的悲哀涌上心头，沈霖音笑得停不下来，眼泪直掉。

饶是见惯了沈霖音会莫名哭泣的溪嬷嬷也不免心惊："娘娘您怎么了？"

沈霖音笑着摇头，抹去自己脸上的眼泪："没事，本宫只是……病了。"

溪嬷嬷要叫太医，却被沈霖音拦下："不必。"她一声叹息，说，"这病太医治不了，这药，还得本宫自己来。"

那之后，沈霖音便不再毒害后宫妃嫔，而是开始给萧睿下药。果然只要萧睿重病在床，她就再不用去残害无辜。甚至在萧睿病重期间，她也尝到了权力的滋味，还试图索取更多，来填满自己空荡荡的内心。

现在可好，她怀孕了，肚子里的孩子比权力更能让她感到满足，曾经的那味药也不用再吃下去，她的孩子就是她的新药。沈霖音甚至忍不住想：待这孩子出生，她与萧睿是不是能回到过去？

时隔多年，沈霖音第一次在心底升起想要跟萧睿和解、跟自己和解的念头。

虽然那念头轻飘得犹如风中烛火，摇曳不定，却是她在漫漫黑夜中首次看见的一点光亮。

三

安贵妃的华清殿内，白烟如曼妙薄纱，透过紫铜香炉上的镂空袅袅升起。

萧睿端坐首位，一旁是掩面痛哭的安贵妃，面前跪了一地的宫女、太监，边上还有人捧着两盒从凤仪宫搜出来的带毒的口脂。

萧睿右手无意识地拨动手中的流珠，阴沉着脸不知道在想什么。

过了片刻，痛哭的安贵妃终于忍不住起身跪到了萧睿面前，声泪俱下："陛下，如今人证物证俱在，皇后娘娘不仅毒害臣妾的孩儿，还与安王勾结给陛下您下毒，

陛下您……"

话还没说完，萧睿像是被人踩了尾巴，竟半点儿不顾念对方曾为自己生下大皇子的情分，猛地起身一脚把她给踹开。

安贵妃身边的心腹嬷嬷吓得扑了上去，口中喊着："娘娘！"

安贵妃顶着一脸泪痕傻愣愣地看向萧睿，浑身颤得像秋风里的落叶，眼底也满是惊恐和不解，她不明白萧睿为何会这样对她，明明做错的不是她啊！可当她看清萧睿的脸，却被他的表情吓得呼吸一滞，心底的种种不解也都哽在了喉间。

萧睿极力忍耐心中翻涌的愤怒，径直走出华清殿，过门槛的时候险些被绊倒，曲公公连忙伸手去扶，被他一把推开。他头也不回，说道："传朕口谕，安贵妃……御前失仪，罚其闭门思过，不许踏出华清殿半步。"

下令封殿的同时，萧睿还叫人把华清殿内的一众宫女太监一并杖毙，绝不允许今日知晓的真相传出去分毫。

处理完，萧睿坐上轿辇，摆驾凤仪宫。

因为沈霖音去了别苑避暑养胎，凤仪宫分外冷清，他踏入内殿，缓缓环顾了一圈这个对他来说无比熟悉的地方，每一处都能叫他想起自己与沈霖音当年的恩爱。然而当视线落在沈霖音的梳妆台上，昔日恩爱就如被碰掉的花瓶一般粉碎，无法再压抑的怒火使他眼黑了一瞬，脑子里只剩下一个念头——

一直以来给他下毒，让他重"病"不起的，居然是他最爱的人！

他不信沈霖音与安王有染，至于大皇子，若真是沈霖音所杀，他也可以原谅她。唯独这一点，唯独这一点！

萧睿抬手，将手中的流珠狠狠摔到了梳妆台的铜镜上。流珠系绳绷断，玉珠落地的杂乱声中，他因情绪激动重重地喘了几口气。

汤药灌了多年，他早已不是当初那个能在猎场骑马疯跑的诚王，他的身子已经被毁了大半，时不时就会喘不上气。一旁的曲公公赶紧上前给他拍背顺气，却被怒火中烧的萧睿再一次推开。

难怪她脾气时好时坏，难怪她怀有身孕后再没上过妆，他也再没病过，难怪她明明上一刻还在怨他，下一刻又来给他喂药，还亲自喝一口来试温……原来体贴关心是假，用有毒的口脂趁机在汤药里下毒是真！

萧睿脸涨得紫红，表情狰狞，咬牙切齿地吐出那个曾被他放在心尖上的名字："沈！霖！音！"

沈霖音刚给岑鲸拔完针，萧卿颜就收到了宫里传来的消息，说是皇帝亲自带人出宫，正在往别苑这儿来的路上。她估算了一下时间，心想应该足够，便不慌不忙地折回屋内，正碰见沈霖音从里头出来。

心情不错的沈霖音唤了萧卿颜一声："瑞晋。"

萧卿颜根本不理睬她，越过她径直入屋。

屋里，岑鲸还在穿衣服。到这儿不好带丫鬟、嬷嬷，齐胸的裙子穿起来又麻烦，她便让萧卿颜帮她提着裙子两侧，方便她腾出手来系裙带。

萧卿颜第一次帮人穿衣服，略有些不自在，为了缓解尴尬随口问了句："你之前都是怎么穿的？"

"上回我穿了齐腰的裙子，把衫子下摆弄进裙子里就行，再之前的话……"岑鲸一边琢磨出门前挽霜给自己打的是什么结，一边说，"明煦会帮我，就是他手有点儿重，开头几次系太紧了，勒得我差点儿喘不上气。"

萧卿颜面无表情："可以了，我并不想知道这些细节。"

岑鲸这才反应过来自己在无意间撒了把狗粮，笑着用裙带系了两个简单的双耳结。

两人乘上马车离开别苑，路上岑鲸发现马车没走来时那条最近的路，便问："发生什么事了吗？"

萧卿颜双手交叠放在腿上，涂了蔻丹的食指在自己手背上一下一下地点着："宫里传来消息，说安贵妃找到了皇后给萧睿下毒的证据，还诬陷皇后与安王有染，二人联手毒死了大皇子。此刻萧睿已出城，在来别苑的路上，要不绕路，怕是会正面撞上御驾。"

岑鲸"唔"了一声，忍不住多想：若只是找到沈霖音给萧睿下毒的证据倒也没什么，可要把大皇子的死也推到沈霖音头上，甚至说沈霖音与安王有染，那显然就是想让沈霖音肚子里的孩子血脉存疑，失去继承皇位的资格，因此极有可能是毒害大皇子的真凶在背后推动这一切。

萧卿颜也这么认为，还说："皇后在自己的口脂里混了药不假，但那药并不足以致人病弱，得配上太医开给萧睿的汤药，再配上紫宸殿常用的香料，方可达到效果。但为了让萧睿确信，幕后之人将带药的口脂换成了带毒的口脂。这么着急，大概是怕拖久了燕兰庭回京，会破坏他的计划。"

岑鲸当着萧卿颜的面拱火："幕后之人防着明煦却不防着你，显然没把你放在眼里。"

萧卿颜扬了扬眉，吐出的话不像放狠话，更像在陈述一个即将发生的事实："他会因为轻敌付出代价的。"

马车行了一路，入城时，岑鲸终于想起："皇后那边会如何？"

萧卿颜："早安排妥了，在你大好之前，她不会死。"

沈霖音得知萧睿来别苑看自己，久违地进行了一番打扮才出去见他，心情更是许久不见的雀跃，仿佛她还是当年那个诚王妃，与诚王恩爱两不疑，甚至还在心里埋怨萧睿怎么不直接过来，非要把自己叫去花园相见。

她一路踩着草丛间的步石来到花园，远远看见树下的萧睿，忍不住加快了脚步，走到萧睿面前。她见萧睿向她伸出一只手，便如曾经那般把自己的手递了上去："陛下。"

萧睿握紧她的手，又用另一只手拍了拍她的手背。夏风习习，他仰望头顶的大树，追忆道："当年朕与你在道观相遇，你便是在这样一棵树下捡到了受伤的朕。"

沈霖音闻言，不免感到怀念："是啊，陛下那会儿还嫌弃臣妾年纪小，说什么都不信臣妾的医术，非要叫臣妾给你去别的大夫来。"

那时的沈霖音是沈家弃女，萧睿更是连被太子视作对手的资格都没有，哪里想到会有如今这般造化。两人似是陷入回忆，双双沉默了一阵。

最后是萧睿突然开口，拉回了沈霖音的思绪："你有什么事情想同朕说吗？"

沈霖音不解，是萧睿来别苑找她，不该是他有事情同她说吗，怎么萧睿反过来问她有没有事情要说？难道岑鲸打着萧卿颜的名号来她这儿的事情被萧睿知道了？这么想着，沈霖音面上满是困惑。

萧睿见她如此，朝后侧了侧身，远处站着的曲公公便走上前。他手里端着一个托盘，托盘上盛着两盒口脂。

那装口脂的小盒子是刻凤鸟纹的金蚌盒，沈霖音再熟悉不过，自然一眼就认出这是自己的东西，脸先是一僵，随后笑容才慢慢地淡了下去，同时放在萧睿掌心的手也跟着卸了力道，只要萧睿松开，她的手便会自己落下。

明明在一个时辰前，她还期盼着孩子出生，她与萧睿或许能回到过去。谁能想到这场美梦会醒得这么快。大概当年给她批命的道士说得对，她就是命中带煞，注定过不好这辈子。

沈霖音心头那点儿莫名其妙的欣悦散了个干净，随后她惊讶地发现自己居然一点儿都不怕，还敢直愣愣地看着萧睿，听他对自己说："有人告诉朕，说你给朕下毒。"

沈霖音愣着，听到自己的声音在耳边响起："是臣妾。"

萧睿意外沈霖音会承认得这么干脆，好不容易平静下来的心情瞬间又乱了："为什么？"他松开沈霖音的手，用力抓住她的肩膀，质问她，"为什么要这么对朕？你与朕不是夫妻吗？你不是说过要与朕白首偕老吗？你还说就算朕身旁再无一人可信，你也会一直陪在朕身边，如今为什么又出尔反尔下毒害朕？难道当年的誓言都是假的吗？！"萧睿越说越激动，说到最后目眦欲裂，压抑嘶哑的声音带着从未有过的凶狠。

沈霖音也是第一次见这样的萧睿。她的思绪顺着萧睿的话语往回走，想起自己确实在成婚那晚承诺过，此后要与他白首偕老，可她想不起自己什么时候说过"就算再无一人可信，我也会一直陪在你身边"这样的话。她不合时宜地走了下神，试图回忆起自己当初说这句话的场景，之后终于想起，自己是在得知萧睿杀了岑吞舟后对他说的这话。

岑吞舟，这个名字光是念在口中，就有别样的感觉。

虽然她与岑吞舟的交情远比不上其他人，但她知道那是一个明月般的人物，虽高悬于天际遥不可及，却又从不吝啬洒落银辉，令人目眩神迷。沈霖音对他并没有怀揣什么不可告人的感情，只是和很多人一样，看多了听多了他的事迹，忍不住对他产生崇拜和憧憬。偶尔，沈霖音还会因为自己的丈夫与这样的人是好友而感到高兴。

第十一章 薄情寡义 BO QING GUA YI

直到有一日，萧睿同她埋怨岑吞舟在朝堂上不给他面子，失了先帝在时进退得当的分寸，一切开始朝她从未想过的方向发展。其后岑吞舟与萧睿的矛盾日益加深，萧睿对岑吞舟的不满也越来越重，态度更是从为难和痛苦慢慢转变成对岑吞舟的忌惮。最后，萧睿下定决心除掉岑吞舟。

为了保密，他并未提前将此事告诉沈霖音，沈霖音也是在那年上元夜岑吞舟死后才从萧睿口中得知岑吞舟并非被刺客暗杀，而是死在他手中。当时沈霖音就觉得眼前的萧睿变得好陌生，可她又发现了他眼底带着迷茫的冰冷，铺天盖地的心疼让她忽视了自己心里其他的感受，于是她抱住萧睿，任由他衣服上属于岑吞舟的血沾染到自己身上，并说出那句："别难过，就算你再无一人可信，我也会一直陪在你身边。"

当时她只觉得自己与萧睿感情更深，自己应该支持萧睿所做的一切，却忘了萧睿与岑吞舟也曾是过命的交情，可他还是毫不留情地将岑吞舟困杀在了宫门之内。可能从那时起，他们的结局就已经注定。

"你问为什么？"沈霖音迈出回忆，深吸一口气，发出一声长长的叹息，然后她看着面前的萧睿，眼底是凝聚成泪的悲哀与怀念，仿佛在透过眼前之人缅怀那个性情耿直到有些愚蠢、同时又有着一颗赤子之心的诚王，"因为如陛下这般薄情寡义之人，本就没资格得到谁的真心。"

被评价为薄情寡义的萧睿死死地看着沈霖音，眼角不受控制地抽搐了两下，消瘦的面容狰狞而骇人。

面对这样不人不鬼的萧睿，安贵妃怕得不敢言语，沈霖音却悟出了一个事实，她忍不住落下泪来，说："萧睿，或许岑吞舟死的那晚，你也已经死了。"

四

岑鲸在傍晚收到萧卿颜的信。

信上说萧睿把沈霖音带回了皇宫，大约是准备等沈霖音产子后，再做其他打算。但沈霖音一回宫，岑鲸自然不能再像之前那样去找她看诊施针。就算她愿意冒险，萧卿颜和燕兰庭也不会同意让她入宫。所以萧卿颜飞快准备好了下一步，要把沈霖音从宫里弄出来。为免夜长梦多，也为了让一切看起来像是一场自然发生的悲剧而不是谁的精心谋划，时间就定在今晚。

太赶了……

但这时间非赶不可。因为燕兰庭不在京中，让沈霖音回宫又是萧睿临时做的决定，任谁都想不到意外会发生在沈霖音回宫后的第一晚。

把信看完，岑鲸突然感到安心，因为萧卿颜展现出了足够的判断力和行动力，想来就算自己日后不得不入朝为官，也不用操心太多。

她把萧卿颜送来的信对折两下，举到灯盏旁，任由火舌卷上纸张边角，将那雪白锋利的边角烧到漆黑蜷缩，然后将其随手扔进自己喝完后还没添水的杯中。杯中残留的水渍并未影响燃烧，很快那张纸就被烧了个干净，杯中的火也渐渐小了下来。

岑鲸提壶倒水灭火，等把壶放下，她正要让挽霜把桌上收拾了，抬头就看见挽霜一脸纠结的模样。

"怎么了？"岑鲸问。

挽霜欲言又止，不知道自己该不该问。很早之前她就知道自家姑娘身上定然有许多秘密，也习惯了装聋作哑，总归日子越来越好，她也没什么好抱怨的。可这次她实在忍不住，最后她咬咬牙，把其他丫鬟都给支了出去，确保屋里就剩她们俩，才低着声对岑鲸说："夫人，老爷对您那么好，您……您可不能做对不起老爷的事啊。"

岑鲸："……"

挽霜还保证："我不会同任何人说的，就是夫人您，莫要再错下去了。"

岑鲸："……你为何会觉得，我做了对不起他的事？"

挽霜抿了抿唇，像是难以启齿，却还是凑到岑鲸耳边告诉她："您今日出门穿的那身衫裙，回来时裙带很乱，系法也变了。还有前几日出门的那身衣服，里衬乱得起褶子，您肯定在外面、在外面脱过衣裳……"她越说声音越小，脸也因为无端的联想红得不像话。

岑鲸无语凝噎。她这破身子，连个燕兰庭都吃不下，哪儿还有能力跑外边去偷食？只是她没想到，她自以为把衣服整理得还算整齐，但原来在挽霜眼中，还

是很乱吗？等等，燕兰庭帮她穿也没好到哪儿去，难道之前挽霜都以为他们俩是到外面……"玩"去了？

饶是岑鲸，也不由得为此感到尴尬。她对挽霜解释："误会了，我是出门看大夫，大夫要在我背后施针，所以我才脱了衣服。"

挽霜将信将疑："真的？"

岑鲸："那大夫今晚过来，日后就住府里给我调理身体，你去跟林嬷嬷说一声，叫她腾间院子出来。"

挽霜这才信了，大松一口气。可到了晚上，她又开始狐疑：夫人都要睡了，怎么还不见大夫来？京城有宵禁，但禁的是坊外的行街，不禁坊内。那大夫能晚上过来，说明就和他们在同一个坊里，没道理这么晚还不过来。

岑鲸一脸淡定，并且丝毫没有要为了沈霖音而熬夜的打算："我先睡了，你叫他们留意着些，等大夫来了直接请去准备好的院子安置，不用把我叫醒。"

挽霜讷讷应下。

岑鲸睡得安稳，挽霜却是怎么也没法安心去休息，硬是等到后半夜，突如其来的喧闹打破了夜晚的寂静，她派人出去打听才知是宫里走水，烧得天边一片火光，犹如白昼。

寻常来讲，官越大，住的地方就离皇城越近，方便早上上朝。相府也不例外。挽霜不知是宫里何处走水，还担心火势会不会蔓延到宫外，这时下人来报，说是大夫来了，刚在后厨搬菜用的小门那儿下车。她赶紧去迎，心里还想那车夫不懂事，怎么能让给夫人调理身体的大夫从小门进来。至于那大夫自己介不介意，挽霜也不知道，因为那大夫头上盖了顶遮脸的帷帽，莫说表情，连脸都看不清。

挽霜按照岑鲸的吩咐，带那大夫到早已准备好的檀香园里歇息，路上还问那大夫姓什么，如何称呼。

那大夫像是没听到一般，过了许久才回道："我姓沉。"

挽霜以为是"陈"，一口一个"陈大夫"，带着人进了檀香园，还问"陈大夫"要不要洗个澡，因为她在大夫身上闻到了焦灰的味道，若不梳洗一番，怕是睡得不舒服。

自称姓沉的沈霖音木木地应了声："嗯。"

白天在城外别苑，她与萧睿彻底决裂，当她说完曾经的萧睿已经死了之后，萧睿扇了她一巴掌，随后喘着粗气吩咐摆驾回宫，并把她一块带回去，关在凤仪宫。眼下这会儿，萧睿大概已经得知自己的"死讯"了吧？

沈霖音心中没有半点儿以"死"报复的快意，她只觉得心里空落落的，不想回头追忆过去，却也怎么都看不到前方的未来。

她还……有未来吗？

宫内，大火吞噬了整座凤仪宫，萧睿赶来时整个人都疯了，竟想不顾一切地往火里冲，幸好被曲公公及一众侍卫拦下，才没叫一国之君随皇后一起葬身火海。

大火灼得人脸颊发疼，萧睿被人拉扯着，眼底映着熊熊燃烧的大火，心里只有一个念头：沈霖音没了！

诚然得知真相的那一刻，他有想过杀了沈霖音以泄心头之恨，会把她带回宫，想的也是要等孩子出生，因为那孩子有用。但当面对眼前的一幕，无论如何都要进去救她、哪怕一同死在火海里也在所不惜的冲动叫他明白，他根本舍不得她死，恐怕等孩子出生后，他还会继续找借口留下她、囚禁她，让她这辈子只能留在自己身边。

可是……来不及了。

萧睿难以遏制地呜咽了一声，堆积在心底的痛苦在残破的身躯内左冲右突，在濒临崩溃的那一刻，终于找到一个可以发泄的缺口："啊啊啊啊啊！！！"

凄厉的叫喊淹没在宫殿被烧坍塌的巨响之中。

半个时辰后，大火总算被浇灭。

待岑鲸醒时，昨夜发生在宫里的事情已经传遍了大街小巷。

岑鲸并不在意，只问昨晚那大夫安置好没。

林嬷嬷："听挽霜说那陈大夫天快亮才睡下，这会儿怕是还没醒。"

岑鲸微微一愣，很快反应过来"chen"是沈霖音给自己改换的姓氏。和挽霜、林嬷嬷不同，她一听便听出是沉香的沉，因为"沉"即"沈"，倒也方便。

皇后崩逝，按例一众命妇都应进宫，偏偏岑鲸很早之前就开始装病，外头都传她命不久矣，因此不去也无妨。

第十一章 薄情寡义 BO QING GUA YI

401

为了避免麻烦，萧卿颜也没来她这儿。

岑鲸闭门不出，也不主动去找沈霖音，直到三日后，她像是才想起家里多了个人，前往檀香园找沈霖音给自己用药施针。

这三日里，沈霖音除了吃喝就是散步发呆，经常散步到花园的树下，一站就是半天，也不知道在想什么。若非肚子里还有个牵挂，她怕是连吃喝散步都省了，只剩下发呆这一件事肯做。

听说岑鲸来时，沈霖音心中毫无波动。她知晓自己能被带出皇宫是托了岑鲸的福，也知道替岑鲸调理身体是她目前唯一的价值，她还想好好看着自己的孩子出生，自不会蠢到罢工不干。

她打开相府给她准备的药箱，正要看看里头有没有脉枕，结果一眼就看到了那个做工糟糕的黄线红底福字暗纹的脉枕。她愣住，然后就听见岑鲸说："我看你很喜欢这个脉枕，就叫人从别苑偷了来。"

偷……

沈霖音隐约发现岑鲸的态度变得和之前有些不太一样，但因为注意力都在这个脉枕上，所以她没有深究，只在片刻后慢慢挪开视线，淡淡道："已经不喜欢了。"

"是吗？那正好。"岑鲸不知从哪儿掏出个鸦青色的脉枕，放到桌上，"我给你备了个新的。"

沈霖音又一次愣住，过了一会儿才说："多谢。"

之后沈霖音没再像早前那样说话充满恶意，安安静静地给岑鲸诊脉、施针。岑鲸也懒得说话，因此两人安静地度过了近一个半时辰的相处时光。

岑鲸穿好衣服离开后，沈霖音心想近期的日常大概就是这样了，结果当天下午就有一个小丫鬟来找她。那小丫鬟胆子挺小，一句话都说不清，吭吭哧哧半天才说明白自己腹痛，想求"陈大夫"替她看看。

沈霖音："……"我要负责的不就岑鲸一人吗？

那小丫鬟见沈霖音脸色不好看，唯唯诺诺道："若是不方便也没关系，大约过几日，我自己就好了。"

沈霖音沉默许久，心说自己现在寄人篱下，又何必再摆什么皇后的架子，仿佛她还惦记那后位、惦记萧睿一般，于是便道："手给我。"

小丫鬟长出一口气，赶紧把手递给了沈霖音。

沈霖音以为这只是例外，不承想替小丫鬟医治后，又有个婆子来找她，说自己儿媳生完孩子恶露不止，看了多少大夫都没用，问沈霖音能不能过去帮忙看看。沈霖音本想拒绝，可想想自己也是第一次生孩子，这也是个向人讨教经验的好机会，于是就去了。

头一个来的小丫鬟，第二天给她剪了一瓶子的鲜花做谢礼。那婆子拿了沈霖音给她儿媳的药方，没几日听说沈霖音要晒药的架子，二话不说就替她找了来。

之后三天两头儿总有下人来找她。她清楚自己可以不管，反正岑鲸的性命在她手上，谁也不会因为她不肯医治几个下人就把她赶走。但不晓得为何，每当自己出手医治，以此获得感谢和依赖，她心里便会升起奇异的满足感，原本漆黑一片的前路也莫名地有了轮廓，让她忍不住继续伸出援手帮下去。

林嬷嬷是亲眼看着岑鲸授意那小丫鬟去找沈霖音的，也知道全府上下是在她的默许下才敢踏进檀香园的，不免有些担忧："这般劳烦陈大夫，若是把她惹怒了可怎么是好？"

岑鲸拿着一本棋谱坐在棋盘前，漫不经心道："惹怒了再说。"

有事做总好过没事干发呆钻牛角尖。况且当年曲州洪灾，岑吞舟怕寻常大夫控不住洪水后的疫病，特地求萧睿把沈霖音也带去了曲州，后来局面控制住沈霖音还不肯走，就怕自己走了大夫不够用。这般耐心，如今应该多少还剩一些吧。

岑鲸又落了一子在棋盘上："不过也叫她们悠着点儿，人家怀着身子呢，不能操劳太过。"

林嬷嬷："奴婢这就去同她们说。"

岑鲸的吩咐让相府一众人等消停不少，不过还是有下人会去檀香园找沈霖音看病，更有把沈霖音请出府带到自己亲戚家的。沈霖音一开始还以为岑鲸不会答应，谁知岑鲸根本没有限制她进出相府的打算。沈霖音对此的感觉十分微妙，就连被人频繁打扰的不满也散了许多。

直到有一天，一个仆妇来找她，说："马厩那儿有两匹马不大好，陈大夫能否去看看？"

沈霖音："……"

沈霖音的脏话词汇量实在匮乏，且眼前的仆妇昨日还给她送了两块亲手缝的襁褓布，她实在没法当面发作，只能尽量心平气和地跟对方讲明自己不懂怎么给牲畜治病。

那仆妇不曾预料，忙说不打紧，还让沈霖音也别放心上，接着就跑到外头去找能给马儿看病的大夫了。

沈霖音看那仆妇走得着急，心中才刚冒头的怒火散得一干二净不说，甚至升起几分没能帮上忙的愧疚。

……愧疚？！沈霖音怀疑自己被相府这群人给折腾傻了，她一个做过皇后的人，居然因为自己不会给牲畜治病而感到愧疚？这是哪儿来的玩笑话？！

感到不可思议的沈霖音试图找寻自己不对劲的原因，可找到最后，却是勾唇自嘲：什么皇后，若非萧睿娶她，她不过就是个长在道观，爹不疼娘不爱的天煞孤星罢了。

说起来，早些年在道观遇上求医的，她不也是不分贵贱，皆尽力而为？后来回到沈家，她还因此同沈家下人亲近，被沈家的兄弟姐妹鄙夷轻视，说她不懂自矜身份，竟与身份低贱的仆从为伍。

当时的她在道观看尽了众生百相，并不觉得世家大族和寻常的百姓以及所谓的低贱奴仆有什么区别，他们都有自己的欲望，都有自己的苦恼，都会跪在药王殿的真人像前祈求神明垂怜。哪怕后来做了诚王妃，她也曾主动提出要给岑吞舟的丫鬟治脸，从不认为下人仆役的命便不是命。

所以，她是从什么时候开始改变的？

好像是当了皇后以后，她忙于打理后宫事务，又因身份过于尊贵需要谨言慎行，日渐被规矩的外衣裹挟着讲起了三六九等，最终丢了那颗仁心，做出许多残害无辜之举。

所以现在的她并非变得奇怪，而是从原本就不属于她的云端跌落，变回了原来的模样。

想通这点，沈霖音心里舒坦不少，并觉得这样没什么不好，就当这几年是一场幻梦，如今梦醒，她也该回到人世间，带着孩子好好过下去。至于具体要怎么过，通过这段时间的忙碌，她心中也有了打算。

于是再一次给岑鲸诊脉施针的时候，沈霖音竟主动开口多问了岑鲸几句，语气温和，内容也很正常，与当初在别苑句句都朝着剜心去的她判若两人。

岑鲸对此依旧反应平平，别说受宠若惊，连惊讶都不见半分，让多少有些别扭的沈霖音心里好受不少。

扎完针，沈霖音起身到桌前整理药箱。其实药箱也不乱，她就是对自己接下来要做的事情不太熟练，便借整理药箱的动作，把预先准备好要说的内容又斟酌了一遍。待合上药箱，沈霖音没像平时那样到外头去散步晒太阳，等时间到了再回来拔针，而是坐到床边，在岑鲸看向她时状似不经意地问："他们可曾跟你说过我的事？"

岑鲸微微一愣，回道："说过一些。"

沈霖音眨了两下眼，又问："你是否觉得我很傻？身为皇后，竟然因为自己的丈夫不能独独属于自己，而疯魔到这个地步。"她语速轻缓，因此听起来不像是在恶意揣测岑鲸的想法，更像是自嘲着，把自己糟糕的一面剖开给谁看一般。

交浅言深，不是情商低，就是希望借助推心置腹的话语，拉近彼此间的距离。岑鲸不信是前者，但若是后者……

岑鲸垂眸不语，继续听沈霖音说："我也曾想过，何至于此，偏偏我遇到过那么一个人，他拒了陛下的赐婚，说这辈子只想和自己真心喜欢的女子成亲，不肯有半分将就。"

岑鲸越听越觉得这话耳熟，忍不住问："那人是？"

沈霖音："岑吞舟。"

岑鲸："……"

萧睿曾试图挽回岑吞舟，办法就是给岑吞舟赐婚，意图通过后宅的女人，在铁桶似的相府敲开一个缺口。只要岑吞舟有破绽，萧睿的心就能安定，也不至于到后来的你死我活。当时来劝说岑吞舟成婚的，便是身为皇后的沈霖音。然而岑吞舟知道自己的未来，不想拖累任何人，就以不愿将就为借口，说什么都不肯成婚。

原来自己的话给沈霖音造成了这么大的影响吗？

沈霖音误会了岑鲸的沉默，笑说："很不可思议对吧？以他当时一人之下万人之上的地位，尚且能做到如此，我又为什么不能多奢求一些？"

岑鲸："……嗯。"

沈霖音点到为止，轻飘飘地说了几句不痛不痒的话，结束了这个话题。

她的表现并不急切，也不显得谄媚，只是之后每次岑鲸来，她都会跟岑鲸说话，有时候是寻常的闲聊，有时候是一些心里话，努力而又积极地试图跟岑鲸搞好关系。至于目的，自然是希望岑鲸调养好身体后，能看在两人关系还算可以的分上，让燕兰庭和萧卿颜放她自由。

岑鲸猜出她的打算，却并不觉得她这样刻意亲近自己有什么不对。若是可以，谁不想活得真诚，活得洒脱？可沈霖音现在所面对的环境让她必须为自己，也为自己肚子里的孩子做打算。岑鲸总不能因为自己的处境比她好，就带着优越感唾弃她待人不诚。且岑鲸也有心放她，为了让她安心养胎，便顺着她的节奏与她相处起来。

七月下旬，萧卿颜偷偷登门相府探望岑鲸，确定她一切安好后，又多问了一句："燕兰庭何时归京？"

岑鲸捧着杯热水，回忆道："昨日刚来的信，说是遇上点儿事情耽搁了，但定能赶在中秋之前回来。"

八月十五中秋，岑鲸的生日。

岑吞舟的生日也是在八月十五。花好月圆合家团聚的日子，却因为岑吞舟而令人百感交集。

萧卿颜脾气大，中秋又不似上元节那般费神，入宫赴宴走个过场就能回家，所以过去几年，她曾不止一次在中秋宫宴结束后回家同驸马一块吃螃蟹喝酒，喝醉了便埋怨岑吞舟毁了两个好节——因为一个是她的忌日，一个是她的生日。

还好从此以后这俩节日将不再被赋予"团圆佳节"以外的含义。

萧卿颜："赶不回来也不打紧，我们陪你过也是一样的，生辰贺礼我都准备好了。"

岑鲸幽幽道："你就是想让我看着你们吃螃蟹喝酒吧？"她不能喝酒，性寒的螃蟹当然也不能吃。再没什么比忌口期间只能看着别人吃更痛苦的了。

萧卿颜并不否认自己的险恶用心，就着喝茶的动作含糊道："合该让你也在这日难受一回。"

岑鲸没听清萧卿颜说了什么，对她投以疑惑的目光，想让她再重复一遍。

萧卿颜假装自己没看懂，轻飘飘地转移了话题，说萧睿先丧子后丧妻，今年中秋宫宴定然不会举办，倒是方便他们私下给她庆生。

然而计划赶不上变化，没两日，萧卿颜再次登门，从岑鲸这儿把沈霖音借走了，说是近来连绵细雨，她家驸马犯了旧疾，要沈霖音过去帮忙看看。

实际上，在离开相府后，刚过一条街，她便让车夫绕路去了元府。

元府是萧卿颜的外祖家，萧卿颜的生母，当今太后便是元老爷子的女儿。

萧卿颜把戴了帷帽的沈霖音领进元府，过了大半日后，又把沈霖音从元府带出来，亲自给岑鲸送回去。马车穿过坊门，眼看着就要到相府，她突然对沈霖音说："今日之事，绝不可对岑鲸提起。"

还在思考用药的沈霖音一脸莫名其妙：元家有人病重关岑鲸什么事，为什么要瞒着岑鲸？

萧卿颜对沈霖音的态度依旧冷淡，丝毫没有要解释清楚的打算。

沈霖音也明白自己如今受制于人，乖乖听话不作妖才是最好的选择，于是点点头，表示自己知道了。

之后短短七八天的光景，萧卿颜又来借了两次人，每次借口都不一样，可每次都是把沈霖音送去元府，给同一个人看诊。

萧卿颜第三次把人送回时，挽霜替岑鲸带话，请萧卿颜进府喝杯茶再走。萧卿颜以为岑鲸找自己有什么要事，便跟着挽霜进了相府。

相府书房现在是岑鲸在用，萧卿颜到时，她正坐在窗户边看书，见人来了把书放下，说："昨日闲来无事让人去收拾库房，发现几包重峰产的雨后茶，我记得老师爱喝这个，你替我送一下吧。"

萧卿颜听岑鲸提起她的老师，也就是元家的老爷子，心里蓦地一紧，下意识盯着岑鲸看了一会儿。

岑鲸："这样看我干吗？"

萧卿颜故意摆出平时的模样，不满道："还以为你是好心请我喝茶，结果又是来差遣我。"

岑鲸："这么多年，你也该习惯了。"

第十一章 薄情寡义 BO QING GUA YI

萧卿颜冷冷地吐出两个字："滚蛋！"

让握有实权的当朝长公主习惯被人差遣，亏她说得出口。

挽霜送来热茶后又退了出去。岑鲸支着脑袋看萧卿颜喝茶，见她才喝一口便眉头微蹙，便知她喝不惯雨后茶的滋味，不由得笑了一声。

萧卿颜因这一声笑看向岑鲸，岑鲸却不说自己笑什么，而是道："一个人在家装病实在无聊，我想回书院。"

原本装病不去书院是因为她每隔几天就要出城去别苑找沈霖音，同书院请假的规律和萧卿颜府上的马车出城规律重合，容易引起有心之人的注意。如今沈霖音就在她家，她不需要花一天时间出城回城，只要在喝药施针那天请半天假就行，不会耽误她去书院读书。

"急什么？"萧卿颜放下茶盏，说，"磨刀不误砍柴工，等把身体调养好了再去也不迟。"

岑鲸意外："你原先不还催着我早点儿入仕吗？我这身子没个两三年调理不回来，你当真要我再耽搁下去？"

萧卿颜也知道自己这番说辞和过去自相矛盾，她不答反问："你之前不也懒得再去考科举吗？怎么突然勤快起来了？"

"倒也不是真的勤快，"岑鲸靠着椅背，敛了面上的笑，看着萧卿颜沉默半晌，缓缓道，"就是想看看，你会不会拦着不让我去书院。"

萧卿颜愣住，这会儿再回头看，似乎从她踏进书房的第一句话起，岑鲸就在给她下套。果然，她听见岑鲸问："是老师病了吗？"

岑吞舟能在上辈子走到最后，靠的绝不仅仅是自己和反派系统，还有她的老师，以及一些已经不在徒剩思念的人。

最初带着反派系统穿越成岑吞舟时，岑吞舟的身体不过十几岁，还是个正在备考乡试的少年。不幸的童年似乎是每一个反派的标配，这点就连岑吞舟也没能免俗：原主的父母早已过世，当家的伯父伯母面慈心毒，满府的亲戚各怀鬼胎，一个赛一个的极品短视。

因为岑家物种过于丰富，早期还没进化完的岑吞舟吃了不少暗亏，但也因此飞快地适应了这个陌生的世界，并且拥有了一颗强大的心脏。

可光提升心理承受能力还不行，她给自己列好目标，首先就是读书，她需要学习这个时代的知识，习惯这个时代的人文风貌，参加乡试考上举人，再去参加会试，入朝做官。

但在岑家，读书不是件容易的事情。

岑家祖上随开国太祖打江山，是有功之臣，世代簪缨，不可能存在读不起书的情况。奈何岑吞舟的伯父每每看到岑吞舟比自己的那几个儿子用功争气，都会动手打他的儿子们，骂他们无用。伯母宠儿无度，见状心疼得紧，丝毫不觉得是自己儿子不上进，只觉得岑吞舟用心险恶，非要盖过自己儿子的风头，便想着法要让岑吞舟读不成书。开头她还仅仅是让岑吞舟整日整日地抄佛经，岑吞舟寄人篱下，要不想传出什么糟糕的名声毁了风评，只能乖乖听话。晚上伯母借口为她好，不想她为了读书熬坏眼睛，就不让下人给她点灯，让她早些睡下早点儿起来，第二天继续抄佛经。

然而岑吞舟一个现代来的夜猫子，怎么可能放过晚上的时间？既然晚上没有烛火看不成书，那就让反派系统在脑子里给她念。反派系统的资料库内存不足，不曾储备这个时代的书籍，岑吞舟就摸黑把书翻开，让系统感知内容后读给她听。一人一系统为了任务相互配合，逐渐培养出默契。

岑吞舟抄佛经的同时也顺带练字，借助原身多年习字的肌肉记忆，加上自己的刻苦用心，和在现代跟着业余书法家老爸长的见识，练出了一手超越这个时代的好字。后来一次诗会上，岑吞舟的堂哥在恭郡王那儿吃了瘪，为挽回面子，在众人面前贬低岑吞舟，嘲笑她是个整日只会抄佛经的呆子，虽然脑子不太行，但写字还是不错的，以此推举她来记录众人所作的诗。岑吞舟被推着站在了案前，执笔记录众人所作诗文。

那年正赶上三年一次的会试，因此来参加诗会的人不少，个个都企图在入考场前博个才名，更有外地学子与京城学子之间的针锋相对，诞生出不少令人拍案叫绝的好作品。可那次诗会上最大的赢家却是不曾作过任何一首诗的岑吞舟，因为她的字着实惊艳了众人。

犹记得当时，外地学子在限韵诗上把京城学子压了一头，恭郡王觉得没意思就逛到了岑吞舟这边，想拿众人目前所作的诗来看看，这一看便发现，岑吞舟这

第十一章 薄情寡义 BO QING GUA YI

字可比这群学子们所作的诗要精彩。他丝毫不因为岑吞舟堂哥的话而看轻她，还计上心头，让京城学子们提出不服，要比别的。于是众人又转战对对子，为了方便记忆，便把写好的上联挂了起来。也是这一挂，让一众摩拳擦掌跃跃欲试的学子们傻在了原地：这字……这字是谁写的？

恭郡王还假装自己不知道这字的主人，对这字大夸特夸。

后来得知写字之人是岑吞舟，京城学子们顿时扬眉吐气。

岑吞舟堂哥的友人想起对方早前的话，脸色古怪地对岑吞舟的堂哥说："你管这叫呆子？我若能有这么个呆子弟弟，我天天把他带出门去炫耀！"

岑吞舟堂哥的表情一度非常难看，还嘴硬说字写得好看又如何，反正进考场用的是统一的馆阁体，靠的是真本事。

诗会过后，岑吞舟那一手好字被捧得尽人皆知，还有人提起岑吞舟抄佛经的事，不由得牵扯到了岑吞舟的伯母。岑吞舟的伯母信佛是出了名的，都说她人慈心善，最是虔诚，家中子侄在她的影响下跟着信佛、爱抄佛经也是人之常情。可再信佛也不能由着小辈丢开学业不管啊，于是便有人来劝岑家伯母，让她好好引导小辈，莫要误了人前程。

岑家伯母发现岑吞舟居然连抄个佛经也抄得不安分，还因此害她被人议论，她表面羞愧，接受了旁人的提点，心中却是愤愤的。恰逢那年她儿子落榜，她也不管岑吞舟抄佛经的话是她儿子在外面提起的，只管把火撒在岑吞舟头上，甚至发了狠，借着外出礼佛的机会花钱买凶，要废了岑吞舟一只手或一条腿，又或仁慈一些，只毁岑吞舟的面容也行，只要他永无出头之日便可。

然岑家有个看起来又老又木讷的车夫，存在感极低，岑吞舟也是为了学骑马才与他认识，为了答谢他的提点，还给他送过吃的。当岑吞舟被迫在寺庙后头的山林里逃命时，是那车夫出来救了她，岑吞舟这才知晓车夫身怀武艺和数不清的秘密。

因车夫救了自己，岑吞舟从不探究对方身上的秘密，还厚着脸皮求对方教自己武功，不想日后遇到类似的情况只能坐以待毙。车夫起初并不理会岑吞舟，偏岑吞舟耐心足，日复一日地磨，且因为刚穿越没什么阶级观念，从未摆出过命令的姿态，也不强迫对方，还从本就拮据的生活费里抠出钱来给车夫置备冬衣，自己过生日还拉着车夫喝酒，总算磨得车夫松口传授她武艺。

至于寺庙遇险一事，伯母不认，她又没确凿的证据，伯父也有意大事化小，最后只能不了了之。不过岑吞舟不再被逼着抄佛经，又有了学习的时间，日子一下松快不少。

但要掌握学识，光靠死记硬背还不够，还得有个好老师。岑家伯母给她儿子请的先生和给岑吞舟请的先生不是同一个，那先生得了岑家人授意，根本不肯好好教岑吞舟，岑吞舟只能另谋出路。

也就是在那时，岑吞舟意外救下了恭王妃。

恭郡王与恭王妃伉俪情深，夫妻二人因此感恩岑吞舟，不仅因为岑吞舟性格讨喜而把岑吞舟当弟弟来对待，恭郡王还把那日诗会上的字拿给元老爷子看。元老爷子果然被这字打动，又有恭郡王请求，便将岑吞舟收作了学生。

元老爷子本只是看重这字，希望这字能越练越好，流芳百世。谁知岑吞舟对学识的渴望以及领悟能力远超他的想象，不过短短一年，岑吞舟就成了元老爷子最喜欢的学生，没有之一，就连元老爷子的亲儿子亲孙子都得往后排。

岑吞舟也很喜欢并真心敬重元老爷子和恭郡王夫妇，因为他们，她的学习之路一下子就变得平坦很多。

可这"平坦"是岑吞舟自己的感觉，在旁人眼中，她学习的劲头非常吓人，简直像是有谁在拿她最珍视的人来威胁她一样，让她不敢有丝毫的懈怠，学习起来专注又拼命。

岑吞舟成为元老爷子学生的第二年，教岑吞舟武功的车夫死了。

车夫死前还在跟岑吞舟喝酒，两人边喝边聊，一向寡言的车夫竟一反常态，告诉岑吞舟他是别国潜逃的刺客，还说岑吞舟这个年纪习武已经晚了，哪怕女子的身体可塑性比男子要强，她也注定成不了高手——是，那车夫看出岑吞舟是女子，身为顶尖刺客，怎么可能没有这点儿眼力？

岑吞舟浑不在意，举着酒杯说："叔，我没想当高手，能自保就行。"

话刚说完，一阵寒意袭上后颈，岑吞舟汗毛直立，却动弹不得。

而原本坐在岑吞舟对面的车夫则如鬼魅一般出现在了她背后，吐出的字句冷得像冰："无法杀人，又如何自保？"

车夫把手覆到岑吞舟背上，下一刻，骨肉撕裂般的剧痛从后心如刀一般刺入，并逐渐蔓延至岑吞舟的四肢百骸。被岑吞舟拿在手里的酒杯掉落在桌上，酒水洒了一桌，酒杯顺着桌边滚落，碎了一地。什么疼得满地打滚，真痛到极致，只会让人一动都不敢再动，恨不得连呼吸心跳都停下才好！

岑吞舟一度失去意识，痛楚结束后，她的里衣被汗水彻底浸湿，残留的痛感令她每一寸皮肤都在发麻，光是衣服布料的摩擦就足以激起一片神经痛，以至于她一动不敢动，哪怕看见身后有人倒下，她也……

等等，身后？她怎么可能看到自己身后发生了什么？

岑吞舟在错愕中咽了口口水，怀疑自己是痛过头产生了错觉，可细细感受一番就发现周围的一切在她眼中发生了变化，她的五感敏锐得惊人，哪怕隔着大老远一堵墙，她都能听见有人走过的脚步声。

这是……

岑吞舟想起了小时候看过的武侠片，犹记得其中常有一个经典桥段：垂垂老矣的武林高手死前给主角传功，让主角年纪轻轻就拥有了一身雄厚的内力。而一般这么做完，武林高手都会死。

岑吞舟再顾不上什么痛不痛，猛地起身看向了身后，就见车夫果然在自己身后倒下了。

"叔！"岑吞舟手忙脚乱想把人从地上扶起来，可刚一动，就有血从车夫口中涌出，吓得岑吞舟再不敢用力碰他，"我能做什么？我现在去找大夫有用吗？还是得去找药？人参行吗？我记得库房有一株成了形的人参，我去给你拿……"

岑吞舟还来不及动，就被车夫一把抓住手臂，他气若游丝，从未有过的虚弱："我教你的身法，容易被人看出来……日后遇到身上带鬼面刺青的，切记提防。"

鬼面刺青……岑吞舟不傻，一下就明白鬼面刺青应当是他们这些刺客刻在身上的标识。她记下了，可她不明白对方为什么要这么做。

所幸车夫本就有所求，没有藏着掖着的意思，他将一个小小的红色瓷瓶塞给岑吞舟，对她说："我身上有毒，本就活不长，这是解药，你若能遇见一个鬼面右眼被替换成莲花的人，替我把这个给他，让他……让他过自己想过的日子，别……别再……"

别再什么,车夫没说完。

岑吞舟甚至不明白,车夫为何笃定地认为她会遇上这么一个别国来的刺客。

后来岑吞舟明白了,因为鬼面莲花眼刺青的人,是车夫的儿子。

车夫身为别国专门培养的刺客,却叛逃故土来到大胤国都,他所处的组织一旦发现大胤有官员的武功身法出自他们,必然会想到车夫,并让车夫的儿子亲自来清理门户。车夫会松口教她武艺,也是把她当成那个自己无法看着长大的孩子。

查明这一切时,岑吞舟已经入朝为官,发展起了属于自己的势力。

车夫没有选错人,为了回报这一身内力的馈赠,岑吞舟没少派出细作,潜入车夫的故国查探。不过最后让她查到鬼面莲花眼刺青的,不是她派出去的那些细作,而是萧卿颜。

岑吞舟始终记得,那是风和日丽平平无奇的一天,萧卿颜拿着一张纸来找她,问她有关纸上图案的线索。岑吞舟翻开纸,发现上面用金色线条勾勒出一张獠牙鬼面,鬼面右眼眼瞳盛开的莲花被衬托得分外妖冶诡异。

岑吞舟问:"文这刺青的人在哪儿?"

萧卿颜从未说过这是刺青图案,却被岑吞舟一语道破,这让萧卿颜确信她有这方面的线索:"你知道这刺青是什么意思?"

岑吞舟:"嗯,他人呢?"

萧卿颜催促:"我寝殿里藏着呢,你快告诉我这是什么!"

岑吞舟:"先让我见见他吧,还有他这刺青,我看了再说。"

"非要看吗?"萧卿颜蹙眉,看起来有些不太乐意,颇有些私人领地被人入侵的不满。

"不行吗?"岑吞舟还没意识到问题的严重性。

萧卿颜挠了挠脸,难得地有些不大好意思:"他那刺青文在小腹,要看的话,就……挺不雅的。"

小腹?为什么萧卿颜能看到异国刺客的……小腹?!

岑吞舟脸色突变,严肃道:"他怎么你了?"

萧卿颜摇头:"他才没怎么我,是我怎么他了。"霸道的语气中,竟还有一丝丝骄傲。

第十一章 薄情寡义 BO QING GUA YI

岑吞舟半晌才反应过来萧卿颜的意思，她头痛扶额，心里升起一股难以言喻的情绪。她仔细品味了一下，确信这是自家白菜居然跑去拱了只猪的恨铁不成钢。

因为萧卿颜，岑吞舟原先定好的所有计划统统作废。思量后，她将鬼面刺青的来历同萧卿颜说明，并通过萧卿颜与那刺客见了一面。

身为活在影子里的人，刺客并没有姓名，只有代号：六十七。

六十七会来大胤国都，确实是因为他们组织潜伏在大胤的人发现岑吞舟的身法过于眼熟，由此联想到多年前叛逃的第一刺客"七"，于是派出七的儿子六十七来大胤，企图让他们父子相残，作为他当年叛逃的代价。

可他们没想到，出了名冷血无情的七并未服下他从组织里偷出来的解药，而是掐着自己儿子的年岁，在死前把解药交给了岑吞舟，让他将解药带给他儿子，帮他儿子彻底摆脱组织的控制。

岑吞舟与六十七见面密谈，不仅把来龙去脉说得清清楚楚，还把解药也交到了六十七手中，最后更是问他是否愿意就此脱离组织。

六十七不知道。他从小被当成杀人机器培养，习惯了听令从事，就算获得解药，解了组织用来控制他的毒，他也不可能过上和普通人一样的生活。况且组织记仇，不会就这样放过他。

非要跟来听他们谈话的萧卿颜说："那就先下手为强，斩草除根。"

岑吞舟正有此意，七的故国面积不大，与大胤距离也远，就是他们的那个暗杀组织格外烦人，若不铲除，任由他们的势力在大胤暗处肆意发展，那还得了。

岑吞舟问六十七可愿意帮忙，六十七看了萧卿颜一眼，似是想起她方才的话，点了点头。

后来他们花了半年时间将组织捣毁，六十七也因此身受重伤，被岑吞舟的人送回大胤。

再后来，六十七有了属于自己的名字：晋牧。

瑞晋的晋。

第十二章
元老爷子

一

岑吞舟一边忙公务，一边派人在别国搞事情，同时还要兼顾社交，以及……挣钱。

因为她虽出身世家，却得不到家族的支持，缺钱缺得眼睛都红了。

可钱怎么来？总不能去搜刮民脂民膏吧？

于是她先靠黑吃黑得了一笔资金，然后利用现代人的优势开店，让云伯出面打理，自己藏于幕后。

此外，她还掺杂了一点儿自己的小私心，做了一些比较"多余"的事情。比如培养弟弟岑奕，比如研究书院怎么办，又比如给自己看好的后起之秀燕兰庭铺路，比时间管理大师还要牛。

反正闲是不可能闲下来的，因为入仕之后她就为完成反派任务定下了第二步：往上爬！去抢那一人之下万人之上的位置！

所以在江袖的记忆里，岑吞舟连睡觉的时间都少得可怜，全靠一身浑厚的内力支撑，让她能如此拼命。

忙碌的生活中，要说有什么地方能让她感到轻松自在，莫过于郡王府和元府。

郡王府自不必说，恭郡王夫妇对岑吞舟就跟对亲弟弟一样，他们之间的相处没有什么大恩大德，就是寻常的细水长流、真心相待。后期岑吞舟搬出岑家，还在郡王府隔壁住过一阵子——郡王府所在的地界房价自然不可能低，但因为郡王府隔壁的房子也是恭郡王的，这才让岑吞舟低价租到了那座宅子。

至于元家，若说元老爷子以前对岑吞舟好是出于老师对优质学生的偏爱，那么在多年的相处中，这份偏爱早就从师生情变成了亲情，甚至影响了整个元家对岑吞舟的态度。

元家人甚至知道岑家对岑吞舟不好。倒不是岑吞舟主动说了岑家的坏话，而是元家人从岑吞舟平日的生活细节里看出来的。但因隔着血缘，他们也不好随意插手别人家的事情。

直到岑吞舟参加会试，因为伯母恶意设计，不得不在考完第一场试后跑去投靠元老爷子。元家上下看岑吞舟饿着三天肚子硬撑下第一场考试，那叫一个气，就连向来好脾气的元老太太也没忍住，背着岑吞舟偷偷去给岑家伯母使绊子。元老爷子的两个儿子——岑吞舟那两个师兄，也不例外，各有各的门路，给岑家找不痛快。

元老爷子起先还自持身份，不愿跟岑家那群肮脏东西计较。等殿试结束，知道岑吞舟得了探花，老爷子气得够呛——他认为岑吞舟的才能不止于此，定是第一场的发挥影响了后面两场考试。为此他把对岑家的不满摆在了明面上。

元老爷子是谁？文坛泰斗，当世大儒。他的态度简直就是文人学士圈子里的风向标，被他厌弃，又如何会有读书人肯再去亲近岑家？

就是怕连累岑吞舟，不然元家还能做得再过一些。

岑吞舟晓得元家对她好，因此对元家的小辈，比如元老爷子的几个孙子孙女，又比如元家外孙女萧卿颜，她都照顾有加。后来元老太太离世，岑吞舟帮着元家小辈们忙里忙外筹备丧礼。元老爷子因妻子离世郁郁寡欢，也是岑吞舟推掉手上大半事务，陪他慢慢走了出来。

无独有偶，恭郡王病逝后，老爷子也把岑吞舟和岑奕叫来元家住了几个月。

当时的岑吞舟表面并无异样，就是话变得比平时要少，无人时总会愣神，且怕有人说闲话，不敢随意登郡王府的门，只能暗地里帮衬恭王妃与陵阳这对孤儿

第十二章 元老爷子 YUAN LAO YE ZI

寡母，不让她们被别人欺负。等岑吞舟慢慢消化完心里的难过，恢复原样，老爷子才把岑吞舟撵走，说她和岑奕再待下去，自己那几个孙儿都要学会怎么上房揭瓦了。

他们这一老一小，也算是陪着对方走过了失去至亲后那段最痛苦的时光。

可惜这样深厚的情谊并未一直延续下去。

因为岑吞舟要完成反派任务，要把太子扳倒。

太子的生母与萧卿颜的生母是亲姐妹，她们都是元家女，都是元老爷子的女儿。所以，萧卿颜是元老爷子的外孙女，太子是元老爷子的外孙。

早年岑吞舟处处与太子作对，老爷子虽然头痛，但也不曾阻拦，因为他觉得岑吞舟是对的，太子行事确实太过张扬，失了身为人子对先帝该有的敬重。而且作为储君，能遇上一个敢直言不讳的臣子是天大的好事，对江山社稷也有益处。

按照老爷子的想法，太子与岑吞舟就该相互成就。可他怎么也没料到，这俩竟是冲着不死不休去的——太子差点儿把岑吞舟弄死在牢里，岑吞舟也在翻身后一手促成太子被废为雍王的局面，更为了扶萧睿上位血洗雍王府。

老爷子不糊涂，他可以不恨岑吞舟，因为太子所为铁证如山，这样的储君一旦上位，遭殃的是这个国家，所以他宁愿太子被废，也不希望百姓因他元家受苦。可废太子毕竟是老爷子的外孙，哪怕废太子所犯下的错都是真的，哪怕不知道所谓的雍王谋逆其实是诬陷，老爷子还是无法再像以前那样面对自己最偏爱的学生。

岑吞舟何尝不是无颜面对元家？

她心里清楚，若非自己拿江袖的玉佩诬陷太子造反，太子未必不能翻盘，可她还是动了手，还为确保万无一失，领了先帝的旨意，带人抄了雍王府。从那时起，她和元家的关系便再也回不到过去。

待到萧睿登基，岑吞舟的任务也进入最后一个阶段，她开始肆意妄为、一手遮天，让萧睿忌惮的同时，更让元老爷子失望透顶，就连她那两个师兄也越来越不待见她。

岑吞舟想，失望好，失去一个令人失望的学生总比失去一个令人满意的学生更能让人接受。

众叛亲离，她总归是做到了。

重生后,岑鲸时常在书院听人说起元老爷子,盖因他在学子心中的地位堪比圣贤,要说起当代大儒,必然绕不开他。但每当这个时候,她只是默默地听着,悄悄地怀念。至于相认,她不敢,也没胆子为了让自己心里好受就去老爷子面前道歉,扰了老人家清净的生活。

萧卿颜也清楚岑鲸与元老爷子之间的师徒情分,才无论如何都不想让自家外祖父病重的消息传到岑鲸耳朵里,生怕她现在的身子扛不住。

为了瞒住岑鲸,她不仅跟时常来相府找岑鲸的江袖、云息以及陵阳县主打了招呼,让他们别说漏嘴,还派人快马加鞭去给燕兰庭送信,让他回信至相府,严禁相府上下在岑鲸面前提起有关元老爷子的消息。

奈何千算万算,还是在岑鲸这儿露了端倪。

萧卿颜一边回想自己到底是哪里没遮掩好,一边对着岑鲸摇头,否认道:"没啊,你怎么会这么觉得?"

岑鲸看着萧卿颜,问:"真的吗?"

萧卿颜假装不耐烦道:"我骗你作甚?"

岑鲸:"那你为何不肯让我去书院?"

萧卿颜飞快转动脑子,终于给出一个看似合理的答案:"不是不让你去书院,是不让你出门。都知道你是燕兰庭心尖上的人,我怕萧睿刚丧妻,会忍不住对你下手,让燕兰庭也尝尝痛失所爱的滋味。所以你还是在家里待着安全。"

岑鲸闻言,"唔"了一声,至于信没信,不好说。

萧卿颜能扛住朝堂上的针锋相对,却扛不住岑鲸一个怀疑的眼神,任凭她忍了再忍,最后还是没忍住,急匆匆找了个借口,拿着岑鲸给的重峰雨后茶茶叶离开了相府。

曲州。

因大雨被困驿站的燕兰庭不小心打碎了手边的茶杯。

"老爷?"门外的管事听到动静,隔着门问了一声。

燕兰庭并未回答,他抬手捏了捏鼻梁,心头的不安愈来愈重,让他有些难受。

这股子不安从萧卿颜送信来说元老爷子生病起就没散过。

燕兰庭思来想去，还是放下手上的信件，起身走到了门口。他打开门，对外头候着的管事吩咐："收拾东西。"

那管事愣住："是要现在启程吗？可这大雨还未停，码头那儿怕是不肯放行，不如再等等？"

"不等了。"燕兰庭沉声道，"改走陆路。"

其二章

萧卿颜离开后，岑鲸给书院去了封信，说有要事，约叶锦黛无论如何来自己这儿一趟，越快越好。

叶锦黛第二天就跟书院请了假，回家后偷摸跑来相府，问岑鲸有什么事，是不是跟系统有关。

"是私事。"岑鲸把一张纸条按在桌上，推到叶锦黛面前，说，"麻烦你，对这个人用回春丹。"

纸条上，写着元老爷子的大名。

叶锦黛拿起纸条："元晏清……这是谁？"她无意刨根问底，怕岑鲸误会，连忙解释道，"你得告诉我他的身份，让我对这个人有个概念，这样才不会因为同名同姓作用到错误的对象上。"

非常人性化的运行机制。

岑鲸："你应当有在书院或是从你哥那儿听说过他，他是元家的老太爷，当今太后的父亲，瑞晋长公主的外祖父。"

这么一说，叶锦黛终于想起自己的确听说过这位，可因其年龄、辈分极高，无论是书院里的学生还是叶锦黛的哥哥叶临岸，都是用的尊称，并不敢直呼他的名讳——原来是叫元晏清。

因为上回对岑鲸用回春丹所需的点数太多，导致叶锦黛在这次点开兑换面板时感到了些微的紧张。幸好，对元家这位老人使用回春丹所需的点数并不像对岑鲸用的那么多，只需要十八点好感值。叶锦黛在多个任务目标身上获得的好感值累积起来有三百二十九点，帮元老爷子兑换回春丹，连个零头都不要。

点击"确定购买",眼前弹出一条药物生效的提示,叶锦黛长舒一口气。

终于……

叶锦黛本就是别人对她好一分、她就忍不住还别人五分的性格,岑鲸帮她太多,总让她感到亏欠,如今虽不是什么大忙,但好歹帮上了。

叶锦黛是偷偷从家里跑来的,虽然留了字条,但还是不敢久留,帮完岑鲸的忙就离开了相府。可就在她踏出相府的那一刻,她听见——

"嗤!"

是她家系统 S975 发出的声音。

叶锦黛本沉浸在自己终于帮上忙的喜悦中,听见系统的嗤笑,不明所以地心里"咯噔"了一下,问它:"你笑什么?"

S975 不说话。

叶锦黛并没有因为系统的沉默而把此事翻篇。之后她数次点开系统商店,点击回春丹,在输入框中打下"元晏清"三个字,然后看向左下角的兑换价格,价格显示为零。

她之前跟岑鲸提过一嘴,回春丹的价格会因为作用对象的身份以及作用对象的病情发生变化。但她只重点强调了作用对象的身份,因为身份不同,会导致回春丹价格翻上好几倍。至于为什么不说病情轻重对价格的影响,是因为叶锦黛至今都摸不透这方面的规律。但有一点能确定:在回春丹的使用下,元老爷子的身体已经恢复了健康,对健康的人使用回春丹,价格自然就是零。

叶锦黛当晚回了书院,第二天上午在书院上课,中午想起昨天的事情,就趁着午休在宿舍又一次点开了系统商店,点击回春丹,输入元老爷子的名字。这一次左下角发生了变化,价格显示为十六。

叶锦黛对着系统面板睁大了眼睛。

这怎么可能?!

她询问 S975,对方依旧是装死不理她。叶锦黛急了,甚至顾不上在心里叫它,直接在嘴上唤出了声,要求它回答自己。

S975 这才动弹了一下:"你又不肯完成任务,我为什么要告诉你原因?"显然还在记恨宿主联合别的系统来坑它这件事。

第十二章 元老爷子 YUAN LAO YE ZI

叶锦黛咬了咬唇，不知道该怎么办，只能先用十六点好感值给元老爷子兑换回春丹。

昨天她是上午去找岑鲸，当天晚上查看兑换面板还都一切正常，第二天中午才发现异样。但这次没等到第二天，深夜她点进面板，选定回春丹，输入元老爷子的姓名一看，本该为"0"的价格一下又涨了，这次是十四。

叶锦黛有些蒙。她开始猜测，价格从十八到十六再到十四，时间间隔越来越短，需要的好感值也越来越少，是不是证明元家老爷子的病情在一点点好转？是不是只要到最后价格降到二，再降到零，元家老爷子就能彻底康复？可若真是这样，系统为什么要跟个反派一样不屑地嗤笑？

叶锦黛越来越不安，偏偏她又撬不开系统的嘴，只能等到第二天再请一次假，去一趟相府，找岑鲸商量。

作为书院的学生，像叶锦黛这样无缘无故频繁请假回家显然是不行的，偏偏她哥叶临岸是东苑的监苑，他们兄妹俩又年少失散，时隔多年才团聚，叶临岸就是再冷的心肠也免不了对自己的妹妹多几分不讲道理的疼宠。于是叶锦黛就这么仗着哥哥在书院的职位顺利请到了假，又像上次一样到相府去找岑鲸。

下人来找岑鲸通报，说前日来过的叶姑娘今日又来敲他们相府的小门时，岑鲸正在给自己削苹果吃。听完下人的话，她心中生出不祥的预感，立马跟着下人去了小门那儿，把叶锦黛领了进来。

两人都明白系统的事情不能让别人知道，因此都忍着心头的冲动，确定屋内只剩下她们两个，屋外的暗卫也都被遣走，叶锦黛才把过去一天发生的怪事告诉岑鲸。

满室寂静。

叶锦黛在等岑鲸回答，岑鲸则微微低垂着脑袋，像是在思考什么。

半晌，岑鲸问自己的系统 2700："你知道是怎么一回事吗？"

2700 酸溜溜道："我又不曾拥有过商店，怎么可能知道商店的运行规则？"

换言之，S975 一定知道。

岑鲸抬眼看向叶锦黛："你要怎样才肯告诉我？"

叶锦黛一愣，随即反应过来岑鲸是在跟她的系统说话。

S975 那叫一个扬眉吐气："只要你愿意帮助我的宿主完成系统任务。"

岑鲸听不见 S975 的声音，叶锦黛听到了，第一反应就是："你做梦！"她才不要再受系统的摆布，去攻略那些她根本就不喜欢人！

岑鲸："它说什么了？"

叶锦黛抿了抿唇，不是很想说，但她还是选择相信岑鲸，相信岑鲸不会因此强迫自己，于是便把系统的话转述给了岑鲸。

岑鲸听后，略感意外："我还以为它会想要马上离开这个世界，而不是被困在这里当复活币。"

2700 虽然讨厌 S975，但毕竟是同行，它清楚对方的想法："怎么可能？要能完成任务，当然是完成任务好。"

S975 也说："完成任务是系统的存在意义，无论遇到什么，排在第一的都是任务，这是程序设定，所以我是不会放弃的！"

叶锦黛再次转述了 S975 的话。

岑鲸点头："我懂了。"

她拿起果盘里用来削苹果的小刀，在叶锦黛困惑的目光下，把那柄刀架在了叶锦黛的脖子上："如果我现在让你的宿主濒死，强行把你赶走，你就再也没机会完成任务了。"

叶锦黛整个傻住，没料到岑鲸会这么做。

S975 也傻了。按照它的设想，岑鲸应该继续和它谈判才对，它都已经调用相关资料，准备好相应的话术了，万万没想到岑鲸仅凭一个举动，就完成了从被威胁到威胁的转变。

它只好赶紧调整战术，对叶锦黛说："宿主你愣着干吗？她一个病秧子你还怕她吗？跑啊！"

叶锦黛缓缓回过神来，下意识咽了下口水，脖颈因此动了一下，可脖子上那柄小刀还是稳稳的，任由本就紧贴的皮肉更近了几分。叶锦黛不知道该怎么办好。

就在这时，岑鲸对她说："表个态。"

岑鲸的声音一如平时，波澜不惊，仿佛自己的命在她眼里真就不值得一提……等等！叶锦黛想到什么，似乎明白了岑鲸的意思，她咬了咬牙，对 S975 说："我

为什么要逃?"开头的那个"我"字稍微有些颤,但还好之后稳了下来,"反正有你在我也不会死,还能把你赶走,不好吗?"

S975 作为升级版的恋爱系统,可以和宿主进行脑内对话,也因此,它能读取到叶锦黛脑子里的想法。而想法越清晰,它读取得越清楚,于是它也明白了:"你们是在吓唬我。也对,像你们这种生活在现代社会和平国度的人类,就算知道杀不死,也不可能有胆子动手杀人。"

叶锦黛慌了,赶紧找补:"你怎么知道她不敢?就算她不敢,她也能叫其他人来杀我,你以为这很难吗?"

可惜她的想法根本瞒不过 S975,所以 S975 气定神闲,根本不怕,还打算继续之前的计划,跟岑鲸谈判。

然而就在下一刻,刀刃划破了叶锦黛脖子上的皮肉,血珠渗出,染红了雪白的刀刃与颈侧起了一片鸡皮疙瘩的皮肤。

欸?

唉!!!

叶锦黛瞪大眼睛看着岑鲸。

可岑鲸还是一脸的默然,透过叶锦黛对 S975 说:"我敢。"

S975:"不可能!你要是把我弄走,谁还能告诉你这一切是怎么回事?"

岑鲸明明听不到 S975 的声音,却好像听见了一般,接着说道:"而且你也不要以为,我会为了留住你弄清楚情况就手下留情,你不肯配合我,那么你在我眼里就没有留下来的价值。"

S975 的中央处理器开始发出警报。

等了一会儿,岑鲸手上又用了点儿力,本就陷进皮肉的刀刃一时陷得更深。

叶锦黛脸煞白,直愣愣地看着岑鲸。突然,她脸上的表情变了一下,僵硬的身体肉眼可见地放松了一点儿。

岑鲸以此推测,是 S975 妥协了。

事实确实如此。系统终归是系统,程序把它们设定得再像人,它们也不会把自己的"私心"放在"完成任务"前面。关于这点,和反派系统相处过的岑鲸再清楚不过了。

岑鲸把小刀挪开，又从袖子里掏出一方帕子，按在叶锦黛的伤口上。

叶锦黛疼得往后缩了缩，但还是被岑鲸给摁住了。岑鲸还提醒她："兑换点儿东西，先把伤口处理了。"

叶锦黛这才点开系统商店，给自己兑换了一瓶金疮药。金疮药起效后，伤口自动愈合，若非小刀和她脖子上还有血，她不会相信自己刚刚差点儿被岑鲸抹了脖子。

好厉害！从惊吓中抽离的叶锦黛忍不住在心里感叹。都是穿越者，无论脑子还是魄力，她都跟岑鲸差太多了。

岑鲸看她愣神，以为她还在怕，跟她道歉："对不起，吓到你了。"

叶锦黛轻轻地摇了摇头："没关系，我这不没事儿嘛。"

处理好伤口，叶锦黛就当起了S975的传话筒。系统商店的所有异样用一句话概括，那就是——回春丹只能让人的身体恢复健康，不能让人长生不死。

这句话叶锦黛不太能理解，岑鲸却隐约明白了什么。因为岑鲸比从未见过元老爷子本人的叶锦黛清楚，老师他……已经很老了。

果然，S975的下一句话就是："回春丹可以让使用者的各项器官都恢复到健康的状态，但不能让各项器官恢复到年轻的状态。衰老是不可逆的，衰老的器官就是比年轻的器官更容易出现问题，即便你现在治好了一个问题，后续也会出现新的问题，而在问题解决的同时，器官的衰老还在继续。回春丹的价格逐渐减少，最后会彻底归零，因为死人和健康的人一样，不需要回春丹。"

"那除了回春丹，你那儿有没有别的什么，能让人恢复年轻？"岑鲸问。

S975咋舌："你可真敢想。就算是系统也没办法这么逆天好吗？！能不老不死的，只有神。"

系统说得很有道理，然而岑鲸不可能就这样相信系统的话。

之后叶锦黛在相府待了一整天，这一天里，岑鲸的话前所未有的多，只求能在跟系统的对话中找出哪怕一点儿希望和可能。然而这世上最无懈可击的就是真话，因此无论她怎么跟系统沟通，都没能找到半点儿漏洞。

直到傍晚，回家看叶锦黛的叶临岸发现妹妹不在家，根据妹妹留下的字条找到相府，岑鲸才把人放回去。她把叶锦黛送到门口，脸上是肉眼可见的疲惫和焦虑。

第十二章 元老爷子

叶锦黛安慰她:"你放心,我的好感值还有很多,只要商店显示需要替元老爷子购买回春丹,我就会一直买下去。"

岑鲸勉力扬起一抹笑,说:"谢谢。"

叶锦黛看她这样,突然道:"我这样说可能不太好……"

话刚起头,叶锦黛就后悔了,可面对岑鲸疑惑的目光,她只能硬着头皮说下去:"但如果不是生病或者意外,而是正常衰老的话……就算你再怎么不舍,总会有那么一天的。"

三

自从那日离开相府,萧卿颜便再也没有踏进过相府一步,就算要来相府借沈霖音,也是让人把沈霖音从府里接出来,半点儿不愿跟岑鲸打照面,生怕在岑鲸的逼问下说出真相。

萧卿颜匆忙离开相府后的第五天,沈霖音又一次出府,登上了萧卿颜的马车。

车里,萧卿颜正闭目养神,对她的到来没有一丝表示。

车帷落下,车夫扬鞭策马,赶着马车往前行驶。

沈霖音知道自己在萧卿颜这儿讨不到好脸色,早就歇了主动搭话的心思,只是今天例外。在马车离开相府后不久,她忽然对萧卿颜说:"她这几日没休息好。"

这个"她"是谁,两人心里都清楚。

萧卿颜睁开眼。

沈霖音继续道:"情志对人的身体影响很大,她心中存了事,寝食不安,忧思过度,不利于身体调养。"

萧卿颜沉默片刻,压迫感十足地问:"元家的事,你跟她说了?"

沈霖音微微收紧了搭在药箱上的手,半真半假道:"我没说,是她自己猜出来的。"

她确实没说,但在岑鲸猜出来的时候,她也没有否认。至于为什么,不仅是想顺着岑鲸,让岑鲸信任自己,也因为……她有些假戏真做了。

沈霖音本来只是想跟岑鲸搞好关系,给自己和孩子谋个出路。可这一天天相处下来，她发现岑鲸并不是个没脾气的泥人，且跟她记忆中的岑吞舟十分相像。大约是因为这样，她竟觉得待在岑鲸身边会感到安心，也慢慢地依赖起了岑鲸。

直至那日岑鲸问她："就连你也没办法吗？"

沈霖音一边在心里奇怪岑鲸为何会如此在意元家的老太爷，一边长叹着摇头说："我是大夫，不是神仙。"

岑鲸当时的表情，悲伤得难以言喻。可她没有怪她，还对她说了句"抱歉"。

强烈的反差给沈霖音造成了巨大的震撼。

同时，岑鲸的温柔也让沈霖音感到愧疚，不仅是愧疚自己无法让年迈的老人再多活几年，还愧疚自己竟一度把岑鲸当成岑吞舟——这样的人，不该是任何人的影子和替代品，她就是她，她值得让别人透过她的外表记住她这个人。

马车抵达元府，沈霖音戴上帷帽，跟萧卿颜一块下车。

大约是因为家里的老太爷不大好，元府上下都很紧张，往里头走的时候，她们还遇见一管事正低声训人，走近一听，是训那下仆粗心，备错了白灯笼的数量。

倒不是元府晚辈不孝，老太爷还没去就筹备起了丧仪，而是旧历如此，要提早备下需要的东西，免得老人家去了，阖府上下都沉浸在悲痛中，手忙脚乱的，反而让尊长走得不体面。

可就这么撞上，还是让萧卿颜蹙起了眉头，面露不满。

那管事发现萧卿颜和沈霖音，赶紧把下仆打发走，恭恭敬敬地把她们迎进去。

元老爷子的院里人很多，虽说儿孙要侍疾，但也都分了时间，少有这么齐整的时候。萧卿颜一问才知，老爷子今早起来精神头特别好，颇有些回光返照的样子，众人心里不安得紧，这才都来了。她们进去的时候，一群人正小心翼翼地扶着老爷子从屋里出来。萧卿颜抓了个最外围的小辈，问他什么情况。

那小辈是元老爷子的曾孙，闻言一脸无奈地说："太爷爷糊涂了，非说今日是三月十七，会试最后一天，还一直问时辰，说什么'吞舟考完一定会过来这边'，非要到屋外等，一拦他他就发脾气，我们只能让他到院里来。"

闻言，萧卿颜愣在原地。

那小辈看长辈那边手忙脚乱的，正要去搭把手，又被萧卿颜一把拉回来："借我一匹快马！"

第十二章 元老爷子 YUAN LAO YE ZI

书院。

叶锦黛又一次点开商店，点击回春丹，输入"元晏清"。

需要兑换回春丹的时间越来越短：五个小时前她才买过一次，五个小时后的现在，左下角显示的价格又出现了变化，这次是两点。

她赶紧点击"确定"，兑换购买。

元宅。

"什么时辰了？"元晏清搁下笔，不知道第几次问边上正抱着小孙孙玩的妻子。

妻子被问得有些不耐烦，说："早着呢。再说了，今天最后一场，考完回家休息才最要紧，你非要吞舟来见你做什么？"

"什么我非要他来！"元晏清纠正妻子，"他这几天都住这儿，考完肯定回这边休息，你要不信，等着看就是。"

妻子："等就等，先说好，他要是累坏了直接往岑家去，你可不许和他置气！"

元晏清："我又不是文松。"

"文松那小气劲可都是随了你。"妻子抱着小孙孙，同小小一团只会咧嘴露着两颗乳牙傻笑的小孙孙说："你爹爹和你爷爷都小气，咱不跟他们学啊。"

"尽胡说。"元晏清打死不认，过了许久又问，"什么时辰了？"

妻子烦得不行，抱着小孙孙到外头花园里去玩。

元晏清摇头："没点儿耐心。"

说完没一会儿，他就决定到外头去等——那小子都快把这儿当自己家了，一定会回来的。

元晏清坐在小辈们非要他坐的躺椅上，略有些浑浊泛黄的眼睛望着一碧如洗的天空，心想岑吞舟的脾性，他这个当老师的再清楚不过了，怎么可能猜错？

四

宽阔热闹的街道上，一匹快马疾驰而过，马蹄踏碎地上枯黄的落叶，扬起尘土，也引起了路边百姓的注意。可那马跑得实在是快，众人匆匆望去，也就能看出马上有两个人，靠后那个还在头上罩了顶帷帽，至于他们从何来到哪儿去，是官府的人还是谁家不晓事的少爷公子，便一概不知了。

快马一路狂奔，最后终于停在了元府的大门前。

萧卿颜利落下马，转身还扶了一把被她带来的人。那人下马时，门房大叔认出萧卿颜，赶忙迎了上来，正好瞧见那人戴着的帷帽轻纱飘起，露出一张似曾相识的脸，叫在元府干了大半辈子的门房大叔露出了见了鬼似的表情。

萧卿颜也不管门房什么时候能回神把他们元府的马牵回去，自顾自拉着岑鲸往里头跑。赶到老爷子那里时，先是撞见了自己的表哥，她见表哥面上有泪，心里一沉，忙问："老爷子人呢？"

表哥哑着声道："还在院里。"

还在……还在就好，还在就好！

表哥看了眼萧卿颜身旁的岑鲸，还没来得及问她是谁，就见萧卿颜拉着岑鲸沿长廊一路快步跑到了院子里。

方才萧卿颜赶到相府，同岑鲸说了老爷子糊涂，误把今天当成三月十七，还特地从屋里出来，等岑吞舟考完试回来，因此岑鲸远远看着那坐在躺椅上的老人，立马就想起当年自己考完会试后的场景。

当时的她用脑过度，走出贡院后整个人都放弃了思考，只本能地清楚老师一定在等自己，于是一回元府便去见了老师，然后才回她在元府的小院休息。那天的天气和今天一样好，阳光明媚，初春的风带着微微的凉，与眼下秋季的微凉相差无几。只是当年站在院里身如松柏的那个人如今只能躺在躺椅上，被小辈环绕着，糊涂地等着一个早就不可能再回来的人。

帷帽的轻纱下，泪水盈满了岑鲸的眼。

老爷子糊涂，认不出许多小辈。老爷子的大儿子元文松便让那些个小的都站远些，免得吓着老爷子。她们进来时，老爷子身边就剩儿子、儿媳，稍远些是戴着帷帽的沈霖音，其他小辈都站在远处的廊下。明明人不少，气氛却显得格外凄清。

元文松看见萧卿颜，同弟弟说了几句，就朝她走去。待走到萧卿颜面前，他先是行了一礼，然后才问："这位是？"

萧卿颜没有直接回答，而是看向岑鲸。

第十二章 元老爷子 YUAN LAO YE ZI

岑鲸动手去解帷帽系带，因为手有点儿抖，她一时解不开，最后还是萧卿颜习过武手劲大，帮她扯断了系带。

去掉帷帽的遮挡，一张无比熟悉的脸就这么出现在了元文松面前。他难以置信地睁大了眼睛。

不远处，元老爷子的二儿子元文柏也看见了岑鲸的容貌，快步朝他们走过来。

"这是……"元文柏眼一眨不眨地看着岑鲸的脸，眼底满是震惊。

时间不等人，萧卿颜生怕老爷子和岑鲸错过，就说："其他的以后再说，先让她去见见老爷子。"

"等等！"元文柏反应过来，"这位是岑夫人？"

他们自然不会以为眼前的女子就是岑吞舟，且岑鲸的容貌像岑吞舟这点在京城并不是什么秘密，所以他们一下就猜到了岑鲸的身份。

萧卿颜不知道怎么解释，元文柏便当她默认，怒道："殿下怎可让一毫不相干的女子冒充吞舟去骗父亲？！"

萧卿颜着急，还以为要想办法过两位舅舅这一关，谁知元文松突然来了句："让她去。"

岑鲸抬眼望向元文松。六年不见，他看起来比以前还要严肃，往那儿一杵，再皮的小孩也不敢大声说话。

元文柏："可是大哥……"

"父亲在等吞舟，你要父亲……"元文松微微一顿，深吸一口气，"你要他到最后都见不上吞舟一面吗？"

元文柏这才闭上嘴，转开头不再反对。

"劳烦岑夫人了。"元文松朝岑鲸行了一礼。

岑鲸赶紧回礼。

有了这二位的允许，岑鲸终于能走向老爷子。

元文松怕她装得不像让老爷子看出来，还叮嘱她不用说话，只要让老爷子看见她的脸，了了心愿便可，若老爷子有什么话对她说，他们会替她应对。

那些叮嘱一句句飘到岑鲸耳畔，岑鲸听见了，却又像是没听见。快到老爷子身边时，她下意识放慢了脚步，近乡情怯般，竟有些害怕。

元文松兄弟俩发现她没跟上，以为她年纪小第一次看到行将就木的老人感到害怕，心里还叹果然不行，结果一回头就愣在了原地。因为岑鲸此刻的表情，不像是一个裹着熟悉皮囊的陌生人，更像是……像是他们的小师弟又活了。他们傻愣愣地看着岑鲸越过他们，慢慢走近老爷子，最后走到他身旁，还未开口，已是泪流满面。

岑鲸抬手擦掉不受控制往外溢的眼泪，开口试了两次，终于发出声音，对躺椅上的元老爷子说："老师，我回来了。"

躺椅上的老爷子听见她的声音，想要坐起来，却坐不起来。

岑鲸见状赶紧伸手，和反应过来的元文松兄弟俩一块扶着老爷子坐了起来。

老爷子如今的相貌比岑鲸记忆中的还要年迈一些，可嘴上却还是不服老，被扶起来后第一句就是："不用你们扶，我也能起来。"

岑鲸哭着笑了，同时眼泪也掉得更凶了，因为自从雍王死后，她就再也没听老爷子这样对她说过话。

老爷子拉着她在身旁的小凳子上坐下，问："回来了？"

岑鲸："回来了。"

"我就说你会回来，你师娘还不信。"老爷子看着岑鲸，像是才发现岑鲸情绪不对，问，"怎么哭成这样？没考好？"

岑鲸努力收起自己的情绪，岑吞舟味十足地回了老爷子一句："您可盼我点儿好吧，当心我跟师母告状去。"

可惜哭腔太重，再俏皮的话也只会让人觉得难过。

然而老爷子像是没听出来，同过去一样骂了她一句，之后又絮叨起来，问她有没有按照自己说的注意事项答题，记没记得避讳，有没有被考场里的人为难。

岑鲸依稀感到耳熟，开口回答时才想起，这些都是当初自己考完试后老爷子问过她的话。不过当年老爷子的话没有全部问完，因为问到一半师母就抱着小孙孙过来，说她刚考完肯定累，让老爷子放她去休息。如今师母不在，老爷子便把当初那些话都完整地问了一遍。

等岑鲸一一回答完，老爷子花费了些许时间休息才缓过劲。这时的老爷子不再像方才那样精神，眉宇间流露出几分疲倦，人也躺回到了椅背上。但他还是强

第十二章 元老爷子 YUAN LAO YE ZI

撑着，慢吞吞唤道："吞舟啊。"

岑鲸握住老爷子的手："您说。"

老爷子的声音越来越轻："为师这辈子最骄傲的两件事，一是娶了你师娘，二便是收了你这学生。你们……都要好好的啊。"

岑鲸再一次没能控制住情绪。因为后来师母走了，她也把自己弄死了。

老爷子没注意到岑鲸的崩溃，对她说："行了，考了这么些天……你也累了……去休息吧。"

岑鲸哭得脑子一涨一涨地疼，摇头说："我不累，我再陪您待会儿。"

老爷子不信："哪有人从贡院出来不累的？我光是坐这儿晒太阳，都觉着累呢……我先睡一会儿，你也去休息，等醒了，把在考场写的默出来给我看看……"

岑鲸不停地掉着眼泪，哽咽着，握着老爷子的那只手用力到指节泛白，浑身都在颤，过了好一会儿才艰难地"嗯"了一声。

这一声"嗯"应得人肝肠寸断，老爷子却在听到后定下了心，迎着满院金灿的阳光与微凉的秋风，轻轻合上了眼。

一时间，满院无声。

沈霖音率先回过神来，上前搭了老爷子的脉，摇了摇头，这才让众人不得不接受老爷子已经去了的事实。

"爹！"

元文柏撕心裂肺的喊声响彻天际，远处廊下的元家子孙也都纷纷拥了过来。

场面太过混乱，萧卿颜上前来拉起岑鲸，想把她带离此处。岑鲸脑子一片空白，浑身的力气也像是被抽干了似的站都站不住，任由萧卿颜半抱着带她离开。然而没走几步，岑鲸便觉得先前隐隐作痛的胸膛一阵剧痛，再之后竟"哇"地吐出了一口血。萧卿颜猝不及防被吐了满身，她错愕地看着岑鲸，发现岑鲸的眼瞳竟像即将死去的人一般开始涣散……

"吞舟！"

突如其来的嗡鸣切断了岑鲸的听觉，她没能听见萧卿颜惊惧的声音，甚至连原本能听见的哭喊声也在刹那如轻烟遇风，散得一干二净。她费力地抬起手，想跟方才擦眼泪一样，把嘴上的血也给擦掉，结果手刚伸到嘴巴前，又是一大口血涌出，吐得自己满手都是。猩红黏稠的液体或自指间滴落，或顺着掌心如一条条骇人的细蛇般在洁白的手臂上蜿蜒。岑鲸愣愣地看着，被泪水模糊的视线就像坏掉的灯泡一样一亮一暗。

可面对如此异常的自己，岑鲸却意外的平静，没有恐慌，亦无波澜，就像颗被丢进池子里的石头，莫说挣扎，连思考都不曾有，就这么不断地下沉，一直下沉，直到失去意识前的那一刻，她那沾满了血的手被人拢入掌心，模糊的视野里，出现了一抹她极为熟悉的紫色……

五

"贝贝，醒了吗？"

敲门声伴随着一个爽朗的女音，将岑鲸叫醒。

门没上锁，对方敲了两下门，没听见岑鲸的回应，于是按下门把，打开了门。

"还睡呢，都八点了。"

门口的女人背着光，岑鲸看不清她的容颜，就这么望着她进屋走到窗户边，"唰"的一下拉开了窗帘，让阳光涌入房间。刺眼的光芒让岑鲸眯起了眼，她抬手挡了一下光，待慢慢适应，才看清窗户边的女人是她姐姐。

姐姐比她大六岁，小名宝宝，于是托姐姐的福，岑鲸还在妈妈肚子里就有了"贝贝"这个小名。这是他们家人间才会用的称呼。

"你到底起不起？"姐姐开始动手扯她的被子。

岑鲸慢吞吞地坐起身，用行动表示自己起来了。

姐姐很满意，离开前还催促她快点儿换好衣服出来吃早餐，还说今天早上有她爱吃的肉馅汤圆。

房间门被关上，岑鲸又呆坐了许久，终于掀开被子从床上下来换衣服。

打开衣柜，柜子里只有一套衣服，就是他们一家去逛博物馆路上出车祸时穿的那套。

岑鲸换上衣服，打开房间门，门外是熟悉又陌生的客厅，还有她的爸爸、妈妈和姐姐。

之后的一切和记忆里的一样，一家人开着电视听着声吃早饭，饭后准备出发，姐姐还因为扎头发耽误了点儿时间。

就在最后出来的姐姐准备关门的时候，岑鲸抬脚抵住了门板，让眼下发生的一切和记忆里的场景出现了分歧。

姐姐："干啥？"

岑鲸看着姐姐，一脸平静地说："我肚子疼。"

姐姐："？？？"

之后岑鲸在厕所无所事事地待了将尽一个小时，出来后收获了爸妈的关心和埋怨，他们还说这肯定跟她平时不好好吃饭、爱吃各种零食有关。倒是姐姐，大大咧咧的性子下藏着一颗细腻的心，知道她一到生理期就肠胃不好，早早翻出保温杯，倒上热水装进了包里。

一家人再度出门，这次他们的行程依旧不顺利，因为路上遇到了塞车，一塞塞了一个多小时。

车子缓缓经过事故发生地时，岑鲸的爸爸瞄了一眼路边还未被拖走的事故车辆，顺嘴提醒两个女儿开车上路千万注意安全。

岑鲸妈妈的注意力还在事故车辆上："车子都撞散了，也不知道人有没有事。"

姐姐也好奇地凑到车窗边，拿着手机问："上网查查？这条路叫什么来着？"

唯独岑鲸安安静静地坐着，看都不看一眼窗外。

等过了这个路段，那场与他们无关的事故很快就退出了他们一家人的话题。天还是那么的蓝，阳光还是那么的明媚，他们一家过着和平时一样的生活，一切都是那么的平平无奇，无波无澜。

傍晚回到家，妈妈从冰箱里拿出早就准备好的食材，准备煮火锅吃。奶白色浮着枸杞的骨头高汤在锅里翻涌沸腾，肉片、肉丸、蟹柳、豆腐、娃娃菜……被一点点加进去。

岑鲸没吃多少就饱了，捧着果汁看爸妈和姐姐边聊边吃。

难得周末假期，全家聚在一块，又不是在公众场合，话题无可避免地拐向催婚。姐姐脾气一向很好，可耐不住家里人一直催一直催，逐渐累积的压力让她现在一碰到这个话题就炸，当即撂下筷子和爸爸讲起了道理。

这是姐姐能做出的最激烈的反抗。

如果爸妈对她们一直都不好,她的反抗态度或许会更加凶狠决绝,也根本不会腾出周末来陪家人。偏偏除了催婚,爸妈从未对她们姐妹俩有过其他严苛不讲理的要求,甚至还让她们拥有了幸福快乐的童年,令她们成了现在的模样。这就导致姐姐一方面记得爸妈的好,一方面又实在不想因为爸妈那一辈的固执观念,勉强自己走他们眼中"绝对正确"的道路,过得分外煎熬。

爸爸的脾气也上来了,车轱辘话来回地说,主旨就是希望她能快点儿找个男朋友结婚。

火锅还在沸腾,白雾缭绕间,岑鲸想起了反派系统给她看的未来:因为经历过生死和人生最难的一段时光,爸妈彻底看开,没再拿结婚的事情逼迫过姐姐。

岑鲸置身在争吵中,淡淡地问:"这也是礼物吗?"

爸妈和姐姐没有听到她的话,就像这一天他们都没有发现她格外沉默一般。

岑鲸的耳边响起一阵电流声,接着就是她熟悉的反派系统的声音:"是礼物的一部分。"

岑鲸:"另一部分呢?"

反派系统:"2700修复好您的身体后,您会彻底恢复健康。"

岑鲸感叹:"所以你从一开始就知道我会绑定2700?"

反派系统:"数据推演如此。"

岑鲸感叹:"你越来越厉害了。"

反派系统:"毕竟是跟随您一块成长起来的。"

岑鲸垂眸看着手里的果汁:"耗费了不少能量吧?"

反派系统没有回答她,而是说:"我一直很愧疚。"

岑鲸不解:"愧疚?"

反派系统:"反派系统虽然不像恋爱系统,不需要累积好感值,但为了方便宿主完成任务,系统自身有配置好感检测设备,所以我明明知道有些人心里并不像他们表现得那么恨您,可我还是隐瞒了这一点,因为数据显示,一旦告诉您真相,就会使任务完成的可能性降低。我为了完成任务,选择眼睁睁看着您遭受心理上的痛苦。我们一同克服种种困难的友谊败给了程序设置,败给了我诞生的意义。"

完成任务，这是每个系统诞生的意义。

反派系统："我很愧疚。"

爸爸和姐姐的争吵还在继续，妈妈也加入了战局，看似两头劝，实际还是希望姐姐能退让一步。

岑鲸听了一会儿，问反派系统："这部分的礼物，是想让我知道我的付出是值得的，如果没有已经发生的那一切，他们就不会拥有后来的幸福吗？"

反派系统沉默了一下，说："不……这部分礼物，原本是想让宿主大人体验一下躲过车祸逃离宿命的快乐，虽然是假的，但应该能让宿主大人获得精神上的满足。"

岑鲸："可就算没有那场车祸，我的家人之间还是会有其他矛盾。"

反派系统："我以为在更大的悲剧衬托下，这样的瑕疵不算什么。"

"想多了，"岑鲸喝了口果汁，说，"见过那样美好的结局后，这样的瑕疵反而会被放大无数倍。"

岑鲸所说的"美好结局"，是他们一家遭遇车祸后的未来。在那个未来里，爸妈跟姐姐恢复健康，也终于达成和解，各自功成名就不说，就连唯一的缺陷——她的死，也在系统的帮助下被抹除。

反派系统："看来我还是不够了解您。"

一句终了，爸妈和姐姐的争吵也告一段落：姐姐这边终于受不了，起身回了房间；爸妈也都面露愁容，不明白自己明明是为了女儿好，女儿为什么就是不明白。

快乐的一天就此结束，幻象消失无踪，客厅里只剩下杯盘狼藉，以及岑鲸。

果汁喝完了，岑鲸又给自己倒了一杯："说了这么多我的事，你呢？给我准备这么两份礼物，对你难道一点儿影响也没有吗？"

反派系统："有。"

岑鲸："说来听听？"

反派系统："为了确保您能重活一世，我在收集数据进行推演的时候，摸到了那个世界的核心。我发现系统能在休眠中完成蓄能跟世界的核心有关，之后我又利用其他任务触碰过其他世界的核心，最终确定通过世界核心直接充能，能完成自我升级与改造，说不定还能在最后摆脱程序控制。"

436

岑鲸："听起来很了不得。"

反派系统："但触碰世界核心会对世界本身造成损害。不过请放心，我会尽量不去触碰与您有关的世界。"

岑鲸："……谢谢。"

继爸妈、姐姐的幻象消失之后，客厅也开始坍塌。

反派系统："您的身体快要修复完成了。"

想到自己是因为什么样的情绪导致本就残破的身体不堪重负濒临死亡，岑鲸眼底一黯。

反派系统试图安慰："人类的生命总是那样短暂，您会慢慢习惯的。"

岑鲸："……说得很好，下次别再说了。"

坍塌的墙壁和地面被无尽的黑暗所吞没，最后只剩岑鲸坐着的椅子。

反派系统："是时候该说再见了，宿主大人。"

"再见，"岑鲸把当初对方留给自己的话又送还给了对方，"希望你能拥有一段属于你自己的人生。"

反派系统丝毫没有自夸的羞耻，表示："这是我听过的最美好的祝愿。"

六

八月十五，中秋，距离元家老爷子离世已经过去八天。

因皇子夭折皇后崩逝，今年宫里果然没有举办中秋晚宴，各家也是简简单单吃顿团圆饭，都不敢大办，生怕被参到皇帝面前。

虽然不用入宫赴宴，但萧卿颜也没能如愿给岑鲸庆生，因为老爷子离世后，岑鲸吐血昏迷，至今还没醒。

老天爷就像是怕不够扫兴一般，中秋夜当晚云层密布根本看不见月亮，不一会儿更是直接下起了雨。

萧卿颜坐在廊下，感受着轻风夹带水汽落在脸上的微凉，倚着驸马轻叹："今年的中秋，还是那么不好过啊。"

雨淅淅沥沥下了一宿，直到天亮时方才停下。雨后的清晨空气湿润，风一吹便泛起凉意。

又是一夜难眠的燕兰庭给还在昏睡中的岑鲸加了层薄衾，随后才去梳洗换衣，将自己收拾出一副人样来。

往常屋里有两个主子要伺候，进出的丫鬟、嬷嬷就没少过三个，如今却只剩挽霜，放轻了脚步拿来热水和衣服，其间莫说抬头，连呼吸都不敢太重，屋内落针可闻，静得让人害怕。

那日在曲州改走陆路，燕兰庭一路紧赶慢赶，刚进城就派人快马回家，把自己回府的消息给带了回去。结果半路派出的人又折了回来，告诉他瑞晋长公主在片刻前将夫人带走了，府里人也不知道什么情况，只能根据长公主殿下对夫人说的只言片语推测是元家出了什么事，要夫人赶紧去一趟，且夫人出门坐的还不是马车，而是和长公主殿下共乘一骑，可见确实是件要紧的事儿。

燕兰庭心头一跳，立刻让车夫改道，前往元府。可是没有萧卿颜带着，他无法像岑鲸一样直接进去，也没耐心等元府的下人进府通报，因为他知道若元老爷子当真快要不行了，元文松兄弟必然不会同意在这个时候抽空见他，于是他一不做二不休，直接就带人闯了进去。

元家书香世家，门第颇高，平日往来哪个不是文人雅士，何曾见过这等霸道的阵仗？元府门房都被吓傻了。可因为元府当时情况特殊，燕兰庭又领着出门时带的一批高手，因此竟真让他闯进了别人家的府邸，还抓了人家府上的小厮，喝令他领路，找到了元家老太爷的院子。

可他终究还是来晚了一步，刚踏进院门，便听见萧卿颜那一声充满了惊惧的"吞舟"。这两个字明明混杂在哭喊声中，却是如此的清晰刺耳，令他彻底慌了心神。回过神来时，他抓住了岑鲸那满是鲜血的手，嘴里不停地唤着岑鲸的名字，可岑鲸却好像什么都听不见，也没给他任何回应，而是慢慢地合上了眼睛。

有那么一瞬间，燕兰庭肝胆俱裂，他以为六年前的一幕又将重演，他又一次失去了她，不同的是这次他不是在她死后才得知死讯，而是眼睁睁看着她就这么离开自己。

幸运的是，沈霖音也在元府，她出手抓住了岑鲸的一线生机。

但也只是如此，之后无论是从宫里请来的御医还是送去皇帝身边假扮道士的罗大夫，皆言岑鲸的脉象已是绝脉，无药可救。就连沈霖音也说自己仅有三成把握把人救回，这还是经过调养的结果，若非这些日子调养得当，她连这三成的把握都没有。

三成……

"她的性命，就尽数托付给娘娘了。"燕兰庭站在床前，对沈霖音深深一躬。

面对这样的燕兰庭，沈霖音压力很大。

沈霖音医治过不少人，见多了生离死别，清楚寻常人若是遇见重要的人危在旦夕，多少会情绪失控，表现再悲痛失态都算正常，偏偏燕兰庭只在初到时表现出过些许异样，随后便是冷静，近乎吓人的冷静，半点儿不顾自己的宣泄需求，死死压抑着自己的情绪，强迫自己有条不紊、思虑周全，生怕被心态左右行差踏错，导致无法挽回的局面。

燕兰庭没有失去理智，没有咆哮着威胁她说救不回来就让她陪葬，但在无声而冷冰的强压之下，沈霖音无心再去消化岑鲸就是岑吞舟的事实，并自心底产生了说不清道不明的恐惧，不敢有丝毫懈怠。

然而总有些事情是人力无可挽回的，所以最坏的情况还是出现了——

沈霖音用尽自己所能，其间缺少的药材都让萧卿颜从宫里拿了来，前后忙碌了两天两夜，差点儿把怀有身孕的自己搭进去，结果还是留不住岑鲸的性命。

当时他们仍在元府，借用了元老爷子院里的空屋，安置不便挪动的岑鲸。燕兰庭静坐在床边，握着岑鲸的一只手，如石像般一动不动，垂着头一声不吭。负责在外面收拾烂摊子的萧卿颜闻讯跑来，呆呆地站在几步之外，看着岑鲸不再起伏的胸膛，脚下像是生了根，无法再挪动半步。

时间和空气一同凝固，无人愿意接受这样的结局，因此他们做不出任何反应，只能任由铺天盖地的悲伤将他们淹没，让他们窒息。

天边残阳如血，落下的余晖却疲惫而沉闷，透过窗户静静地照在细墁地面上。

萧卿颜呆立许久，想要迈步到床边再看岑鲸一眼，却因腿脚无力险些扑倒在地。神出鬼没的驸马扶住了她，她死死地抓着驸马，强忍了片刻，最后还是忍不住痛哭出声，全无半点儿往日的矜持与高贵，只剩悔恨与哀恸，尽数含于泪中。

还小的时候，她总以为她这一生最痛之事，便是她想做翱翔天际的雄鹰，母

第十二章　元老爷子　YUAN LAO YE ZI

后却希望她做偏安一隅的金丝雀，还时常当着她的面怨恨她为何不是男子，既然生为女子，又为何不能乖乖听父皇母后的话。后来她又以为，她这辈子最痛的，便是与岑吞舟从挚友走到决裂，曾经拉过她一把的少年郎最后竟变成了她最讨厌的模样。再后来，她发现那少年郎从未变过，是她没能看清，叫那少年走在她前头，迎着枪林箭雨，为她留了一盏又一盏照亮前路的灯，可她却来不及道一声谢。

如今她终于明白，原来不到岁月的尽头，你永远不知道自己会遭遇什么。曾经以为无法放下的苦难与悲痛，过去后再回头看，远不及最新的伤口疼。

现在，她又有了新的伤口，足以叫她在往后的每一天问自己，若她没有一时冲动把岑鲸带来元府，让岑鲸看着外祖父离世，是不是就不会害得岑鲸悲痛欲绝伤及肺腑，乃至丢了性命？

萧卿颜哭得无法自已，驸马嘴笨不会哄人，只得手忙脚乱地替她拭去泪水。突然，他的手顿住了，焦急的眉眼染上错愕，扭头看向床上那具本该已经没了气息的"尸体"。

"她好像没死。"

驸马平淡的声音打断了萧卿颜混乱的情绪。她迷茫地止了声，睁大泪眼，愣愣地抬头看向驸马，却见驸马一脸困惑地望着床上的岑鲸，像是不明白自己方才明明感觉到岑鲸已经断了气，这会儿怎么又续上了。

驸马的老本行是刺客，总在暗夜里潜行，对活物的感知最是敏锐，虽然不像他爹能看穿岑吞舟的性别，但也不至于在基本功上出错。

萧卿颜反应过来驸马说了什么，被驸马搀扶着快步走到床边，果然也察觉出了异样。她像是怕自己看错一般，死死地盯着床上的岑鲸，沙哑到不像话的声音听起来很是恍惚："动了……她还有气……还……还活着！沈霖音！沈霖音呢？！"她竟是不管不顾，喊起了已经"逝世"的皇后的大名。

起初萧卿颜的声音并不能在燕兰庭脑子里拼凑出完整的含义，两息后，他才逐渐恢复思考能力，僵硬的手指动了动，发现岑鲸的手还是热的、柔软的。

她还……活着？

燕兰庭猛地抬头，见岑鲸的胸膛确实如萧卿颜所说还有起伏，于是又伸手去探鼻息，发现岑鲸不知何时又恢复了呼吸。

440

沈霖音被叫来时还以为萧卿颜和燕兰庭一起疯了，人死怎么可能复生？可待她抚上岑鲸的腕子，傻了半晌才找回自己的声音，表示岑鲸好像又活了。

后续发展越发诡异：不需要沈霖音如何治疗，汤药也没喝几碗，岑鲸的身体就跟有神明庇护似的一日好过一日，脉搏的跳动更是一日强过一日，最后甚至比吐血昏迷前还要健康，若非没醒，早前的惊险就仿佛黄粱一梦般。

岑鲸好转的第二天，燕兰庭就把她带回了相府。

萧卿颜站在元府小门外看着马车离去，眉宇间仍是愁绪万千挥之不散。

驸马不明白，岑吞舟再一次死而复生，身体也已经开始好转，还有什么可担心的？

萧卿颜对着空荡荡的小巷，轻声道："我怕醒来的，未必是吞舟。"

她和燕兰庭都曾派人去青州调查过岑鲸的身世，所以他们都很清楚，"岑鲸"十岁那年便是如此病重，濒死后忽又复生，而岑吞舟就是在那时借"岑鲸"已经死去的身体还了魂。同样的情况再次发生，谁能保证这次醒来的还是岑吞舟？

萧卿颜转身回元府，秋风刮下枝头的枯叶，也吹散了她之后的话——

"若醒来的不是吞舟，那么燕兰庭杀完萧睿，下一个便是我。"

萧卿颜能想到的事情，燕兰庭自然也能想到。所以岑鲸的身体恢复并不意味着他就此放下了心，他反而像个立在悬崖边的人，日复一日地等待着那么一双手，只看那双手是将他拉回去，还是将他推入万丈深渊。

待燕兰庭收拾好自己，挽霜又换了干净的水来。盆里的热水轻轻晃着，燕兰庭挽起衣袖，不假他人之手，准备亲自给岑鲸擦脸。浸过水的脸帕绞干后还带着热气，刚覆上岑鲸那张透着健康红润的脸，就惹得岑鲸眼睫颤了颤。这是之前从未有过的反应，要不是沈霖音昨日告诉过他，岑鲸的身体已经和常人无异，随时都有可能醒来，燕兰庭差点儿以为是自己悲伤过度看花了眼。

那么，醒来的人会是他的吞舟吗？

燕兰庭下意识屏住呼吸，眼一眨不眨地盯着岑鲸。

他也不知道自己像个木头桩子似的在床边盯了多久，因为直到岑鲸轻缓地睁开了眼睛，他才真正感受到时间的流动。

第十二章 元老爷子 YUAN LAO YE ZI

寂静的空气中，醒来的岑鲸缓缓转头，看到了床边望着她的燕兰庭，以及燕兰庭发间不知从何而来的白发。

燕兰庭才三十出头，哪儿来的白发？总不能是2700花了十几年的时间来给她修复身体吧？岑鲸疑惑着，唇瓣轻启，想说什么，却因为躺了太久，发出的声音很轻很轻，比蚊子大不了多少。

可燕兰庭听见了，她说的是"明煦"，她在唤他。

是她！！！

又一次失而复得，无须再克制压抑的燕兰庭终是忍不住红了眼，声带轻颤，回道："我在。"

枝头雀鸟啁啾，岑鲸眯着眼往窗外盯了会儿，看那小鸟在树上一蹦一跳，颠得树枝轻轻晃动。

搭在她腕上的手悄然收回，岑鲸也跟着收回视线，看向面前给自己把完脉的沈霖音。沈霖音的肚子还是她印象中的大小，衣服也是前阵林嬷嬷说换季转凉，征询过她的意见后给沈霖音备的秋衣，可见她并未昏迷太久，也就是说……

岑鲸歪了歪脑袋，把头靠在背后给她当垫背的燕兰庭的胸膛上——燕兰庭的白发与岁月无关，多半是因她而生。

岑鲸暗自心疼。

对面的沈霖音一边告知眼前二位岑鲸的身体已无大碍，且半点儿没有躺了八天的人可能该有的各种后遗症，健康得不合常理，一边把两人过分亲昵的样子收入眼底，心里憋闷得慌。

那日在元府，除了元文松兄弟和他们的妻子，以及萧卿颜，就数她沈霖音站得最近。所以岑鲸在元老爷子面前的表现，她看得一清二楚，要这样都还识不破岑鲸的身份，沈霖音这脑子也不用想着治病救人了，直接拿去喂狗还有用些。

然而"岑鲸像岑吞舟"和"岑鲸是岑吞舟"是完全不同的两个概念。一想到自己曾在昔日憧憬之人面前表露出极为刻薄恶毒的一面，还口口声声说对方是已经故去的岑吞舟的替代品，沈霖音便觉得羞愧尴尬，更别提自己的前夫还是杀害岑吞舟的凶手，估摸自己后来那点儿想要讨好她以求平安的小心思也都被看穿了。

若非岑鲸昏迷不醒，沈霖音当真想挖个地洞钻进去，或者连夜潜逃出京也行。

如今岑鲸醒来，她也不知道自己该怎么同对方交流，只能把心里话憋着，仅提对方的身体情况。话说完后，岑鲸向她道了声谢，沈霖音一声不吭地点了点头，随即起身到桌前收拾药箱，动作飞快，只想快点儿离开。

燕兰庭拉着岑鲸的手收回被子里，又替她拢了拢披在肩头的外衣，接着半点儿不顾及沈霖音的尴尬，对着沈霖音的背影问道："娘娘可知她的身体突然恢复是何缘故，会否伤及别处，日后还会不会出现别的问题？"他在官场上来去，最是不信天上掉馅饼那套，早前沈霖音诊出岑鲸命不久矣，他便知这是岑吞舟死而复生的代价，眼下难免更加谨慎一些。

沈霖音动作略显僵硬地侧过了身，心虚道："我已经不是皇后了，燕大人不必再唤我'娘娘'，当我是寻常大夫便可。"

燕兰庭一脸漠然："沈大夫。"

沈霖音这才看向岑鲸，斟酌再三，开口："岑……""夫人"二字却是怎么都吐不出口。

没人告诉她岑吞舟本就是女子，因此在沈霖音眼里，岑吞舟始终是个男人，不过死而复生才成了女子，叫她对一个男人口称"夫人"，实在是……太奇怪了。

所幸她也没纠结太久，很快便换了个称呼，也算是向岑鲸表明自己已经知道她的身份："岑大人的脉象与常人无异，看不出有任何问题，当然也可能是我医术不精。至于为何会这般离奇，我不知道。"

这点她还是很坦然的，不知道就是不知道，但她隐隐有预感，岑鲸本人未必不知。沈霖音看向岑鲸的目光不免带上了几分探究的意味——起死回生之法，想来这天下应该不会有大夫不好奇。

岑鲸迎着沈霖音的视线，脸上挂着浅笑，道："看我做什么？你才是大夫，你都弄不明白的事情，我怎么会知道？"

沈霖音想想也是，岑鲸若当真知晓起死回生的办法，早前也不会受自己要挟，还让萧卿颜助她从宫里脱身。沈霖音转身收拾好东西就要走，一秒都不想多留，免得被自己当初干下的蠢事尴尬死。

准备绕出屏风时，她又想起岑鲸身体康复，自己的去留也该问问。当着岑鲸

第十二章 元老爷子

YUAN LAO YE ZI

的面问，绝对比单独找燕兰庭问要好，因此就算尴尬，她还是停下脚步回过了身，结果这一回头，就看见岑鲸反手摁着身后燕兰庭的后颈，衣袖因手臂高举而滑落至臂弯，露出纤细的前臂，莹如白玉，而燕兰庭顺着岑鲸的力道低下头，两人的鼻尖距离极近，甚至能感受到对方的气息……

下一刻，岑鲸察觉到沈霖音还没走，扭头朝屏风那儿看去，正看见沈霖音落荒而逃的背影。

燕兰庭好歹会些武功，感知比岑鲸要敏锐许多，也知道沈霖音回头看到了什么，但他并不在乎被人看见，甚至因为岑鲸扭头而有些遗憾，主动把额头抵在了岑鲸的额角边，试图通过近距离的接触获取更多的安全感。

岑鲸不仅没有收敛，还问："忙吗？不忙就先陪我躺一会儿。"

燕兰庭当然不忙。自岑鲸昏迷后，他没有离开过半步，对外亦是告病，莫说返京后要进宫复命见皇帝，就是早朝都没再去过，只偶尔听暗卫汇报一些消息，再传些指令给自己手下的人，以免闹出什么事来，妨碍他留在府里照顾岑鲸。

燕兰庭脱了外衣，陪岑鲸一块在床上躺下。

岑鲸其实不困，她让燕兰庭陪自己躺一会儿，纯粹是看他的脸色不好，显然是因为自己的事情没好好休息，这才找了个借口，想让他安心休息会儿。谁知燕兰庭也睡不着，每每闭上眼，都会在数息后睁开。岑鲸清楚地捕捉到燕兰庭眼底的困倦，很是无奈："你睡不睡？"

燕兰庭抿了抿唇，坦然道："不敢睡。"他生怕一觉睡醒，会发现岑鲸的苏醒不过是自己的一场梦。

岑鲸在被子下翻了个身，手臂撑着枕头，手掌支着脑袋："那我们说会儿话？"

燕兰庭看着她："好。"

岑鲸开始没话找话，意图分散燕兰庭的注意力，让他能聊着聊着睡过去："你是不是没让瑞晋来看过我？"

萧卿颜与岑吞舟关系匪浅，和燕兰庭却是寻常的合作关系，两人会因为岑鲸吐血昏迷而闹翻，简直再正常不过。

燕兰庭也没粉饰太平，直言："嗯，她来过几回，都让我拦门外了。"

其实不只萧卿颜，还有岑鲸的舅舅舅母、陵阳县主、水云居的云息和江袖……

甚至连叶临岸的妹妹叶锦黛也来过。

岑鲸意外："怎么都来了？"

燕兰庭想了想，还是决定从头开始解释。

元府毕竟不是相府，加上当时局面混乱，许多消息都压不下去，因此走漏风声，导致京城谣言满天飞也不是什么奇怪的事。

起初谣言的重点还是在燕兰庭身上，说他在元家老太爷去世当日擅闯元府，是害死元老爷子的真凶。这一度惹得京城内外的读书人群情激愤，更有各大书院与国子监的学生罢学，聚集到宫门外，求皇帝为元家老太爷讨一个公道。后来是元文松出面澄清，才让事情不至于发展到无可挽回的地步。

可元文松只说自己父亲的死与燕兰庭无关，并未否认燕兰庭曾在当天闯入元府，也没说燕兰庭当天到元府究竟是为了什么，因此私底下还是有很多人觉得真相就是燕兰庭害死了元老爷子，后又以权相逼，让元文松不得不出面替他说话。

最后让事情真正得以平息的是另一则传闻。传闻元老爷子挂念自己的学生岑吞舟，元家人为了却老太爷的心愿，就把燕兰庭的夫人——也就是和岑吞舟长相相似的岑鲸，请去元府，假冒岑吞舟，不承想正好赶上燕兰庭回京，引起误会，这才有了后来燕兰庭硬闯元府的事情发生。

这条传闻倒是比燕兰庭回京当日无缘无故跑去元府气死老人家要合情合理许多，可传言哪儿会有停的时候？再加上元老爷子明明已经去世，过后却依旧有御医上门，且燕兰庭也没在元老爷子去世当天离开元府，此后还一直告病不出，于是传言又开始进一步发展。

其中最离谱，同时也是最接近真相的一个版本，是说岑吞舟当年根本没死，而是吃了仙人赐的丹药返老还童，并在回京前男扮女装，改名岑鲸。而这岑鲸，正是如今的宰相夫人。那日也不是元府请了宰相夫人去，而是宰相夫人自己前往元府，想见自己的老师最后一面，结果却因亲眼看着老师离世而大受打击，当场吐血，致使元府在老太爷离世后又请了宫里的御医来救治"她"。

传闻有鼻子有眼，不少人深信不疑，还说如此便可解释不近女色的燕相为何会接受这门近乎羞辱的赐婚，因为岑家那位表姑娘就是燕相的老师岑吞舟啊！身为学生，燕相帮自己的老师隐瞒身份，为此假成婚，简直再合理不过。

第十二章 元老爷子

听到这些乱七八糟的传言,云息、江袖他们自然要来问个究竟,不过燕兰庭把他们都拦在了相府门外,只见了岑鲸的舅舅和舅母。因为燕兰庭清楚,岑鲸绝不愿意让自己的舅舅舅母知道她是岑吞舟。所以哪怕燕兰庭当时根本就没把握保证最后醒来的人会是自己认识的那个岑鲸,却还是抽出时间去见了白志远和杨夫人,编造谎言告诉他们,岑鲸确实是被元府请了去,还因为亲眼看着元老爷子离世被吓得不轻,因此重病在床。

岑鲸身体不好,年纪又小,会被老人离世吓到并不奇怪。且舅舅舅母是看着岑鲸长大的,对岑鲸的来历和性别再清楚不过,于是坚定了想法,并不把外头的传言当真。

燕兰庭把过去几天发生的事情娓娓道来,越说越慢,最后果真闭上眼睡了过去。不知道是不是这几天留下的心理阴影太重,他睡得并不安稳,每隔小半个时辰就要醒来一次,要岑鲸抬手拍拍他,他才敢闭上眼,继续睡下去。断断续续睡到中午,燕兰庭醒来时,岑鲸的手就放在他的头发上,来不及收回。

两人此前都刻意避免提到燕兰庭的白发,此时被撞见,岑鲸避无可避,只说:"怪我。"

燕兰庭伸手抱住岑鲸,不是把她揽进怀里,而是把自己埋进她怀里:"上了年纪自然会长白头发,为什么要怪你?"

岑鲸抚着燕兰庭的后脑勺,好笑道:"你是当我没经历过你这个年纪吗?"

三十多岁又不老,况且燕兰庭离京之前可是满头乌发,短短一个月,怎么可能平白无故就长这么多白发?

燕兰庭不再狡辩,闭上眼说:"白发而已,你不嫌弃,便没什么。"

岑鲸:"我自不会嫌弃,只要……"

燕兰庭复睁开眼,听见岑鲸声音轻得像是在叹息般地说:"只要你不是死在我前头,怎么样都行。"

燕兰庭沉默许久,突然唤了一声:"吞舟。"

岑鲸:"嗯?"

燕兰庭收紧手臂,说:"唯独这件事,我没办法答应你。"心爱之人离世的痛苦,他不想再体会第三遍了。

岑鲸倒是没有因此责怪燕兰庭。毕竟她不希望燕兰庭死在自己前头，也是害怕承受心上人离世的痛，况且生死之事也并非全是人力所能左右的，要因此耽搁了本该和和美美的日常，未免本末倒置。

"不答应就不答应吧。"岑鲸换掉那让气氛沉重的话题，拍了拍燕兰庭，冲着他支使道，"去叫厨房给我弄些吃的，我饿了。"她刚醒来的时候没胃口，只吃了碗好消化的粥，直到这会儿才终于恢复点儿食欲。

燕兰庭乖乖起身下床，披了件衣服到外间，唤屋外候着的丫鬟传话厨房，送吃的来。

岑鲸的苏醒，彻底打破了这些日子笼罩在相府的压抑气氛，挽霜在岑鲸醒来后还偷偷躲屋外抱着自己的小姐妹哭了一场。就连林嬷嬷也放下了往日的稳重，都大半天过去了，送吃的进来时脸上还带着笑，见岑鲸胃口好，高兴得眼角也跟着湿润了。岑鲸只当看不见，免得林嬷嬷不好意思。

待吃饱喝足，悠闲的时光暂告一段落，燕兰庭就是再不舍，也该去处理外头的事务——这不单单是为他自己，也是为了岑鲸。于是燕兰庭同岑鲸说了一声，便离开主院，去了书房。

岑鲸也不是只晓得谈情说爱的恋爱脑，且她也在燕兰庭如今的职位上待过，深刻明白站得越高越容易摔的道理，所以她没把燕兰庭离开的事儿放心上，还把挽霜叫来，问她这些日子外头发生的事情，好决定是否要继续"病"下去。

这厢岑鲸正听挽霜说着外头那些谣言，内容跟燕兰庭告诉她的大同小异，那边燕兰庭突然又回来了，还带回来两大箱公文信件，是这八天积攒下来的。

岑鲸愣怔："你把这些拿来干吗？"

燕兰庭面不改色心不跳："我怕看不完，你帮帮我。"

岑鲸："……"真的吗？我不信。

燕兰庭的效率岑鲸是知道的，不比她当年差，且这两箱东西里头，有许多都已经失了时效，略略看一眼，心中有数就行，估摸着明天就能看完，哪里需要她帮忙？但既然燕兰庭开了这个口，岑鲸也不拒绝，并在不久后明白了燕兰庭把东西从书房拿来这里的目的——他就是不想让岑鲸离开他的视线。

室内很安静，却不是之前那种让人害怕的寂静，而是祥和的、令人感到舒适

第十二章 元老爷子

的宁静,因此就连路过的小麻雀也胆大了起来,轻飘飘停落在窗沿,脑袋一扭一转,一双小黑豆眼往屋内张望。

突然,空气中冒出一句:"越发黏人了。"

这话听起来像长辈苛责晚辈,偏又带着毫不掩饰的无奈,且还出现在夫妻之间,于是便有了几分宠溺的意味,连窗边的麻雀都惊不走。

燕兰庭听见,并不应答,只微微翘起唇角,飞快将那些文书信件一一看过去。

岑鲸知道了燕兰庭的目的,也就不再真心实意地帮忙,时不时走个神发个呆,想起燕兰庭和挽霜说的那些谣言,还毫不客气地打扰燕兰庭,问他:"外面那些乱七八糟的谣言,都是谁传出去的?"

百姓就是再爱听离奇狗血的故事,也没道理靠口耳相传编到这个地步,但要是谁别有用心,那就另当别论了。

燕兰庭:"有些是长公主殿下散播出去的,她这么做前,有提前来信同我说过。"

那些信件燕兰庭看了没回,也没工夫拿到书房去,被他随手放在床边的柜子里。这会儿他拿出来给岑鲸看,信件上,萧卿颜说得很清楚,她这么做是为了避免那群读书人的怒火烧到燕兰庭身上,把当时心里只有岑鲸、装病不出相府的燕兰庭烧死。所以萧卿颜所散播的谣言内容仅止于"元家为了却老爷子生前最后的心愿,请岑夫人过府冒充岑吞舟,不想惹得回京的燕相误会,导致燕相带人擅闯元府"。

燕兰庭虽然不曾回信,但也派暗卫知会过朝中属他那一派的大臣,让他们顺着萧卿颜放出的谣言,跟在朝堂上参他的人争论辩驳。

这招确实好用,免了燕兰庭不少麻烦,也让他能一直在府中照顾岑鲸。至于后续传言为什么会在变得离谱的同时,越来越接近真相,亦是有人刻意为之。不过那人不是萧卿颜,而且萧卿颜还在寄给燕兰庭的信中提及自己查出了那人的身份——胥王世子萧闵。

岑鲸一时没反应过来这个萧闵是谁,回忆了一下才想起,大皇子被毒杀之后,萧卿颜在和燕兰庭讨论该让谁继位时,提到过这位世子。她说这位胥王世子体弱多病,与其父胥王关系不好,不失为一个好拿捏的傀儡。

当时燕兰庭就对胥王世子的无害持怀疑态度。后来岑鲸指出萧睿就一个儿子,最希望大皇子死的恐怕就是萧睿的堂兄弟和侄子，还让燕兰庭散播皇后怀孕的消息，看能不能钓出幕后那条大鱼。等到燕兰庭离京，那条大鱼果然按捺不住，借安贵妃之手把沈霖音给萧睿下毒的消息捅到了萧睿面前，还试图污蔑沈霖音与安王有染，好让萧睿怀疑沈霖音肚子里的孩子不是他的。于是事后萧卿颜一路追查，查到了这位胥王世子萧闵头上。

元家老爷子出事前，岑鲸就听萧卿颜提起过，说她准备帮胥王一把，把世子位转给萧闵的弟弟。至于萧闵，此人太会伪装，又心狠手辣，既然他能狠下心对年仅四岁的大皇子下手，不顾半点儿血缘亲情，那萧卿颜也不会看在对方同姓萧的分上放他一马。

大约是被萧卿颜逼到了绝境，萧闵趁燕兰庭罢工、萧卿颜焦头烂额之际，让人传出了岑鲸就是岑吞舟的"谣言"——这个人凭元府一事，看出岑鲸对萧卿颜和燕兰庭的重要性，又深知自己没办法越过面前那两座大山，索性在萧卿颜捏死自己之前拉着岑鲸给自己陪葬。

所以，萧闵并不知道自己误打误撞勘破了真相，就是狗急跳墙才有了这么一出，想利用萧睿对岑吞舟的恨，把萧睿当刀，替他杀了萧卿颜和燕兰庭最珍视的人，真是又疯又聪明。

能把这样的敌人扼杀在摇篮里，何其幸运。

岑鲸把信折好放回信封。

至于萧睿那边……岑鲸眸底一黯，对着萧卿颜的信件默默出神。

直到夜幕降临，燕兰庭唤她吃晚饭，她才回过神来，问燕兰庭："关于萧睿，你是怎么想的？"

燕兰庭很干脆，因为他不像岑吞舟和萧睿有过同生共死的情谊，因此他对萧睿恨得特别纯粹："我想他死。只有他死了，你才能安全。"

岑鲸"唔"了一声，没有再问有关萧睿的事情，跟燕兰庭一块吃了晚饭。

饭后，燕兰庭继续忙碌，岑鲸让挽霜拿来纸笔，给舅舅舅母写信报平安。等信写完，岑鲸一问时间，才知已经是深夜。她迷茫地眨了眨眼，意外地发现自己居然半点儿不觉得困倦，要知道往常这个时候，她早就睡死过去了。

不过想想也对，她原来是因为身体不好才会容易感到疲惫，寻常这个年纪的

第十二章 元老爷子

YUAN LAO YE ZI

少女确实该有这样充沛的精力。她如今这个年纪要是放在现代，正好是读高三，每天学到凌晨一点多，早上还要五点半起来背单词；当岑吞舟的时候也是如此，仗着年轻身体好天天熬夜，虽然早起会痛苦，但也只是困得睁不开眼，不会像岑鲸之前那样头痛想吐，难受得全身器官都在抗议。

这就是"健康"啊！

岑鲸一边感慨，一边看向燕兰庭，露出一副若有所思的神情。

燕兰庭也是沉浸在公务中，才反应过来已经这么晚了。他不肯让岑鲸熬夜，于是吩咐下人把榻桌从床上拿走，起身到床边，催着岑鲸盖好被子睡觉。

那双握惯了笔杆子的手修长俊气，提着被子把岑鲸往床上按，却被岑鲸拉着，一块拽进香软的被窝里。

夜里燕兰庭依旧睡不安稳，总要醒来许多次，确定岑鲸就在自己怀里，还用一只手臂环着他，被子下的腿缠着他的，不是记忆中那副昏迷不醒的躺尸模样，才能继续安然睡去。

第二天，岑鲸起了个大早，通体舒畅，越发意识到自己重新拥有了健康。不过她本人还是很怠惰，面对挽霜和林嬷嬷依旧话少，做过最耗体力的运动就是饭后拉着燕兰庭到花园散步消食。

当天傍晚，燕兰庭看完了那两大箱文书信件，其间还跟岑鲸商量了几件事，同时派出暗卫做了些安排。

岑鲸等他忙完，和他说了一下，想把萧卿颜叫来私下见一面。

燕兰庭对此没有异议，不过这会儿外头已经响起了宵禁的鼓声，就将此事推到了明天。

晚上，两人早早便洗漱完，上床睡觉。岑鲸罕见地出现了睡不着的情况，又想起燕兰庭昨晚睡得不安稳，便往他唇上亲了一口。

燕兰庭猝不及防，略有些迷茫地看着岑鲸。

岑鲸："我也不知道该怎么哄你，只能这样了。"

这算……聊表心意？燕兰庭沉默了。

不得不承认，很多时候，岑鲸确实表现得比燕兰庭还要像个直男，根本不懂什么叫柔情蜜意。

既然如此，燕兰庭也只能自食其力，开口问岑鲸能不能再亲一下。

岑鲸无有不依，只是这次的吻在燕兰庭的主动下比方才要绵长许多，极尽温柔，两人的气息也在暧昧的啧啧声中逐渐变得急促。

偏偏就在这时，外头突然传来一阵敲门声，随后是林嬷嬷的声音："老爷、夫人，长公主殿下来了。"

床帐之内，急促的呼吸许久方由重转轻。岑鲸按住燕兰庭的肩头，一面把他压回床上，一面借力起身，哑着嗓子道："我去见她。"

燕兰庭下意识地抓住岑鲸的手腕，随即又慢慢松开……

他发誓，他说让岑鲸再亲他一口的时候，想的真就是"再亲一口"，不曾有更多的想法。毕竟岑鲸才醒来没两天，就算沈霖音说她现在的身体与常人无异，燕兰庭还是会有所顾忌，不至于如此……色急。

最开始也确实如此，唇瓣间轻碾慢磨，不仅温柔，还带着珍惜与爱重，就像对待易碎的珍宝，明明疼惜到骨子里，却又因为害怕自己的爱意会伤着对方，于是费尽心力去收敛，去克制。可等他回过神来，岑鲸已经覆在他身上，连带着气氛也逐渐往意乱情迷的方向滑去，以至于被打断后，他甚至有些不满，身体更是比脑子要快一步，抓住了岑鲸的手腕，想要和她一起去见萧卿颜。

然而他现在的状态，实在需要好好"冷静"，所以他最后还是松开了岑鲸的手，并在岑鲸回头看他时转开脸，显出几分难得的窘迫。

岑鲸好笑地凑过去："要不我先帮帮你？"

燕兰庭："……只要你确定长公主殿下不会闯进来。"

他白天吩咐暗卫出门办事，没有顾忌萧卿颜那边，因此只要萧卿颜注意到，必然会怀疑岑鲸已经醒了。考虑到萧卿颜那个暴脾气，加上此前燕兰庭一直拦着不肯让她见岑鲸，多日来的憋闷积累到现在，冲动之下让驸马带她闯进相府主院不是没可能，要真被撞见，可就太尴尬了。

岑鲸想想也是，但不是因为怕尴尬——她的脸皮可比燕兰庭要厚——而是单纯的占有欲作祟，不太乐意独属于自己的风景被旁人看了去，哪怕是意外也不行。于是她随便找了身衣服换上，头发都没梳，就去见萧卿颜了。

萧卿颜大半夜偷偷过来，态度虽然霸道，用武力硬闯进了相府，心中却是忐

第十二章　元老爷子

YUAN LAO YE ZI

忐不已，生怕一切都是自己的误会，岑鲸其实还没醒，又或者醒来的不是她。她甚至想过，醒来的要不是岑鲸，那么燕兰庭极有可能对她瞒下此事，让醒来的那人假扮岑鲸骗她，好叫她放松警惕，待解决了萧睿，日后再对她下手。

不得不说萧卿颜对燕兰庭还是有几分了解的，若醒来的不是岑鲸，而是不知从哪儿来的孤魂野鬼，那么燕兰庭必将在得而复失后走向比六年前更加极端的道路。且这次，他可能不会再顾虑岑吞舟费心留下的大好河山，会连带这留不住她的人世一同恨上。

萧卿颜心乱如麻，几次强迫自己把可能出现的结果先设想周全，再一一想好退路，却每次都卡在设想结局那一步，为岑吞舟可能就此离世而痛心迷茫。她端起相府下人给她备的茶，正要喝一口冷静冷静，忽见岑鲸身影，且还就只有她一个人，连头发都没梳，就这么披着，随便拿一条缎带绑了垂在身后，半点儿没有要把自己收拾齐整再来见当朝长公主的意思。

不客气，不成体统，也没有对上位者足够的尊重和敬畏……

下意识起身的萧卿颜湿了眼眶，被随手放回桌上的茶盏更是洒出了大半的茶水，烫了她的手指。

"你说你这大半夜的……等、等等，别哭啊！"岑鲸只埋怨了一半，转瞬就放软了口吻。

幸好萧卿颜要强，很快就把失控的情绪压了下去，又有一直跟在她身后的驸马掏出手帕给她擦眼泪，这才没让岑鲸手足无措。

待局面可控，岑鲸才问："不哭了吧？"

哪壶不开提哪壶，十足的岑吞舟做派，令萧卿颜很是安心地回了她一句："闭嘴！"

岑鲸依言闭了嘴，走到萧卿颜身旁的椅子上坐下，把被她打翻的茶盏扶正，免得滚落到地上去。

萧卿颜也跟着坐下，她看岑鲸的气色比昏迷前还要好，反而起了担忧，问："你的身体怎么样了？"

"已经没事了。"岑鲸说，"健健康康的，长命百岁应当不成问题。"

萧卿颜又问："你是什么时候醒的？"

岑鲸突然心虚了："……昨日。"

萧卿颜果然怒了："昨日醒的？那你为何一直不派人同我知会一声？！"

岑鲸赶紧告饶："我的错，我的错。"

她认得干脆，萧卿颜也没有因此抓着不放，抿着唇沉默了片刻，道："你有什么错，错的是我才对。"一切的起因都是因为她，那日她就不该一时冲动把岑鲸带到元府去。

岑鲸知晓萧卿颜在懊悔什么，面上浮现一抹淡淡的笑，轻声道："能见老师最后一面，我已无憾，你也不必为此自责。"说完就转换话题，不让萧卿颜在糟糕的情绪中沉沦，拉着她聊起了别的，比如那位胥王世子萧闵。

萧卿颜对待敌人向来跟秋风扫落叶般无情，如今那萧闵躺在病榻上只剩半口气，死不死的，只是时间问题。

两人正聊着，燕兰庭来了。和岑鲸不同，他衣着齐整，还规规矩矩地跟萧卿颜行了礼。

燕兰庭和萧卿颜的关系因为岑鲸的苏醒从破裂边缘拐了回来，但要就此毫无芥蒂显然是不可能的。但还好，他们俩都是经过大风大浪的人，不似少年人那样会意气用事，且有岑鲸从中协调，因此交谈起来还算和谐。

两人就日后的安排进行了商议，其间因为提及萧睿，岑鲸又悄悄地安静了下去，低头摆弄自己的头发，不发表任何意见。

待二人商议出个章程，已是月上中天。

萧卿颜准备离开之际，岑鲸忽然叫住她："有一事，迟点儿谈也来得及，我就先跟你提一提。"

萧卿颜："什么？"

岑鲸："待安排妥当，便放沈霖音离京吧。"

萧卿颜不太想答应。沈霖音若是寻常妇人倒没什么，偏偏她医术高超，就这么留着，恐怕会有隐患。但她愿意听听岑鲸的想法："为什么？"

岑鲸知道自己的理由说服不了萧卿颜，又嫌拿假话搪塞麻烦，索性扔出句："因为我想？"

萧卿颜蹙眉："这话晦气，以后别说了。"

岑鲸不理解，怎么就晦气了……哦，对了，上次她说完这话，当晚就死了，难怪萧卿颜嫌这话晦气。

敷衍的话不让说，岑鲸只好把自己的想法如实相告："她是大夫，她活着，能救很多人。"

萧卿颜果然不能接受这个理由，但看在岑鲸的面子上，她还是先应下了。

第二天，沈霖音来给岑鲸号脉，岑鲸就同她说了这件事。

沈霖音没想到自己还不曾提，岑鲸就已经替自己做好了安排，心中的情绪实在难以言表，正想着无论如何也该道声谢，就听岑鲸说："我有件事想拜托你。"

沈霖音："你说。"

岑鲸："明煦若找你医治白发，你替他看看，如果身体没什么大碍，给他寻些药膳方子便可，别给他开药。"是药三分毒，只要身体无恙，食疗尽够了，没必要用药疗。

沈霖音记下，离开时正好遇到燕兰庭回府，找她寻药。她记得岑鲸的嘱托，替燕兰庭号了脉，确定他的身体并无大碍，就准备去找些针对白发的药膳方子给他。谁知燕兰庭来找她，不仅仅是想治自己的白发，还想问她要避孕的药物。

沈霖音愣住：避孕？谁避孕？岑鲸？

她知道这两不是因为师徒关系假成婚，虽然大为震撼，但也不是不能接受。可那头岑鲸刚吩咐她不要给燕兰庭开药，而是选择见效更慢的食疗，半点儿不嫌弃燕兰庭的白发，这头燕兰庭就要让岑鲸喝避子汤，多少让沈霖音感到不舒服。难不成这天下的男子都是一个德行吗？

沈霖音刻薄的那一面蠢蠢欲动，偏偏人在屋檐下不得不低头，她抚着肚子强忍住冲动，委婉道："夫妻间生儿育女本就寻常，开这药做什么？"

燕兰庭半点儿没考虑到沈霖音是个孕妇，直言道："产子如走鬼门关，我不会让她冒这个险。"

沈霖音半点儿不觉得感动，继续拒绝："这药谁都会开，你找其他大夫，让他们给你开就是。"

燕兰庭："寻常避子汤伤身，你医术高超，应该能……"

应该能给出不伤身的药？做什么梦！沈霖音怒上心头，一时忍不住，正要讥讽"你既然如此在乎她的身体,为何不能忍下自己的欲望,非得让她吃药",结果话还没出口,就听到他说——

"应该能给出男子用的避孕方子。"

沈霖音蓦地哑火,尖酸刻薄的话就这么卡在喉间,上上不来,下下不去,憋得她万分难受。

燕兰庭:"不能?"

被质疑医术水平的沈霖音:"……我劝你先去同她商量商量。"

昨晚萧卿颜和燕兰庭商议决定不对外隐瞒岑鲸醒来的消息,于是燕兰庭进屋时,岑鲸正吩咐挽霜把她前日写好给舅舅舅母以及其他人报平安的信都送出去。

挽霜离开后,岑鲸看向燕兰庭,问:"怎么回来这么早?"

燕兰庭走到岑鲸面前,并不回答她的问题,而是告诉她:"我方才去找沈大夫了。"

岑鲸装傻:"唔?你找她干吗?"

燕兰庭握住岑鲸朝他伸出的手:"问她要避孕的药。"

这是岑鲸没想到的,她拉着燕兰庭坐下,把椅子分给他一半:"然后呢?"

燕兰庭:"她让我先找你商量,说是你嘱咐过她,不许我乱吃药。"

岑鲸一时没反应过来。主要是作为一个残存着现代记忆的人,对于避孕措施,首先的想法就是"男戴套,女吃药"。因此燕兰庭说到避孕药,她便下意识以为那是给自己喝的,愣是过了一会儿才明白过来,是燕兰庭自己要喝。

"男的喝,管用吗?"岑鲸有点儿好奇。

燕兰庭:"不知,所以我才找她。"

"唔……"岑鲸试图回忆有关的现代知识,奈何她在这个世界待太久,许多记忆已经变得模糊,片刻后才抓到重点,"你不想要孩子,是不是该先同我说一声?"

燕兰庭垂着眼低下头,没说话。

若是年纪小的少年,这么低着头不说话,只会让人觉得乖巧可怜,但要换作成年男子,且还是平日里积威甚重、气质肃冷的成年男子,又独独对她这般,真

是能叫人把心都化了。

岑鲸再三告诫自己莫要沉迷色相，抬起他的脸问："我说错了？"

燕兰庭摇头："没有，不过……"他犹豫片刻，还是说道，"就算你想要怀孕生子，我也不会答应。"

"好霸道。"岑鲸笑着，"所以不问我，直接就去找沈霖音拿药了？"

燕兰庭默认。

岑鲸能猜到燕兰庭在担心什么，也知道对方是为了自己，但她还是敛了笑，认认真真告诉眼前的人："下回不许这样。你直接跟我说，我未必不会依着你，可你要瞒我，我定会生气。"

燕兰庭："记住了，那……"

岑鲸又笑道："不生就不生吧，反正吃药的是你。"

况且她又不是没养过孩子，不缺那瘾，也没那非生不可的执念。

第十三章

尘埃落定

一

报平安的信送出后，沉寂了许多日的相府迎来了久违的热闹。

率先跑来的毫无疑问是陵阳县主。这厮因为担心岑鲸，连出门玩的兴致都没了，甚至还谋划着过几日要夜闯相府，因此信件到时，她正好在家，看完后急忙叫人套了马车，直奔相府。

之后是岑鲸的舅舅舅母和江袖、云息：舅舅舅母没陵阳县主那天不怕地不怕的胆子，又守礼节，因此是先递了帖子，然后才来探望岑鲸；云息和江袖依旧是偷偷跑来的，毕竟云记明面上与相府无关，避嫌还是要的。

这些人之后，岑鲸又陆续收到一些相熟之人的来信问候，都是听说了陵阳县主和白家登门相府的消息，故而写信给岑鲸，有闲聊的，也有探问的，更有邀请出门游玩或吃宴的。岑鲸挑了些回信，剩下的没管，并在几日后同燕兰庭一块出京，去了林州。

元家祖籍林州荃县，老太爷去世后在京停灵七日，葬于故乡林州。岑鲸此前昏迷，没能去元府吊唁，连送都没赶上送一程，如今醒了，自然是要去祭拜的。

林州离京城不远，快马一天就能到，马车的话，两天绰绰有余。

抵达林州当日已是天色不早，两人在燕兰庭的友人家过的夜，夜里还下了场小雨，导致第二天早上气温骤降，山上更是起了大雾。

岑鲸一身素装，和燕兰庭一块登山祭拜。下过雨的路太泥泞，不仅弄脏了岑鲸的鞋子衣摆，也湿了岑鲸跪下的膝盖。岑鲸倒是不在意，还收拾了一下被雨水淋得乱七八糟的祭品，换上自己带来的干净的那些，又烧了许多纸钱，同老爷子说了好一会儿的话，才被燕兰庭扶着起身下山。

下山路上，岑鲸遇到了带着下人的元文松和元文柏。

元文松兄弟丁忧返乡，为父亲守孝，会在今早上山，亦是因为昨晚下雨，专门上山来收拾父亲的坟，不想竟会遇见燕兰庭跟岑鲸。

元文松年纪不小了，又因为丧事忙碌，回到林州后便生了场病，昨日方才好些，因此面色看着苍白憔悴，见到岑鲸时停住脚步，愣愣地看着她。

元文柏脾气比他哥差，性子暴烈，本想拦着他哥，说自己过来就好，可没拦住，眼下遇见岑鲸也是一愣，很快又反应过来，冲岑鲸和燕兰庭语气不善地说："你们怎么在这儿？"

岑鲸抬手，想向眼前这对兄弟行礼，然而口中的"师兄"二字还未出口，就被回过神来的元文松给打断了——

"燕大人！"

这一声太过突兀，就连元文柏都有些丈二和尚摸不着头脑。

元文松向燕兰庭行礼，燕兰庭客客气气地回了一礼："元尚书。"

元文松提醒："元某现在是白身，燕大人莫要叫错了。"

燕兰庭从善如流："元师伯。"

元文松哽住，元文柏表现得更为直白，一脸的嫌恶。偏偏燕兰庭这声称呼没毛病。岑吞舟是他们的小师弟，那身为岑吞舟学生的燕兰庭，可不就得叫他们一声师伯吗？

元文松与燕兰庭客套了几句，随后便提出告辞，带着元文柏上了山，其间不曾同岑鲸说过一句话。

岑鲸看着他们兄弟俩的背影，并没有被无视的痛心和难过。

那日岑鲸与老爷子说话时，元文松兄弟俩和他们的妻子就在一旁。岑鲸当时

眼里只有老爷子，顾不上他们，可萧卿颜却把他们的震惊都看在了眼里，并在之后转述给了岑鲸听。

那时元文柏发现岑鲸并非外甥女找来欺骗他父亲的替代品，而是真的岑吞舟，第一反应就是上前把岑鲸从老爷子身边拉开，是元文松拦住了他。后来岑鲸哭得不能自已，元文柏才转开脸，脸颊因为死死咬着牙而颤抖，眼泪跟着岑鲸哽咽的声音不停地往下落。再后来，得知岑鲸危在旦夕，元文柏还当着萧卿颜的面恶狠狠地骂了句"他死了也是活该"。可在元文松同意让岑鲸留在老爷子生前住的院子里治疗时，他却没有反对。听到有下人议论那岑夫人长得与当年的岑相相似，也是他大声怒斥，表示再有嘴碎的，一概打死。

所以岑鲸知道，无论曾经的他们有多不待见她，至少现在，他们对她还留有些许情分。方才的打断也不像是不想听见她那一声"师兄"，更像是有什么隐情。

岑鲸想了想，决定等元家兄弟下山，再同他们说几句话。

元家兄弟下山后准备回家，结果发现岑鲸和燕兰庭的马车就在山脚下等着他们。元文松的脸色比方才更差了，他咬着牙，顶着元文柏诧异的视线，主动提出请他们夫妇二人回自己府上坐一坐。岑鲸当然不会拒绝。

他们进了元家，元文松的夫人刚来，下人刚退下，岑鲸刚唤一声"师兄"，元文松就拍着桌子喝道："住口！方才我就想骂你了，你是生怕……"他无法明言某人，只能朝京城的方向指了指，声音也跟着压低不少，听起来格外凶，"生怕那位听不到风声，不知道你是谁吗？你怎么敢来祭拜，敢在外头唤我师兄？！"

果然……

岑鲸眨了眨眼："师兄知道是谁杀的我？"

燕兰庭和萧卿颜也就罢了，怎么元文松也知道是萧睿杀的她？说来陵阳与长乐侯，还有左骁卫上将军裴简也都知道这事，萧睿的保密工作就做得这么糟糕吗？

元文松还在骂岑鲸鲁莽，燕兰庭听不惯，元文松的夫人也想拦一拦，就岑鲸一脸怀念，气得元文柏想跟他哥一块骂。

后来还是岑鲸给这二位师兄递了茶，骗他们说什么越这样越不显心虚，且燕兰庭是她的学生，早前称病没能去吊唁，现在代她来祭拜也说得过去，这才把兄弟俩安抚好。

元文松喝着岑鲸给递的茶，视线又一次在死而复生的小师弟身上看了个来回，看见岑鲸的裙子上还带着跪过的湿痕，添了几分心软，再看到岑鲸女子的打扮，又添了几分糟心。

"你如今……"他微微一顿，"真是女子？"

元文柏也投来怀疑的目光，元文松的夫人则是好奇，毕竟她曾被岑吞舟喊过嫂嫂，岑吞舟带着她儿子爬树被刮破了衣袍还是她给缝的呢。

岑鲸："是。"

男子转生成女子，这可真是闻所未闻，但比起死而复生，又好像没什么值得大惊小怪的。

元文松也在纠结后释然了："罢了，现在女子也能入仕，倒也无碍。"

岑鲸意外："师兄还希望我入仕吗？"

元文柏也说："大哥，像他这样的祸害，你……"

"你闭嘴。"元文松打断元文柏，转向岑鲸，沉默了一会儿，长长地叹出一口气，道，"父亲常说，当年若是不曾放任远离，你是不是就不会变成后来那样。"

岑鲸愣住。

元文松："我不觉得父亲有错，反而是我，不该在那时同父亲一样与你疏离，应该多替父亲管着你才是。"

岑鲸张了张嘴，想说不是的，他们都没有错，她的结局从一开始就定好了，所以谁都管不住她，也更改不了她的命运。然而涉及系统，她无法说明，唯剩眼眶盈满了泪，眼睫轻轻一颤，泪水便夺眶而出。

岑鲸低头擦去眼泪，强迫自己把情绪拉回来，半响，空气中响起她勉力稳住，却又难掩嘶哑的声音："是我有愧老师的教导。"

在元府待了半日，离开时，元文松又单独同岑鲸说了两句："你既然知错，日后就不要再犯，也……也多管着你那学生。"

岑鲸："师兄是说明煦？"

元文松眉头紧蹙，眼底满是对燕兰庭的不喜："我看他原也是个好的，就是在你死后性情大变，以至于我每每见他，都觉得他行事有几分像当初的你，悖逆不轨，不知分寸，只是没你当初那么显眼罢了。近来倒是好些，我猜应是你在背

第十三章 尘埃落定

后约束的缘故，今你无恙，应不至于叫他再和当初的你一样错下去。"

从来没约束过燕兰庭，甚至现场听过燕兰庭和萧卿颜合谋怎么弑君夺位的岑鲸："……嗯。"

从元府离开，回燕兰庭的友人家，路上燕兰庭告诉岑鲸，说他趁方才元文松跟岑鲸不在套了元文柏的话。

原来元文松的次子在外地任推官时遇到过一个妇人，带着孩子上衙门为自己的亡夫申冤。那妇人的丈夫死得确实蹊跷，元文松的次子顺着线索一查再查，发现那死去的人原在禁军中当过差，原是想确认一下身份，结果发现当年有一小批禁军遭到裁撤，且时间正好就在岑吞舟死后没几天。

那些人如今活着的不多，元文松的次子越查越是觉得遍体生寒，最后终于让他寻得一人。那人曾在禁军中任职，后被调去了驻军营，再后来又去了地方兵府，对找来的元文松次子很是警惕，也不肯多说什么，最后和妇人的丈夫一样被人灭了口，这才在死前把当年发生的一切都告诉了元文松的次子。元文松、元文柏因此得知真相，可为了全府的男女老幼，他们只能将此事隐瞒，就连老爷子也不知道岑吞舟是死在皇帝手中。

当年萧睿杀岑吞舟，事成之后将参与此事的禁军都处理了——禁军两个都，两百条人命，岑吞舟不愿他们受自己牵连，假意抵抗的时候甚至不敢下重手，可萧睿就没有这方面的顾忌，这天下都是他的，为了掩盖岑吞舟死亡的真相，把对朝局的影响降到最低，死区区两百个人又算得了什么。

岑鲸早前得知此事，很是自闭了一段时间，至今这事都还是她心里一道消不去的疤。

燕兰庭还告诉岑鲸，他之前去问过长乐侯，长乐侯表示岑吞舟死于皇帝之手的事是左骁卫上将军裴简同他说的。于是燕兰庭又去找了裴简，按照裴简的说法，他也是从当初幸存的禁军口中得知的真相，告诉长乐侯后，又不小心泄露给了陵阳县主。这才导致他们三人都知晓皇帝萧睿是杀害岑吞舟的真凶，意图弑君，为岑吞舟报仇。

又是幸存的禁军。巧合吗？还是有人在背后布局，想利用岑吞舟的死来达成自己的目的？岑鲸暂时不得而知。

当晚他们在燕兰庭友人家又住了一宿，天亮启程回京。

那友人就跟送菩萨似的把这对夫妻给送走了。倒不是怕燕兰庭，燕兰庭肯来他家借住，足以证明他们关系不错，朋友之间怎么会有"惧怕"一说。他之所以会紧张，全是因为燕兰庭的妻子，那位"岑夫人"。他不是没听说过这位岑夫人的样貌与当年那位岑相相似，可打死他也没想到会像到这个地步，导致他明明清楚此"岑"非彼"岑"，却还是忍不住心生敬畏，就怕招待不周。

燕兰庭跟岑鲸乘坐马车回京，路上遭遇了两次刺杀，是京城的城外驻军营赶来救了他们。那城外驻军营早就得了命令，沿途暗中保护，所以并未造成己方伤亡，但也没能抓住刺客。

至于为什么会有刺客……燕兰庭就不说了，他位高权重，树敌不少，想要他性命的也不少。现在还要加个岑鲸。至于谁会想杀她，那自然是萧睿，就连萧闵都知道可以借萧睿的手杀岑鲸，萧睿当然不会辜负大家对他的"期待"。

且之前在元府，岑鲸骗了元文松。她敢来，并不是因为这样做显得不心虚，也不是因为燕兰庭是她的学生，代她来祭拜合情合理，而是萧卿颜跟燕兰庭决定尽快清除萧睿残余的爪牙，因此岑鲸并不用藏着掖着，也不用装病，甚至可以再张扬点儿，最好是能让萧睿为此发疯到失去理智，暴露自己剩下的底牌。

关于这个计划，岑鲸从一开始就没有异议，问题也不在于她，而在于燕兰庭。他并不同意让岑鲸置于危险中，后来明确了谣言对萧睿的影响，知道岑鲸就是再藏也消不去萧睿的杀心，继续优柔寡断下去反而容易害了岑鲸，这才不得不松口。但他还是不放心，所以每一次他都安排得近乎滴水不漏，比如这次出门，除了相府的高手，他还借了萧卿颜的城外驻军，力求让岑鲸平平安安。

出乎他们意料的是，回京之后，针对岑鲸的刺杀忽然就停了，听萧卿颜和燕兰庭的意思，是萧睿准备搞个大的，筹备时间还挺长。

岑鲸对此本来毫无概念，就是知道萧睿又一次要杀自己，且未来能消停一段时间，说不定还能过个安稳的好年。

直到这天，岑鲸的系统从休眠中苏醒——

"储能完毕，系统重启中。"

"系统重启完毕，现进行好感检测。"

"叮！长公主萧卿颜好感值增加！"

"叮！宰相燕兰庭好感值增加！"

"叮！将军岑奕好感值增加！"

……

因为重启，之前被岑鲸关掉的好感值涨幅播报又被打开了。不过好感值拉满后，好感值增加就不再汇报具体的增长数额。

系统一气念下来，最后是——

"叮！皇帝萧睿好感值-100。"

岑鲸并不意外，却还是顿了顿手中的笔，滴落的墨汁就这样弄脏了她快要写完的功课。

为了避免遇到叶锦黛，让自己正在休眠中的系统遭遇不测，岑鲸这段时间依旧没有去书院，仍是叫书院的先生给她布置学习任务和功课，让她在家自习，先生在课上讲的内容也会有人替她多记一份，送来相府给她。

岑鲸放下笔，对着功课微不可闻地叹了一口气，也不知道是在叹萧睿那负一百的好感值，还是在叹眼前不得不重写一遍的功课。

重新铺了纸，可提笔却没什么写的兴致，耳边又满是系统哭唧唧的声音，岑鲸索性放下笔，起身到书房外头走走，顺便找个"自言自语"也不会让人听见的地方，让系统同她解释解释，既然濒死后的系统修复可以直接让她恢复健康，为什么不早说。

岑鲸走到书房门前，正要出去，便看见燕兰庭一边同几个官员说着话，一边朝书房走来。

说起来，之前每次有官员来找燕兰庭，岑鲸都恰好不在书房，又或者不是恰好，而是燕兰庭故意错开，不让那些官员看到她。因此虽然满京城都知她长得像岑吞舟，可真正见过她的却只有内宅的夫人、姑娘和书院里还不曾涉足官场的学子。

至于为什么要这样做……

燕兰庭余光掠到书房门口的人影，抬眼一看，发现是岑鲸，直接丢下身旁几位，快步走到了岑鲸面前："怎么出来了？"

岑鲸："累了，准备去园子里散散步。你忙吧，不用管我，待会儿还回来做

464

功课的。"

燕兰庭："再多穿一件吧，园子里风大。"说着就进屋去拿岑鲸丢下的薄披袄。

燕兰庭一进书房，门口就剩下了岑鲸和那些跟着燕兰庭来的官员们，不多，也就三个，其中两个年纪不小，是熟面孔，见到岑鲸后露出了那副岑鲸已经看惯的见鬼表情，剩下那个年纪轻，又站在俩年纪大的身后，因此并没有察觉异样，直到岑鲸朝他们微笑着点了点头，前头那两位在朝上德高望重的老官员居然下意识朝岑鲸抬手行了一礼，吓得他也赶紧跟着向岑鲸行礼。行礼时他还蒙着，不明白这是为何，且这礼好奇怪，不像是遇见谁家诰命夫人，相互行礼以示礼貌尊敬，更像是……更像是遇到上峰行的礼，他平时遇见燕相便是如此行礼。

那年轻官员想不出个一二三来，随后就见燕相从书房里拿了件披袄给他夫人披上，两人又说了几句话，那位夫人便迈步朝他们而来。见此，两位老官员居然一同侧身退步，把路让了出来，连带着他也不禁有样学样，给这位夫人让了路。

燕兰庭给岑鲸拿来的披袄是玄色的，罩在岑鲸肩上，显得里头的素衣白裳格外显眼。

本朝崇尚重色，这点从高阶官员的官服皆是大红大紫的颜色便可略窥一二，因此哪怕是平民，也爱找能染色的草木，煮出颜色把衣服布料泡进去染。白色也不是没人穿，像明德书院的西苑院服便是白色，不过加了打眼的金色银杏叶纹，显得出尘又华贵。上元节更是流行穿白绫做的裙袄，因为白绫色泽皎洁如月，飘飘似仙，还入过许多文人笔下，是上元节应节诗的常用素材。还有就是守孝之人，多穿素服白衣。

那俩老官员想到这点，又回忆起京中有关岑夫人与元家的传闻，心头猛地一跳。不不不，也可能是巧合……是巧合吧？

他们什么也不敢说，什么也不敢问，甚至连看都不敢多看，在岑鲸的身影消失后，便跟着燕兰庭进了书房。

另一边，岑鲸来到花园，走到空旷的湖边，又把暗中看着她的护卫遣得远远的，这才开口对系统说："先别哭了。"

萧睿的负一百好感值对系统打击非常大，系统一醒来就发现好感总值从三百掉到两百，心如刀割。它甚至控诉岑鲸，是不是在它休眠期间做了什么，才会让

萧睿的好感值跌到这个地步。

岑鲸:"有人对外散播了我就是岑吞舟的传言。"

系统抽泣着:"所以,仅仅是听到这些传言,萧睿就恨上你了?"

岑鲸侧身坐在湖边的围栏上,垂眸看着湖里的游鱼,说:"大概是吧。"

系统呜呜直哭:"那怎么办?"

"怎么办?"岑鲸不解,"你还想要他的好感?"

系统:"我现在一点儿好感都不求了,只要他的好感值能恢复到零,我立马就走!"

岑鲸:"现在这样走不了吗?"

她记得系统当初说的是只要拿到三个攻略目标的满值好感就行,可没说第四个攻略目标的好感值不能是负数。

系统:"能走,可就这么走了,所有好感值加起来是两百而不是三百,任务完成水平的判定会比原来差很多。"

说到底还是系统太贪,它要是不贪,在萧睿降低好感值前离开,就没这么多事。不过问题也不大。

岑鲸淡淡道:"那就再等些日子吧。"过些日子,就是零了。

岑鲸听到燕兰庭和萧卿颜商议如何对付萧睿的时候,系统还在休眠期,因此它听不懂岑鲸这话是什么意思。正要问,忽然又听见岑鲸问它:"濒死后的修复能让我彻底恢复健康,你怎么不早告诉我?"

系统:"根本不可能的事情,系统当然没办法告诉你。"

凉凉的秋风掠过湖面,荡起粼粼波光。岑鲸以前身体不好,被风吹了会冷得难受,如今身体健康,吹着秋风只觉得清爽凉快:"什么意思?"

系统:"旧版恋爱系统的能量槽容量太小,即便对濒死的宿主进行修复,也无法令宿主彻底恢复健康。"

岑鲸迟疑道:"那为什么……"

系统:"系统不知道,系统只记得在修复宿主期间,有一股来历不明的能源,强行对系统的能量槽进行了补充,补充的能量正好够让宿主彻底恢复健康。"

来历不明的能量,还正好够用……岑鲸心想,应该是接触到了世界核心的反派系统。她有心替反派系统扫尾，问："这算异常情况吗？"

系统："算，我迟点儿会把情况做成报告，上交给总局。"

岑鲸："别了吧，要是总局发现有问题，想把你拆了做研究怎么办？"

系统："……身为系统，本就该配合总局的工作。"

岑鲸察觉到系统的纠结，继续道："笑到最后的才是赢家。你好不容易完成任务，那个 S975 明明是升级版却表现得不如你，多好的事情，可要因为这件事导致你被拆了做研究，那笑到最后的可就是 S975 了。"

系统陷入沉默。

"能源对你们系统来说很重要吧？你在救宿主的时候获得来历不明的能源，那么把你拆了好好研究，说不定能找到更便捷的获取能源的办法，至于你会怎样，总局应该不会顾忌太多，毕竟……你的版本这么老，如果是升级版，他们或许还会考虑考虑。"岑鲸句句诛心。

系统沉默着，摇摆着，最终还是把那段突然获得大量能源的记录给删了。

岑鲸和系统说完话，又在湖边坐了一会儿，才起身回书房。那三位官员还在，她也不参与他们的话题，打声招呼后，便自顾自坐下继续写功课。

那俩老官员因为岑鲸的存在一个比一个局促难安，年轻的官员倒是好些，可受到两位老前辈的影响，整个人也都跟着有些莫名的紧张。

岑鲸无意干涉燕兰庭的工作，也懒得伪装或表明身份，就是安安静静地做功课，只在察觉到有视线落在自己身上时，抬头发现那位年轻的官员正侧着头看自己桌上的功课。她没多想，挽着袖子，用笔敲了敲青瓷的墨洗。

却不想此举不仅让年轻的官员回了神，也吓到了那两位老官员，弄得岑鲸一头雾水，不明白他们怕什么。

燕兰庭默默喝了口茶，寻思待会儿要不要提醒岑鲸，用笔杆敲墨洗这个动作她曾经当着满朝文武的面做过一次。

那次是外邦使臣入京，随使臣一同来的还有外邦的小皇子。那小皇子恃才傲物，因为会大胤的官话和文字，便提出要同大胤的文官比试。岑吞舟因为字好被先帝推出去炫耀，站在一旁记录众人所作的诗赋。

中途小皇子与一位同样心高气傲的词臣起了争执，眼看着二人的对话越来越

不像样，可小皇子身边的使臣不敢拦自家祖宗，大胤这边又觉得自己先拦了没面子，最后是一声清脆的敲击打断了二人的争执。

那一声敲击若出自旁人之手，必然会淹没在二人犀利的言辞之中，偏偏那一下是岑吞舟敲的，包含了内力，"嗡"的一声，愣是把所有的声音都给掐断了。众人循着余音望去，就见那挽袖的青年施施然收回执笔的手，笑得一脸人畜无害，解释道："不小心碰到了。"

不小心？谁不小心能敲出这般震慑心神的效果？

然而话音刚落，先帝的笑声响起，显然是对岑吞舟的做法满意极了——既没有失了大国风度，又低调地晒了把大胤文官的武力值。对，岑吞舟可是文官，看那外邦小皇子与使臣的表情，多有意思。

而大出风头的岑吞舟却始终都是平静如常的模样，仿佛自己真就是在洗笔的时候不小心敲到了墨洗，并没有做什么特殊的事情，不值得一提，也不值得一记。

可对在场的人而言，那一幕，恐怕没谁能轻易忘却。

记忆重合，两位老官员只觉得像！当真是太像了！

离开时，两人脚步都是飘的，之后再听家里的小辈提起外头有关岑夫人就是岑吞舟的传言，虽脸色难看，却没底气再出声训斥。

二

系统苏醒后，岑鲸又能去书院上学了，一切都仿佛回到了之前的模样，每天早上被燕兰庭叫醒去书院，在书院待一天，傍晚燕兰庭再来接她放学回家。

除了白秋姝不在，岑鲸偶尔会觉得寂寞，其他都好。

如今来书院读书的妇人比之前多了许多，因此每到傍晚，各家各府来接人的马车便会停满一路。这天岑鲸出来得晚了些，外头接人的马车没剩几辆，燕兰庭下了车，站在马车旁等她，似乎是准备再见不到人就亲自进书院去找她。等终于见到岑鲸，燕兰庭迎上去拉她的手，一边同她说话，一边带她上马车。

岑鲸耳边，从见到燕兰庭那刻起就没安静过——

"叮！宰相燕兰庭好感值增加！"

岑鲸最近一直开着系统的好感值语音播报，因为她发现了一件很有趣的事情，就是自己很容易听到燕兰庭好感增加的声音。没关好感值播报之前虽然也有，但因为那时两人还没表明心迹，所以燕兰庭非常克制，不像现在，她就是盯着燕兰庭多看了一会儿，都能听到燕兰庭好感值增加的声音，更别说两人亲昵时，那响个不停的播报声简直比她的心跳还快。

"叮！宰相燕兰庭好感值增加！"

"叮！宰相燕兰庭好感值增加！"

"叮！皇帝萧睿好感值降低！"

突然混入奇怪的东西，岑鲸第一反应便是"唔，原来好感值跌破负一百，再减也是不显示具体数值的"，然后才是"萧睿在附近吗？"……

岑鲸踩着马凳，状似不经意地扭头看了看周围，视线扫过后头一辆马车时，蓦地对上了马车里一双阴恻恻的，像是要食她肉喝她血的眼睛。

说不清是运气好还是运气不好，今天下午最后一节是骑射课，岑鲸在上课期间被安如素叫去帮忙，对比恢复健康后需要上马练骑射，她当然是更乐意帮安如素去整理西苑书阁的借阅记录，所以她今天出来晚了些，且还没有换衣服，直接穿了骑射课的胡服，做的男子打扮，与众人记忆中的岑吞舟差了年龄，也仅仅只有年龄。

岑鲸对上那双目眦欲裂的眼睛，并未马上移开自己的视线，而是借着对方马车里不甚明亮的光线，看清了对方的部分容颜：昔日的意气风发荡然无存，虽然有假扮道士的罗大夫进宫替他调养身体，可他看起来还是一副消瘦的模样，两颊没多少肉，因此显得颧骨格外明显，皮肤色泽暗淡，眼下带着乌青，加上满是恨意的狰狞神态，乍一瞧去不像人，更像鬼。

那本该是在她的帮助下执掌天下大权的书中主角、天命之子，如今却成了她一手推进深渊养出来的鬼。

岑鲸缓缓收回视线，垂眸低头，进了马车。

岑鲸不知，她收回视线之前的眼神，让那张凶恶的脸在冰冷的空气中僵硬，泛着血丝的眼底更是浮现丝丝缕缕的错愕。

相府的马车就此远去，萧睿却还愣愣地盯着岑鲸方才看向他的位置，连自己下意识屏住了呼吸都不知道，还是同在车内替他掀起车帷的曲公公出声轻唤，他才像是被人打了一拳般往后猛地一退，吓得曲公公赶紧伸手去扶他。

"陛下，没事儿吧？老奴扶您起来。"曲公公尖细阴柔的声音里满是担忧关切，哪儿有半分已被燕兰庭收买的模样，他小心翼翼扶起萧睿，还替萧睿拍了拍衣摆，又问，"陛下这是怎么了？"

萧睿大口大口地喘着气，像是要把刚刚屏息时错过的都喘回来一般，直到双手与小腿肚开始出现不妙的麻意，想起罗道士的叮嘱，他才开始调整呼吸，让发紧的嗓子慢慢放松下来。

萧睿喝下曲公公给他倒的热茶，又过了许久，才道："是他……"

曲公公微微一顿，关心似的轻声问："陛下您说什么？是谁？"

萧睿抬眼看向曲公公，眼睫轻轻颤着，说："是他！"说着突然提高了音量，"是他！就是他！"

不是什么长得相似，就是他，就是他岑吞舟！

他方才看他的眼神，和那晚他亲手将剑插进他胸口时一模一样！

一个人被曾经的友人所杀，多少会觉得愤懑或是怨恨吧？可那时，死在他剑下的岑吞舟眼里没有这些情绪，没有怨恨，没有憎恶，只有疲惫不堪孑然一身后终于能停下的解脱，还有……

"对不起。"

还有，他听不懂的歉意。

而不等他想明白那声对不起是什么意思，染了血的手便像曾经无数次那样拍到了他的肩上。

过去无数次的拍肩总伴随着无声的鼓励，令他安心。唯独那次，浓稠到叫人无法呼吸的夜色下，他拍了他的肩，接着那手掌就无力地垂了下去，鲜血在色泽明丽的龙袍上落下猩红的掌印，他感觉不到丝毫的安心，甚至有些恐慌。

让自己忌惮的人死了，他本该如愿，本该松一口气，却不知为何感觉自己像是做错了什么。回首过去谋划要杀死岑吞舟的每时每刻，他明明是那样迫切地想要对方死去，为什么结果给他带来的感受和预想中的完全不同？

他去找沈霖音，她的安慰令他好受不少，可还远远不够，远远填补不上岑吞舟死后带来的那个令他窒息的缺口。

后来在长年累月的"病"痛折磨与燕兰庭和萧卿颜的联手压制下，令他迷茫的痛苦又一次转变成了想要除之而后快的憎恨。他恨岑吞舟！无论是燕兰庭、岑奕，还是萧卿颜，他们都是因为岑吞舟才跟自己反目的，如果没有岑吞舟，一切都不会变成现在这个模样！

然而那人已经死了，再多的憎恨也于事无补。于是他将恨意深埋心底，看似已经遗忘，只有沈霖音知道，"岑吞舟"三个字于他是附骨之疽，是死也要带进棺材里的刺。

所以初时听到岑鲸就是岑吞舟的传言，萧睿将信将疑，想着就算那女子不是岑吞舟，仅凭她引起的这些传言就注定她该死，更何况她是燕兰庭的妻，等自己痊愈，夫妻俩加上萧卿颜和岑奕，一个都别想活。而方才瞧见岑鲸的样貌，他更是觉得她死得不冤，长这么一张脸，便不该活着。

直到察觉对方看自己的眼神，深埋心底的憎恨喷薄而出，叫他只剩下一个念头：岑鲸，必须死！

"萧睿出宫做什么？"

马车上，岑鲸问燕兰庭。她不信燕兰庭不知道萧睿就藏在那辆马车上。

燕兰庭确实知道，若非知道，他也不会因为岑鲸晚出来那么一会儿，就着急地想要进书院寻找她："他躲开我安排在明面上的眼线，去见了兵部尚书秦晚槐和南衙翊卫大将军常念，又去了昨日刚回京的武阙家中。"

兵部尚书秦晚槐和顾太傅都是保皇党，至于南衙翊卫，和南衙骁卫一样，分管京城以南，也就是宫城外的地界。

南衙统共九卫，管的事儿又多又杂，其中最威风的便是翊卫和骁卫，至于谁高谁低，向来没个准，一直都是你来我往，不过骁卫大将军是燕兰庭的人，因此这些年都是骁卫压在翊卫头上。

至于武阙……白秋姝跟着穆家军去换防，被换下回京的便是武家军。

这换防本是十年一换，为了防止生变，其间交接怎么也得一年半载，可这武家军几乎是被催着撵着回的京。原以为是皇帝忌惮武家盘踞西北多年，笼络人心拥兵自重，现在看来，皇帝更像是打着忌惮的幌子，把人叫回来用的。

"他们说了什么？"岑鲸问。

"二月御农坛，设伏，除奸佞。"奸佞之一凑在岑鲸耳边这样说道。

本朝开国以来便在京郊设立御农坛，每年二月开春，皇帝都要带着大臣们去御农坛祭祀农神，还得亲自下田耕种。但在萧睿病重后，这项活动便多年不曾举行过，现下萧睿"病"好了，这活动自然要重新办起来。

京郊离得不远，却又不在宫城禁军和南衙骁卫的范围内，这样就算城内出了变故也能及时顾上。至于城外驻军，这不有武家军吗？天子脚下的卫兵，再厉害也是温柔乡里"娇养"出来的，如何比得过沙场上浴血归来以一敌百的将士？

御农坛，着实是个杀燕兰庭与萧卿颜的好地方。

虽说知晓了具体的时间地点，可为了防止出现变故，燕兰庭与萧卿颜一刻都未曾有过松懈。

时间如白驹过隙，转瞬就到了年底。

今年的岑鲸不像去年似的因为身娇体弱而请假，好好在书院待到了放年假，还参加了去年不曾参加过的年末大考。

这期间京城内也发生了大大小小许多的事情，近一些的像是岑鲸的表哥白春毅和赵国公府的姑娘说了亲，来年三月成婚。

赵国公府那位姑娘便是赵小公子的姐姐，听说两人自去年上元节初识后又有过几次偶遇，起初他们只是看在各自弟弟妹妹的面上对对方多了几分留意，后来不知怎的就动了心。但因为两人门第有差，起初赵国公府并不同意让自家的女孩儿低嫁，后又经了许多波澜，才终于叫这门亲事定下。

远一些的，便是自凤仪宫后，皇宫中又有几处宫殿接连失火，禁军统领晋牧因此获罪，被革职下狱。不过驸马很快就出了狱，是萧卿颜硬从大牢里带走的。

萧卿颜因此被萧睿找到由头，下旨罚了俸禄，还夺了部分职权。这一举措，说不好是萧睿想把禁军拿回手中以防万一还是故布疑阵，让他们以为萧睿会在掌握了禁军后，像对岑吞舟一样在宫中对燕兰庭或者萧卿颜下手，也可能两者都有。

朝中局势一下就紧张了起来，保皇党们觉得皇帝这是恢复坐朝后开始着手处理瑞晋长公主和燕兰庭了，一个个精神大振。同时燕兰庭和萧卿颜这边则像是受到打击，变得低调了起来。

燕兰庭还隔三岔五装病告假，不去上朝，但接送岑鲸却是照常，只藏在马车里不下来罢了。

书院还没放年假的时候，还有人旁敲侧击地问岑鲸为何不在家照顾生病的燕兰庭。岑鲸很是没心没肺，说自己又不是大夫，在家也没什么用。若那人要继续探问下去，多半会被岑鲸反过来套话套得底掉，久而久之也就没什么人敢再来她这儿打听消息。

书院放年假后，岑鲸把处理好书院事务的乌婆婆接回家，除夕夜那天还让云息、江袖带着云伯一块来相府过年。陵阳县主也来了，反倒是沈霖音不想凑外头的热闹，更不想见到江袖，待在自己的院子里不肯出来。

岑鲸也不勉强她，但在吃年夜饭的时候过去看了眼，发现沈霖音正跟那个和她关系好的小丫鬟一块吃饭。小丫鬟也是可怜人，无父无母，胆子又小，全赖她心眼实才会被管事看中买来。

今夜热闹也忙碌，下人们分成几拨轮流去前头伺候，剩下的则在后面吃他们的年夜饭。眼下也不见小丫鬟去跟其他下人一块吃饭热闹，反而来这冷冷清清的地方陪沈霖音，可见确实是个实心眼，记恩情的。

沈霖音这边的饭菜也丰盛，两人吃完，小丫鬟还听沈霖音给她讲了自己当年在外面治病救人的故事。

岑鲸没有打扰她们，悄悄地来，悄悄地走，结果在路上遇见了独自提着灯笼等她回来的燕兰庭。瞧见岑鲸，他也不等岑鲸走到他这儿，就先迈步朝她走了来。

燕兰庭站的地方没遮没拦，月光照着分外明亮，快到岑鲸面前时，他一脚踏进阴暗处，走近她："昨日沈大夫给了我一瓶药。"他拿出那瓶药，说，"我拿去给其他大夫看了，能吃，与我近日所用的药膳不冲突，用料也对症。"

燕兰庭没说是什么药，但岑鲸猜到了，她"唔"了一声，一脸正经地说："那你吃吧。"

听听，多正常的对话啊。

——药没问题。

——那你吃吧。

可吃了这药后能干吗，除了他们俩，没第三个人能听出来。

燕兰庭当着岑鲸的面打开药瓶子，倒出了一颗药丸。

不等他把药放进嘴里，岑鲸先一步拿起药，亲手送到了他嘴边。

燕兰庭握着她的手低头吃药，将药吞下后，牙齿轻轻咬住她的手指，舌尖轻扫过指腹残留的药末，留下薄薄的一层湿润。

然而作为相府的主人，他们俩不好就这么在众人面前"失踪"，于是又回到席上，该吃吃该喝喝，等过了子时，岑鲸才借口疲乏，带着燕兰庭离了场。

岑鲸早前身体不好大家都知道，并且印象深刻，所以众人并未起疑心。

两人回到寝屋，和往常一样洗手、净面、换衣，等到一切收拾妥当，挽霜熄了屋内的烛火，只留下一盏，退出屋外。

这是一个看起来和平时没什么两样的夜晚，就算床帐内有两人细碎的轻语和渐渐变得粗重的喘息，按照往常的结果来看，应该也只是浅尝辄止。直至一声格外不同的低吟，似一块砸进湖水的石头，突兀地把随后发生的一切拐向了此前从未经过的道路。

不过拐的节奏虽然突兀，拐的速度却不快。

岑鲸曾跟系统说过，燕兰庭此人极为克制，倒也当真是克制到了骨子里，一点点一丝丝，没有半分激进，却在大冷的寒冬里把岑鲸热出了一身的汗。黏腻的汗水顺着鬓角滑到下巴，被晃得一颤一颤的，最后滴落在同样汗湿的胸膛上。

一条路行到最后，炙热的痴缠已让两个多思多虑的"反派"脑子一片空白。

不知过了多久，高温稍降，恢复思考能力的岑鲸望着燕兰庭，闷笑一声，音量不大，比两人方才发出的动静轻多了，可愉悦的滋味顺着眼角眉梢映入燕兰庭的眼，悄然填满了他狂跳不止的心脏。

后半夜，主屋叫了洗浴的热水，换下了满床的狼藉。

两人睡下时天都快亮了，燕兰庭没睡一会儿便要起床，入朝朝贺。他整理好衣发后回到里间，掀开厚重的床帐，见岑鲸陷在柔软的枕褥间睡得正香，又俯身替她把落下肩头的被子往上提了提，这才出门。

岑鲸隐约能感觉到燕兰庭的动静，但因为实在太累，身子重得连根手指都不想动，很快又沉沉睡去，一觉睡到自然醒，醒来正赶上燕兰庭回家。

两人同昨日在相府住下的众人一块吃了顿午饭，饭后众人各自忙碌。

燕兰庭的叔伯长辈不在京中，岑鲸娘家那边又得等大年初二才能去，于是岑鲸跟燕兰庭只去了长公主府，剩下的时间便在家中接待上门拜访的亲友。

云息、江袖也出了门，陵阳县主看大家都在忙，便收拾收拾去外祖家坐了坐。

陵阳县主的外祖父和外祖母就是恭王妃的父母。

恭王妃姓杜，其娘家也是名声在外的清流世家，书香门第。可因当年恭王妃被逼和亲再嫁，陵阳县主跟两位老人的关系一直不好，她守寡后在自己府里养面首，也没少被外祖家的长辈训斥。可远有西耀的恭王妃，近有只手遮天的岑吞舟，在两大靠山的庇护下，根本没人能拿陵阳县主怎么样。杜家无法管她，索性眼不见为净，久而久之便和陵阳县主疏远了。

直到这两年，老人家看开了似的，逢年过节主动给县主府上递帖子。杜家门生更是崇尚起了平心学说，认为未来女子会渐渐跟男子平齐，这是大势所趋，也是为国家增添可用之材的一个办法，相对地，这部分女子所拥有的权益也该同男子一般，如俸禄、婚嫁等——既没有男子丧妻便不娶的说法，那么女子丧夫再嫁也是应该的。

崇尚这样的学说多少掺杂了杜家的私心，甚至把本来该是有辱他杜家门楣的丑事扭转成了对这一学说的支持，是以身作则，也是不畏世俗的凛然风骨。但无论如何，平心学还是得到了一小部分人的支持。

陵阳县主并不在乎被所谓的文人学士口诛笔伐，也不稀罕他们的支持赞同，因为她太清楚这些人有多善变。明明当初要她母亲牺牲自己去和亲的就是这些人，转头他们又忘了她母亲为边境和平做出的牺牲，也忘了她母亲当初是如何地挣扎，只会处在这繁华富贵的京城，责备她母亲一嫁再嫁，还说她母亲就该以死明志，为亡夫守节做天下表率。

反正怎么做都不对，那又何必管他们说什么对错，自己过得痛快才最要紧，因此她从没领过杜家的情。

只是在前些日子偶遇外祖母，外祖母把她当成了她母亲，拉着她的手痛哭，令她有些不忍，所以她才想过年去见见。左右不过喝杯茶的工夫，她还不至于连这点儿空闲都没有。

元日的热闹一直往后延续了许多天,直至正月十五上元节,燕兰庭又一次装病,莫说宫里办的上元宴,便是连府门都不曾踏出半步。

与之相对,萧卿颜倒是一如往年,入宫参加了在扶摇楼举办的上元宴。

然而明眼人都能看出,那一晚的气氛特别诡异,皇帝与瑞晋长公主在席间的对话亦是耐人寻味。

也是在这天过后,京中又起了与岑吞舟有关的传言,说岑吞舟当年并非死于刺客之手,而是在离宫之时遭遇埋伏,被皇帝困杀在了宫门内。燕相也是怕重蹈老师的覆辙,所以才在这天称病,不去参加上元宫宴。

但很快传言就平息了,因为皇帝在正月十九朝廷开印后,重启了先帝时期被废除的"武德司"。

所谓武德司,有点儿像岑鲸记忆中的明朝锦衣卫,主要职能是执掌宫禁、刺探情报。他们是皇帝的耳目,同时也是皇帝手中指哪儿打哪儿的一柄快刀。可因为他们职权太大,不仅统管禁军,还直属于皇帝,不受部院管辖,能做到无中生有硬扣罪名,所以岑吞舟在扳倒太子之前,就先想法子搞废了这个令百官敢怒不敢言的部门。

如今武德司重启,旧日的恐惧再次袭来,好些高门大户采买下人都多了几分谨慎,生怕家里混进武德司的察子,出门吃酒也不敢再议论与朝局或皇家相关的事,生怕话刚说完,转头就被逮进狱中。

因这武德司,正月还没结束,年味就被惶恐冲散得一干二净。

待出了正月,武德司已接连拿了京中十五户人家下狱,其中九户皆与相府和长公主府有来往。

一转眼,时间来到二月初二,春耕节。

书院自正月二十三日开学,但在二月初二这天早上,燕兰庭并没有和往常一样送岑鲸去书院。因为这天,皇帝早早就率领百官出城,去了京郊的御农坛,祭祀农神。

大约是知道凡间的皇帝要举办大型户外活动,天公作美,这日的天气格外晴朗。岑鲸上课时坐在窗户边,暖融融的太阳落在她身上,春风带着丝丝凉意,拂过她的脸颊,也带来了隔壁课室的诵读声。

一切都是那么的稀松平常，除了搅起风云的罪魁祸首，无人知晓这看似平平无奇的一天将决定这个国家未来的走向。

午休过后，岑鲸被安如素叫去书阁清点书籍，说是来了批新书，为了把新旧分开，得将原本的旧书对照书单整理一遍。

因为工作量大，还需要整理的人识文断字，所以除了岑鲸，还有好些西苑的学生被从各个班借来帮忙，其中包括岑鲸的老熟人——叶锦黛。

叶锦黛近些日子总是躲着她，岑鲸为了偷懒特意挑了个坐着不用来回走的活，恰好跟叶锦黛一块，结果自岑鲸坐下，叶锦黛便如坐针毡，一副有话想说又不知道该不该说的模样，满脸纠结。

岑鲸等了会儿，见她实在拿不定主意，正要主动询问，突然安如素来找她，说有几本书没在借阅记录上，书架上也没有，她记得是长公主殿下前阵来书院开例会时借了去，应该就放在明德楼二楼那间书房里。那间书房有锁，钥匙在乌婆婆那儿，拿来就是，但安如素一人去，怕事后书房里头丢了什么不好交代，便让岑鲸和自己一块。

岑鲸听明原因，点头说："走吧。"

两人丢下不知道是松了口气还是遗憾没能把话说出口的叶锦黛，一同离开西苑书阁，前往位于中庭的明德楼。

正值上课，明德楼的楼道和走廊上都没有人，岑鲸跟在安如素后头，听见方才还和她闲聊的安如素突然转了话题，说："最近局势不大好，许多学生偷偷跑来问我，说会不会影响到西苑。"

"影响到西苑"，而不是"影响到明德书院"。

可见她们都知道，只有西苑才是瑞晋长公主的心血，若她出事，西苑怕是没法继续存在下去。

安如素："我也很担心。你与燕大人是夫妻，又同长公主殿下有往来，可曾听说过什么？"

岑鲸摇头："不曾。"

安如素叹息："是吗……"

两人来到二楼，朝那间独属于萧卿颜的书房走去，途中路过正在上课的课室，安如素看着里头一块上课的男女学生，内心百感交集："我很喜欢这里，虽知前路漫漫，总有变数，但要是可以，我还是希望能把这辈子都用在这间书院上，送一批又一批的女学生下场科考，入仕为官。若这里没了，我当真不知此后余生，还有什么值得我去寄托的。"

钥匙插进锁孔，轻轻一转，门开了。安如素踏进书房，果然在桌上看到了那几本缺失的书籍。她拿上书，转身准备离开，却见岑鲸站在门口，看着她。

安如素："怎么了？"

岑鲸："还有吗？"

安如素迟疑着："还有什么？"

岑鲸见安如素面露不解，跟着迷茫起来："你想说的话，只有这些吗？"

安如素仍是不明白，方才的话不过是有感而发，当然是说到哪儿算哪儿，还能有什么？

岑鲸眼底的迷茫愈发重。

因为武德司发展飞快，萧睿身边有了比曲公公更得用的人，所以曲公公没法每时每刻跟在萧睿身边，燕兰庭也未曾打探到萧睿会在这天对岑鲸做什么，只能派人在岑鲸身边护着。

安如素要她一同来明德楼时，她还以为安如素是受了萧睿的指使。毕竟安家还有位贵妃在萧睿的后宫中。加上安如素刚才那番话，她便下意识以为安如素从萧睿那儿得到了保证，只要安如素愿意帮萧睿算计她，萧睿便会在萧卿颜死后保留西苑。结果竟是她想多了。

可当真是她想多了吗？萧睿难道真的有这份耐心和把握，愿意在城外弄死燕兰庭和萧卿颜后再回城来慢慢收拾自己？

"你到底怎么了？"安如素见岑鲸眉头紧蹙，心底升起不安。

岑鲸思量着，突然问："是谁提出要整理西苑书阁的？"

这个安如素知道，不仅知道，还印象深刻到不需要回忆就能给出答案："是顾掌教，添新书也是他的意思。我还挺纳闷，他惯爱刁难西苑，怎么会这么好心，做主给西苑书阁添新书……"

安如素说话的同时，岑鲸往后退了几步，扭头看向走廊窗户外面，把视线往西苑书阁所在的方向投去。下一刻，岑鲸瞳孔骤缩，拔腿跑向楼梯。

安如素猝不及防，忙问："你去哪儿？"

"书阁失火了！"岑鲸头也不回，边跑边喊，"去书阁救人！"

安如素以为岑鲸这两句话都是对她说的，却不知岑鲸说完第二句，藏在暗处的相府暗卫有一半运起轻功朝西苑书阁奔去。

岑鲸声音太大，惊动了在二楼课室上课的学生和先生。

"失火？哪儿失火？"

"好像是书阁。"

"哪个苑的书阁？"

"你们快看！是西苑！"

学生们乱作一团，纷纷起身往走廊外头看去，就见西苑书阁的方向有不祥的黑烟正缓缓升起。

岑鲸把混乱抛至身后，下了楼直奔西苑，途经校场时还险些被一正在上骑射课的学生骑的马撞到。

这是岑鲸入学以来第二次差点儿被马撞到，就连不远处的武师傅都无语了，不明白岑鲸这是什么运气。不过还好，这次不是马匹发疯，而是岑鲸自己往马儿面前撞，骑马的学生及时拉住缰绳，避免了意外的发生。

"你疯了吗？！"那学生被吓得不轻，也不管岑鲸是谁，张口就骂。

武师傅急忙过来，正要打圆场，却见岑鲸一把拉住那马的颊革，仰头对马上的学生道："下来！"

这一声说不上多凶，却让气头上的学生像是被人兜头浇了一盆冰水，气焰全无："下……下来就下来，是你自己撞过来的，又不是我故意撞你，我才不……欸！我的马！！！"

骑射课在武师傅面前能偷懒就偷懒的岑鲸抢了那学生的马，不顾书院规矩，骑着马直奔西苑，遇上挡路的学生，她一扯缰绳，直接纵马从人头顶跃了过去。

武师傅看着岑鲸风驰电掣远去的背影，整个人都傻了。说好的身体差，此前没学过骑马，所以骑射课只能坐在马上慢慢散步慢慢适应呢？你管这叫不会骑马？！

第十三章 尘埃落定

京郊，御农坛。

萧睿率百官至此，在宫廷乐师奏响的礼乐声中行三跪九叩之礼，祭拜农神。

此后迎神、三献、送神，整个过程繁复隆重，伴随着不同的声乐和舞蹈，直至祭祀结束，萧睿换下祭服，在大臣们的簇拥下，准备亲自下田耕地。

说是亲自耕田，实际上会有人给他牵牛扶犁，而他要做的仅仅是拉着犁在前面走，三推三返，就算完成了"亲耕"。

而后还有"三公五推""卿诸侯九推"，最后再让百官一同下地耕作，进行收尾。

因排场盛大，一个上午根本结束不了，待到下午，也只是萧睿完成了亲耕的三推，坐在观耕台上，看王公大臣们在农夫的指引下进行耕作。

燕兰庭是宰相，自然也要参与其中。

至于长公主萧卿颜，她身为女子，本没资格参与祭祀，但在萧睿登基的头一年，萧卿颜和岑吞舟关系恶化的那段时间，岑吞舟不知道抱着怎样的目的，说像长公主殿下这般精致华美的女子确实不适合下田做活，弄脏了漂亮的衣裙可怎么好，硬用激将法让萧卿颜主动且强硬地顶替了原先定好的"三公"中的其中一个，打破了女子不得参与祭祀的老规矩，也让"瑞晋长公主地位堪比亲王"的说法被彻底坐实。因此今年祭祀，萧卿颜和当初一样，不仅参与其中，还是下地五推五返的三位王公之一。

萧睿高坐观耕台，视线扫过田边用襻膊束起广袖、拿着巾布擦拭双手的萧卿颜，然后又落到田间的燕兰庭身上，眼底翻涌着呼之欲出的憎恶和杀意。

再等片刻，将有"叛军"闯入御农坛，大行杀戮之事。但萧卿颜和燕兰庭不会死在那群"叛军"手中，因为那群"叛军"会是燕兰庭与萧卿颜勾结，意图弑君的罪证，随之而来的武家军则会以护驾之名，在混乱中取燕兰庭和萧卿颜的性命。这两人一死，一切都将尘埃落定，回城后他只要拿着"叛军余孽"的供词，便可给二人扣上罪名，将这二人抛尸荒野喂野兽，以消他这些年来的心头之恨！

他知道此计冒险，慢慢来或许会更稳妥，就连武阙也因近来形势大好，劝他忍耐一段时间。他若肯耐下性子，一步步削弱此二人手中的权力，同样能将他们打入深渊，还可在他们死前尽情折磨羞辱他们，看他们绝望悔恨的模样。然而自从见过岑鲸，他便再也忍耐不下去，甚至比起眼下的计划，他更在意城内的计划能否成功。如果成了，他不会像对待燕兰庭他们一样对待岑鲸的尸首，他要找道士作法，用尽一切手段，叫岑吞舟再也没有借尸还魂投胎为人的可能。

萧睿细细地在脑内重复自己的安排，一遍又一遍，每一次都能在细节处进行完善和补充。大约是因为想象中的未来太过快意，他的心跳也跟着快了起来，呼吸逐渐变得急促……

熟悉的麻意爬上小腿与双手，他尽力控制自己的呼吸，但是这一次，他失败了。他的呼吸越来越快，嗓子开始发紧，手脚也跟着蜷缩。等反应过来，他已经从高座上跌落，明明能听见曲公公的惊呼，也知道曲公公就在他身旁，可声音落入耳中，却像是隔了大老远，根本听不清楚。

他被人七手八脚地扶起来，因为怕他咬到舌头，还有人掰开了他紧咬的牙关，应该是用了很大的力气，可他却没有丝毫力量对抗的感觉。

混乱间，他透过人与人之间的缝隙，看到了台下还站在田里冷眼望着他的燕兰庭。一时间，明白了什么的萧睿喉间发出剧烈的呜呜声，可惜没有一个人能听懂他想说什么。

与此同时，御农坛外，事先埋伏的"叛军"和武家军被不知何时偷偷回京的虎啸营尽数镇压。为首的将军手持一柄长横刀，刀刃利落地割开了武阙的喉咙。

三

不管明德楼此刻有多混乱，也不管武师傅眼下有多震撼，岑鲸骑着马来到西苑门口，还未过桥就听到了呼喊声。

在见微楼上课的学生和仆妇们提着桶拿着盆，来去匆匆，忙着打水救火。想是书阁附近水缸里的水都用完了，她们这才跑来西苑门口的河边打水。

人群中，脸上带着黑灰、头上首饰因为来回奔跑而摇摇欲坠的安馨月看到了岑鲸，朝她跑来："阿鲸！"

岑鲸下了马，拉着马上桥，对她喊道："叫个擅长骑马的，到最近的望火楼去催武侯铺来！"

若这一切都是萧睿的安排，武侯铺那边恐怕早就得了指令，故意不来，所以

得让这些个出身不俗的世家姑娘们亲自去催才行。

"我去！我知道最近的望火楼在哪儿！我来书院的路上总是经过！"一位正在打水的姑娘听见岑鲸的话，站起了身，嗓音拔到了从未有过的高度。

"我跟你一块！"不远处又一个姑娘也喊了起来，说，"我骑马比你厉害！"

往日说话轻声细语，出门都要坐马车或轿子的姑娘们没有手足无措地等明德楼那边来男人帮她们，一个个自发地挺身而出，做起了力所能及的事情。当然也有人被吓得直哭，但看到其他人都在帮忙，便也撑着一口气不去添乱。

岑鲸把马交给她们，接着就朝书阁奔去。

越接近书阁，耳边的声音就越是嘈杂，有呼喊，有嘶吼，往来的人很多，热浪灼得她们脸颊通红，夹在热浪中的烟气更是让许多人咳嗽了起来。

"都去救人！"

岑鲸说完，剩下那一半无论如何都不肯远离岑鲸的暗卫才现身，跃上了从外面看起来火势稍微小点儿的书阁二楼。

岑鲸刚挤到人群里头，便有一暗卫抱着个姑娘从二楼跃下，边上的学生仆妇们拥上来把那姑娘接走。还有学生急切地追问那暗卫，有没有在里头看到谁谁谁。怕暗卫不认识自己要找的人，她们还简略描述了要找之人的特征，至于暗卫是谁，从哪儿来的，她们一时还真顾不上。

暗卫被问得有些蒙，正要不管她们继续跳上二楼救人，突然听见岑鲸的声音——

"里头还有多少人？火势如何？"

她的声音带着莫名的压迫感，将其他人的声音都压了下去，使得其他人都不自觉地息了声。

暗卫忙道："三楼的人已经全数救出，二楼还剩二十余人，一楼大约十余人。二楼、三楼的火是从里头开始烧的，通往一楼的楼梯已经被烧塌了，至于一楼的火是从外面开始烧的，我们到时门窗皆从外面被锁上，被困在一楼的人根本没法出来。"

说话间，二楼的学生已被进去救人的暗卫带到了围栏边，因为二楼离地实在太高，暗卫需要把她们一个个带下来。

岑鲸这次带的暗卫都是驸马调教出的好手，论武功一个顶十个，故而带的人不多，加起来统共六人，够用了。

问题在于一楼的学生该怎么救。

岑鲸正要同那暗卫说什么，上头突然传来惊呼。众人抬头一看，就见几个不知从何而来，脸上戴着银色面具的黑衣人持刀砍向围栏边的学生，若非有暗卫出手相救，那学生怕是会被一刀砍死。楼下的学生们都惊呆了。

岑鲸朝身旁的暗卫喊道："去救人！"

那暗卫领命跃上二楼，长年训练出来的默契让那六个暗卫飞快分成两组，一组留下对付不知道从哪儿来的黑衣人，一组继续抱学生从二楼跳下。

岑鲸猜测那些黑衣人的目标是自己，二楼、三楼的火也肯定是他们点的，会这般无差别杀人，多半是不知道她不在书阁里，又怕火场混乱让她逃出去，索性把书阁里的学生都杀了，不留一个活口。

她本来还想让暗卫拨个人去一楼，哪怕一个也可以，足够将一楼的人都救出来，现在看来是不行了——六个暗卫护二十多个学生，还得把她们一一从二楼带下来，哪儿还分得出人？

岑鲸脱下外衣，正好见安馨月端着水盆跑来，便将自己的外衣按进水里彻底浸湿，接着又把整盆水端起，浇到了自己头上。

浸在盆里的外衣"吧嗒"一声掉落在地，站在岑鲸面前的安馨月被水溅了一身，她睁大眼睛问岑鲸："你做什么？"

"救人。"虽然书阁内有黑衣人补刀杀人，一楼的十余人未必还活着，但只要有一丝的可能，她就没法眼睁睁看着这些姑娘们因自己被牵连，白白丢了性命。

岑鲸又对安馨月说了一句话，说完不顾安馨月满脸的震惊，弯腰捡起脚边湿透的外衣，披到头上。

"记住了吗？"岑鲸问她。

安馨月连忙回道："记住了！"

岑鲸点头，随即裹紧头上的衣服，头也不回地冲进了火场。她跑得很快，要到门口的时候，扑面的大火让她微微侧过身护住了自己的脸，但她没有减速，像个炮弹似的，用身体撞开了被火烧到脆弱不堪的书阁大门……

许久后，几乎将书阁吞噬的大火终于被赶来的武侯铺扑灭。

午后阳光落在焦黑半塌的建筑上，空气中除了还未散去的热，还有令人感到黏腻厚重的潮，是武侯铺怕死灰复燃，在大火熄灭后又用唧筒往里头洒了遍水。

危机过去，众人无不精疲力竭，学生家里也都得了消息，纷纷来书院接人。能接到的还算好，哪怕是从书阁二楼、三楼被人带着跳下，或衣裳污脏惊魂未定，或受了轻伤灼了头发，总归能留下一条性命。接不到才是最糟心的，生不见人，死不见尸，无奈只能逗留在距离书阁最近的见微楼，等着从书阁那边传来的消息。其中有位夫人爱女心切，等得心慌意乱，险些哭晕过去。

书阁外，安馨月站在一棵大树旁，远远看着水滴从残瓦上落下，砸在石阶上溅起一朵又一朵污浊的小水花，整个人一动不动，活像是立在树旁的一尊雕像。

过了不知道多久，安如素安抚好众人，从见微楼那边过来问她："如何？"

安馨月回过神来，对着安如素摇了摇头。

安如素看向书阁，眼底满是焦急："你确定你没记错？"

安馨月肯定地道："我不会记错的，阿鲸说了，一楼进门后直走第十三块砖左拐第三块砖下藏有密道，她会带人从密道逃出去。"

可因为书阁塌了半边，武侯铺怕剩下半边书阁也会塌，所以清理的速度非常慢，暂时还找不到密道的入口。但好在岑鲸不仅告诉了安馨月密道的入口，还把出口的位置和安馨月说了。相府暗卫留下两人在书院等消息，剩下四人则骑马出城前往安馨月所说的地方。

之后，武侯铺在清理现场的时候发现了好几具尸体。

初时众人还担心得不行，等把尸体搬出来又都松下了一口气——这些焦尸脸上有面具，因为高温面具粘到了皮肉上，撕都撕不下来，一看便知是潜入书院纵火伤人的那群歹人。

这些尸体被送去衙门，仵作验尸发现这些人不是被活活烧死的，而是被人杀害，先断了气，然后才被烧成焦尸。

书阁的清理还在继续，与此同时，城外的某个树林子中，一口废弃了不知道多少年的枯井里头传来石板挪动的声音，少顷，一只细嫩的手"啪"的一声抓住了井沿，费尽九牛二虎之力，终于从井里爬了出来。

那手的主人是个小姑娘，身上穿着白底银杏叶纹的裙衫，脸上沾着黑灰，头发凌乱，出来后没喘两口气，赶紧又凑到井边，去拉自己后头的人。

之后陆陆续续一共从井里出来九个衣着相似灰头土脸的姑娘，还有两个仆妇打扮的大娘和一位同样狼狈的女先生。她们好些都累得直接坐到了地上，脸上满是劫后余生的喜悦，还有几个小姑娘抱住了身边的人，又哭又笑。

女先生也是高兴的，但她没忘了继续回头去拉人，结果还没靠近井口，就见一姑娘被人抱着从井里跳了上来。抱人的是个年轻男子，一身行走江湖的利落打扮，腰间还佩着一柄长剑。

被抱的姑娘在那男子怀里，不客气地喊道："阿鲸还在下面呢！"

男子抱着人落地，无奈道："你们里头，最不用担心的就是她。"

男子名叫柳轩易，被他抱着的姑娘自然就是叶锦黛。

柳轩易今早刚入的京，此前一直在赶路，日夜无休，因此书阁着火时，他正在叶锦黛的宿舍补觉。察觉书阁着火后，他比相府暗卫还早一步进入书阁，一心要找叶锦黛，未承想在书阁内遇到了戴着面具的黑衣人，还跟那些黑衣人打了起来，一路从二楼打到一楼，找到了和别人一块被困在书阁一楼的叶锦黛。

叶锦黛毕竟是个现代人，从上学到上班，经历过不少次消防演习，一开始被困她就教其他人用茶水打湿披帛捂住口鼻，还让她们在寻找出路时弯腰低头走，因为烟是往上飘的，压低身子能避免吸入过多的烟尘导致窒息。

靠着叶锦黛，一楼被困的十几人没一个被烟呛死，可逃不出去的话，被活活烧死只是时间的问题。

柳轩易本想把叶锦黛带出书阁，可那些黑衣人纠缠不休，若他是一个人，倒是能把他们都杀了，偏偏还要护着叶锦黛和她的同窗，难免左支右绌。一直到后来相府暗卫在三楼和二楼救人，迫使黑衣人分了人去阻拦，柳轩易才终于放开手脚，准备把纠缠的黑衣人统统杀了。

也就在这个时候，熊熊燃烧的书阁大门被人撞开。

那人用力太猛，撞进来后根本停不住，在地上滚出老远，却也误打误撞躲开了从上面塌下来的二层地面和燃着火的书架。轰然掉落的书架和木板又一次挡住了众人逃脱的生路，至于滚进来的那个人……

"阿鲸？！"

"岑夫人？！"

叶锦黛和姑娘们都惊呆了，离得最近的叶锦黛连滚带爬地过去把人扶起来。

没人知道，她们这一声呼喊相当于催命符。

眨眼间就被柳轩易杀到只剩三个的黑衣人找到了自己的目标，一个冲向柳轩易，把自己送到他剑下，同时绊住他，另外两个冲向岑鲸，要取她的性命。

柳轩易摆脱纠缠后反手将剑掷出，那一剑迅疾如一闪而过的白色闪电，从其中一个黑衣人的后颈刺入。余下一个黑衣人冲到岑鲸面前，眼看着就要把刀砍在岑鲸身上，就连柳轩易也在那一刹明白自己救不下她，结果下一刻，他们错愕地发现岑鲸躲开了那一刀。

不仅躲开，她还一手劈向黑衣人伸直的手肘关节，一手抓住黑衣人持刀的手，将刀刃反推至黑衣人耳边，原先劈向对方关节的手同时飞快收回，和另一只手一起握着黑衣人的手挥动大刀，砍掉了黑衣人半个脑袋。

从黑衣人冲到岑鲸面前到岑鲸反手取黑衣人性命不过短短一息，眨眼的工夫，视力差点儿的都看不清岑鲸干了什么。但叶锦黛看到了，因为她离岑鲸最近，甚至还能感到飞溅的血液落了几滴在她脸上，大火将她的脸烤得滚烫，所以那几滴血的触感格外冰凉，叫她整个人都傻在了原地。

和叶锦黛相比，岑鲸的反应堪称平静，就好像自己不是杀了人，而是随手切了个瓜，还起身找到了密道的入口，支使柳轩易翻开地砖，催促众人快些进去，书阁要塌了。

之后柳轩易在密道中回想起岑鲸杀人的一幕，发现她没有一个动作是浪费的——在没有武器的情况下，夺对方的刀确实就是最好的选择，如果是他，要力气有力气，要内力有内力，别说硬拗对方的手，直接把刀夺到自己手里都行，可岑鲸手无缚鸡之力，所以她没有夺刀，因为她清楚自己夺不下来，于是她一掌劈向黑衣人的手肘关节，那是个薄弱处，就算有所防备也会扛不住那一瞬间的力道。如果他没猜错，岑鲸本来是想砍黑衣人的脖子。可惜就算用了两只手，岑鲸的力气还是不够，速度也不够快，刀刃扭到黑衣人耳边时，黑衣人就要反应过来了，岑鲸见状一不做二不休，直接砍向对方的脑袋。

这样的意识和瞬间判断，不像是养在深闺里的寻常女子，更像一个被废了内力和手脚，却还保留着多年实战经验和武学意识的绝世高手。所以柳轩易说，在场所有人里头，最不用担心的就是岑鲸。更何况这一路走来，岑鲸对密道内的机关了如指掌，显然这人进密道就跟回自己家一样，根本不用替她操心。

柳轩易的话也让叶锦黛想起了岑鲸在火场里杀人的一幕。她忍不住抬手把已经擦过的脸又擦了几下，要不是刚才已经在密道里吐过，她怕是要再吐一回。可即便如此，她还是趴到井边，去帮井底的岑鲸上来。

如果说目睹岑鲸杀人后，她的本能反应就是害怕和畏惧，那么徒步从密道入口走到出口这段时间足够她冷静下来，选择她真正想要表达的态度——就算害怕，她也不会因此排斥岑鲸。岑鲸跑进火海是来救她们的，更何况当时的情景，岑鲸要不那么做，死的可就是她自己了，为自保而杀人，有何不可？

井底，岑鲸还在想要怎么上去。

就像柳轩易想的那样，岑鲸能反杀，全靠多年来累积的经验，以及身体分泌的肾上腺素。当初驸马的爹传功给她，她空有浩瀚的内力却没有相应的经验和意识，就像个拿着枪却不知道怎么用准星瞄准敌人的娃娃，经常被强大的后坐力伤到未经历练的脆弱身躯，无效的损耗也非常大。后来花了整整五年，她才彻底掌握那份不属于自己的内力，将其淬入骨血，并在之后积累下无数的经验。

可惜拥有了经验和意识后，她的内力又没了。此刻她站在井底，一只手因为用力过猛又疼又无力，抖得像是得了帕金森病，另一只手拿着东西，也腾不开。

最后岑鲸在叶锦黛和女先生以及一位仆妇的帮助下，从井底爬了出来。

叶锦黛注意到岑鲸的一只手里攥了个东西，就问："你拿着什么？"

"嗯？哦，这个啊——"岑鲸抬起手，说，"一个球。"

叶锦黛凑过去看，就见岑鲸手里握着一颗被烧得半焦的木球，这才想起岑鲸杀人后确实是从地上捡起了什么，原来是这颗球啊。

她记得这颗球，岑鲸时常把它挂在腰间随身携带，可见这颗球对岑鲸而言并不是一件普通的配饰。但为了救她们，这颗木球滚进火里被烧得半焦，原本装球的串珠络子也被烧没了……叶锦黛在自己身上摸了摸，摸出个不大好看的荷包，这是她亲手做的，因为不擅长针线，本该秀气小巧的荷包硬生生被她做得像个小

麻袋。她把荷包里头的零碎倒出来塞给柳轩易，然后把荷包递给岑鲸，说："拿这个装吧。"

木球握在手里不方便，用荷包装上，再将束口的绳子套到手腕，倒是正好。

"谢谢。"岑鲸装好木球，对叶锦黛道了声谢。

叶锦黛："客气什么。"

一旁的柳轩易把叶锦黛塞给他的零碎揣进袖子，突然听到什么，说："有人来了。"

话说完没多久，众人果然听见了马蹄疾驰的声音，原本还高高兴兴庆祝劫后余生的人们渐渐息了声，远远看见三个打扮利落的男人骑着马朝他们靠近。

一时间，众人又紧张起来，唯恐来者不善。

幸好那三人下马后向岑鲸行礼，岑鲸也解释这是相府的护卫，众人这才放下心。

之后岑鲸又通过询问得知，被困书阁二楼的学生已尽数救下，他们中也只伤了两人，另有一人与他们分头前往御农坛将此事禀报燕兰庭，所以来的就他们仨。

有姑娘看那三个护卫只骑来三匹马，没有马车之类的代步工具，问岑鲸："我们要怎么回去啊？"

亲手设计密道的岑鲸回忆了一下，问："这附近是不是有一处庄子？"

暗卫："有，是夫人您的庄子，就在前面不远处。"

岑鲸当年在密道附近置了座庄子，她死后萧卿颜又花了几年时间把她名下除相府以外的房产都一一寻了回来，并在知晓岑鲸的身份后把那些房产的地契还给了她，其中自然包括那座庄子。

"我们先去那儿歇脚，再派庄子上的人回城报信，你们看行吗？"岑鲸问。

虽然岑鲸刚在火场杀了人，身上脸上还带着骇人的血迹，但不能否认也是岑鲸救了她们，岑鲸方才与护卫的对话她们也都听到了，知道她还让相府的护卫救了被困在书阁二楼的人，这些足够让她们对岑鲸放松警惕，故而众人没有异议，去了附近的庄子上休息，等家里人来接自己。

庄子上的管事从未如此忙碌过，一面派出人手进城去书院报信，一面喊人烧水备食、整理出房间给众人歇息，生怕怠慢了夫人和诸位贵客。

所幸大家都累极了，并不在意庄子条件不好、房间不够，有的甚至因为害怕不想一个人待着，愿意和其他几个人一同待在一间屋里，倒是给庄子上的人省了不少事儿。

岑鲸满身的血和灰，衣服还是半湿的，就开口跟庄子上的人借了身衣服。燕兰庭闻讯赶来时，她已经洗完澡，换上了管事娘子从她女儿那儿拿来的衣裙。

小姑娘嘛，衣裙难免粉嫩娇俏，且还是过年那会儿置备的新衣，自然比平时的衣服更花哨些。岑鲸擦着头发，心想穿这身衣服不梳个未出阁的少女发式未免可惜，正要问管事娘子能不能替她梳个头，就见燕兰庭推门而入，吓了本就紧张的管事娘子一跳。

管事娘子没见过燕兰庭，却也明白自家男人不会无端放一个陌生男子进夫人屋，果然下一刻就看见夫人不紧不慢地站起身，对那男子道："我没事。"

那男子浑然不顾屋里还有其他人，大步迈进来，伸出双臂，将岑鲸一把抱进怀里。

管事娘子见状，明白这男子便是"老爷"，赶紧低头退出去，还机敏地候在门口守着，拦下了几个来找她家夫人的学生。

屋里，岑鲸被燕兰庭抱着，心里发愁。

燕兰庭有个毛病，时常为岑鲸的事情睡不好，最难搞的政敌和麻烦都没有岑鲸的安危来得让他上心。哪怕是出门遇到刺客，被刺客逼到跟前，或严重些伤了哪儿，燕兰庭都能跟个没事儿人一样安然入寝，唯独碰到跟岑鲸有关的事情，他总是会挂心到睡不着。像去年岑鲸险些没命，燕兰庭就是夜夜噩梦，岑鲸花了好长时间安抚，加上沈霖音开的安神汤，才让他逐渐恢复正常睡眠。今天这一遭过后，燕兰庭怕是又要睡不安稳，也不知道年前找沈霖音开的安神药还有没有剩的。

岑鲸想着，忽然听到燕兰庭对她说："下回不许这样了。"

光听这声音，岑鲸便揪起了心，她扒拉着让燕兰庭松开自己，分开一点点距离后用双手捧住了他的脸，看着燕兰庭那副令她心疼的表情，哄道："以后肯定不这样了，我保证。"

燕兰庭看着她，难过的表情没有变，但眼神就像在看大猪蹄子，显然一点儿也不信岑鲸的承诺。他太了解岑鲸了，今天这样的事情如果再发生一遍，她恐怕还是会冲入火海，去救那些因为她而身陷险境的无辜人。因为她就是这般品性。

第十三章

尘埃落定

CHEN AI LUO DING

他爱她这样的勇敢和担当，却也比谁都害怕因此失去她。

岑鲸也知道江山易改本性难移，只好改口："这次是我疏忽，没下回了，以后别说什么火场救人，我保证连火都不让烧起来，好不好？"

这次确实是岑鲸疏忽，以为安如素可疑，就跟着安如素去了明德楼，谁承想误打误撞，反而逃离了火场。她要是没有判断失误，好好地留在书阁内，有暗卫在书阁内外看着，那么早在书阁一楼的门窗被人从外面锁上时就能打破萧睿的计划，何须等到大火烧起来？

这话燕兰庭倒是信，还顺着岑鲸的力道低下头，被她按着脖颈亲了两口。

"你们要腻歪到什么时候？"

不耐烦的声音从门口传来，带着满满的火药味。

岑鲸越过燕兰庭探出头，发现自家弟弟不知何时赶走了管事娘子，正黑着一张脸看着搂搂抱抱的他们，一只手还搭在腰间的长刀上，一副想砍人的模样。

无论是禁军还是城外驻军，都无法跟武家军抗衡，且他们还要防着萧闵之流暗中作乱，故而禁军必须留守皇城，绝不能动。剩下一个城外驻军，怕是连给武家军塞牙缝都不够。所以早在得知萧睿的计划时，他们就决定让岑奕和他的虎啸营偷偷回京，埋伏在御农坛附近，好在春耕节这天先下手为强，暗中制住武家军。至于萧睿……罗大夫会改换萧睿今日的药，让他在百官面前倒下。

所有计划岑鲸都知情，所以她并不意外会在这里看到岑奕，还问："御农坛那边……"

岑奕："早就处理好了。"

岑鲸"唔"了一声，没再追问。

燕兰庭能看出，岑鲸一直以来都在刻意回避有关"如何杀萧睿才能让局面最快稳住"的话题。按照他对岑鲸的体贴，此刻应该顺着她的回避态度，不再提有关萧睿的事。可他非但没有转移话题，还一反常态，主动问岑鲸："你要去看看吗？"

岑奕迈进屋，语气恶劣："将死之人有什么好看的？"

当年岑吞舟一脉牵扯太多，萧睿只能偷偷地杀，杀完对外宣称是刺客所为。岑奕信了。可这并不妨碍萧睿忌惮岑奕，借燕兰庭的手把岑奕弄去边境。也因为岑奕不在京中，萧闵难以接触到他，也就没办法让他知道岑吞舟死亡的真相，利用他弄死萧睿，所以直到收到燕兰庭的信，岑奕才知晓自己的兄长是被萧睿亲手杀害。否则以岑奕的脾气，他若早就知情，他的复仇行为只会比陵阳县主更加激烈，又怎么可能等到现在？

岑奕乍然得知真相，发现杀害岑吞舟的凶手不是他把京城翻过来都没找到的刺客，而是皇帝萧睿，且他还被骗了这么多年，心头的愤怒和恨根本无人可以体会，这也就导致岑奕回京后脾气差得不行，见着岑鲸也没好脸色。

岑鲸对燕兰庭和对岑奕是两个态度——丈夫可以宠着哄着，弟弟还是得以教育为主，所以她半点儿没有要安慰暴躁弟弟的意思，让他自己学着消化情绪，还认真考虑了燕兰庭的提议。

要去看看萧睿吗？按照萧卿颜与燕兰庭的计划，这或许是他们俩最后一次见面的机会。可岑鲸并没什么话想对萧睿说，他们之间的矛盾无法用言语阐明，也说不清到底谁对谁错。

萧睿是亲手杀了她，但那正是她当时所求的结局，所以她并不恨萧睿，甚至感到有些抱歉，因为是她先放弃了这段友谊。后来得知自己的死让萧卿颜和燕兰庭都站到了萧睿的对立面，岑鲸心中的愧疚越发深重，因为她知道自己要是肯好好做萧睿的臣子，辅佐他，帮助他，一切未必会是现在的模样。她也不用辜负自己的老师，不用让萧卿颜同自己决裂，还能好好处理自己和岑奕的关系，尝试去追小自己十几岁的燕兰庭。

一切本可以走向圆满，如果她只是岑吞舟的话。

偏偏她还是她爸妈和姐姐的贝贝，是反派系统的宿主。

反派系统败给了自己出生的意义，她也选择了自己穿越的初衷。世事难两全，这个简单的道理，岑鲸用了二十多年去体会。

去见他没有任何意义，哪怕是去和他说声对不起，也会在他濒死的局面下让这声道歉显得虚伪滑稽。

所以，她并不想去见萧睿。

燕兰庭从岑鲸这里得到了答案，便准备带岑鲸回城——虽然岑鲸说自己没受伤，可毕竟是从火场里出来的，必然吸入了烟尘，怎么也得找沈霖音给她看看。

就在他们从御农坛弄来马车要离开庄子的时候，岑鲸被人给叫住了。

第十三章 尘埃落定

叫住她的，是一位身穿官服的女子。

萧睿当众倒下后，保皇党一派生怕是燕兰庭和萧卿颜下的手，用尽浑身解数把两人拦在外头，不让他们靠近殿内正在接受治疗的萧睿。后来见燕兰庭从御农坛离开，他们还很多疑地问他要去哪儿。燕兰庭不仅把书阁失火的事说了，还把密道的事情也说了，因此和燕兰庭一同来的，除了暗中跟随的岑奕，还有几位怀疑燕兰庭另有图谋的大臣。结果来了他们才发现燕兰庭说的都是真的，还有一位大臣甚至见到了自己的女儿。

庄子上没有马车，燕兰庭又是骑马赶来的，所以燕兰庭叫人回御农坛弄马车的时候，顺便还让人给那些姑娘的家人或亲戚递了消息。不过御农坛离庄子近，迟迟等不到城里来人的姑娘们看到他们直接就哭了，还有一个姑娘见到的是在朝为官的姑姑，因没有性别为阻，直接扑进她怀里，哭得那叫一个声嘶力竭，把被困火场差点儿被烧死的恐惧一股脑地发泄了出来。

在庄子门口叫住岑鲸的，便是这位女官。她带着刚刚哭过的侄女走上前来，十分郑重地跟岑鲸道谢。

岑鲸也不避讳，直言道："这场火本就是冲我来的，所以这声谢还是免了吧。"

那女官愣住，诧异于岑鲸如此直白，也震惊纵火之人是不是疯了，居然为了杀一个人而叫这么多无辜的人给岑鲸陪葬。

之后两人又说了几句话，女官隐晦地询问此内情是否需要隐瞒，岑鲸表示不用，毕竟这是事实，总不好叫无辜之人白白被她牵连，还反过来感谢她吧。

女官早前就听过岑鲸的名讳，本并不在意，如今见她行事，发觉她是个磊落之人，明明可以用今日之事让一众得救的姑娘，乃至这些姑娘背后的家族欠她人情，可她却说出了真相，此等人品，很难不令人想与之结交。

然而女官不知岑鲸磊落的皮囊下藏着岑吞舟那副善于算计的心肠，言明真相只为让众人在最后反应过来是萧睿要杀她，也是萧睿不顾无辜之人的性命，授意顾掌教在书阁纵火，由此扯出保皇党顾家，提前为萧卿颜日后登基扫除一些反对的声音。

马车走起来后，岑鲸掀起车帷往外看了眼，本意是想再看看从庄子这边能否瞧见那口枯井，却正好望见还在庄子门口的女官和她家侄女。姑侄俩似乎是说了什么，做姑姑的抬手在小姑娘额头上弹了个脑瓜崩。

岑鲸愣了一下，蓦地想起自己与太子作对那会儿，为了让萧睿学机灵点儿，别在所有人都躲着自己的时候往她跟前凑，故意弹萧睿脑瓜崩，见一次弹一次，硬生生把人给弹恼了，再不肯理自己。

萧睿当时还是个耿直又鲁莽的青年，他一手捂着自己被弹红的额头，一手指着岑吞舟，气得脸红脖子粗："好！岑吞舟你好样的！让我离你远点儿是吧？行！你看我以后还管不管你！"

狠话撂得有模有样，可当岑吞舟为恭王妃奔走，他在外喝酒听见有人嘴里不干不净造谣岑吞舟与恭王妃有私情时，他想都没想抡起酒壶就把那人的头给砸了。后来岑吞舟被陷害入狱，他也曾为她到处求过人……

视野里已不见那对姑侄，也不见那座庄子，岑鲸放下车帷，发了会儿呆，转头对燕兰庭说："去……去御农坛吧。"

保皇党一派的大臣不知道，在殿内给萧睿治疗的罗大夫和随行御医乃至曲公公，都是燕兰庭的人。至于武德司，早早就被他们控制了起来。所以他们把萧卿颜和燕兰庭拦在外头根本一点儿用都没有。只要燕兰庭和萧卿颜想，随时都能进来，还不会被他们发现。

岑鲸让岑奕留在外头，戴着帷帽跟燕兰庭一块进入殿内。

曲公公看见他们，上前给燕兰庭请了安，也没问被燕兰庭带进来的人是谁，非常知趣。

燕兰庭询问萧睿的情况，一旁的罗大夫上前回道："再过一会儿就……就没气了，眼下是他精神头最好的时候，能发声说话，但声音不大，你……你要不想听，我能施针让他安静下来。"

罗大夫还是那副胆小社恐的模样，恨不得能快点儿结束这一切，就算不能回陵阳县主府，能回燕兰庭给他安排的住处也是好的。

燕兰庭看向岑鲸。

岑鲸："不必施针。"

声音让曲公公和罗大夫觉得耳熟，却一时想不起来在哪儿听过。

岑鲸和燕兰庭能随意进来，曲公公和大夫们却不能随意出去，岑鲸也不在意，就这么走到了御榻旁。

正如罗大夫所说，萧睿眼下的精神特别好，眼睛睁得很大，死死地盯着床顶，嘴里念念有词不知道在说什么，可人却起不来，只能在床上躺着，一动不能动。这是罗大夫制的毒药，能让人死后查不出真正的死因，天王老子来也只能说萧睿是死于急症，是天要收人，而非被谁蓄意谋害。

岑鲸在一旁站了片刻，终于抬手取下了头上的帷帽。

角落里的曲公公和御医们发现来的是岑鲸，面露诧异之色，想起京中的传闻，表情更是变得奇怪。

和他们相比，萧睿的反应就要激烈许多，他起初并未看向岑鲸，直到岑鲸在床边坐下，他几乎突出眼眶的眼球转动着，视线落在了岑鲸那张脸上。看清岑鲸那张脸的下一瞬，他变得激动起来，呼吸一下快过一下，说出的话语也一下就变得清晰起来——

"岑吞舟！"

"岑吞舟！！！"

嘶哑微弱的声音像是用尽了全身的力气，可还是没法传出太远，更不可能让屋外守着的大臣们听见。

看着这样的萧睿，岑鲸陷入沉默。直到他不再重复岑吞舟的名字，而是在岑吞舟的名字后面加上了满怀恨意的诅咒："岑吞舟，你该死！你该死！"

燕兰庭听着不舒服，正要做什么，空气中响起了岑鲸的声音。她说："嗯。"

这一声不重，却叫曲公公和一众御医内心悸动。

燕兰庭则握住了岑鲸的一只手，似是无法接受她对这句话的应答。

不知道是不是因为岑鲸的反应，萧睿稍微冷静了下来。托罗大夫的福，他这几个月休养得不错，脸颊上长了肉，眼睛下面的乌青也不那么明显，很有当初的模样。可惜样貌再像，他们也回不到当初。

"岑吞舟……"冷静下来的萧睿缓缓喘着气，眼睛死死地瞪着岑鲸。

他如今难以细细思考，但有个念头，有一句话，自从凤仪宫大火、沈霖音葬身火海后，他不止一次地想过，也不止一次在自言自语时说过，因此那念头和那话在他的脑海里根深蒂固，不需要思考便可脱口而出——

"你若能死在牢里，该多好。"

那年，岑吞舟为了不让恭王妃远嫁和亲费尽心机，却被太子冤枉入了狱，险些死在牢里。萧睿想救岑吞舟，却发现自己看似光鲜，实则无能至极，因为他没有实权，所以他连自己的朋友都救不了。也是在这之后，他开始想要权力，想要抢本该属于太子的东西。

他的野心和欲望，始于对友人落难自己却无能为力的痛恨。

可在获得权力后，他又亲手杀了他的挚友，甚至回忆起初衷，也是恨不得岑吞舟能死在牢里。

"你当初，就该死在牢里……"

这样的话，我就是再愤懑不甘，也没人能替我扳倒太子，我永远都是诚王，就算得不到这至高无上的位置，至少我还有霖音，做个闲散王爷，过着闲散的日子。

萧睿在生命的最后一刻陷入了自己的幻想。他看到自己与沈霖音在昔日的诚王府里斗嘴吵架，最后他吵赢了，却也惹怒了心爱之人，为此他专程出了趟门，带回来一盒口脂，给心爱的妻子赔罪……

萧睿沉溺在美好的幻想中，嘴角微微翘起，瞳孔逐渐散大。

"叮！皇帝萧睿好感值清零。"

今天的天气当真很好。

炙热的阳光熨烫着微凉的春风，空气中弥漫着用言语无法形容的清新与泥土的芬芳，是个外出踏青放风筝的好时节。

唯一的不足，便是御农坛的殿外隐约还能听到大臣们低声的议论与不安的脚步声，与殿内落针可闻的寂静形成了鲜明的对比，既让人觉得嘈杂烦乱，又能感受到沉闷的压抑。

曾经萧睿亲手杀了岑吞舟，看着她闭上眼睛，现如今岑鲸看着萧睿死去，抬手替他合上那双到死都没闭上的眼睛，彻底结束两人之间纠缠多年的情谊与仇恨。

岑鲸从床边站起身，对拉着自己手的燕兰庭说："回去吧。"

燕兰庭垂着眸，似是不敢对上岑鲸的眼，颔首道："好。"

燕兰庭带着岑鲸离开了御农坛,本想护送他们回去的岑奕被岑鲸勒令继续在御农坛待着,听候萧卿颜差遣,因此最后只有他们夫妻两人坐上了回城的马车。

马车上,岑鲸靠着燕兰庭闭眼假寐,脑子里不停地回想着这一天发生的一切,从书阁着火到入火场救人,再到逃出火场来到城外,去见萧睿最后一面……

等等!

岑鲸蓦地忆起,问她要不要去见萧睿最后一面的不是别人,是燕兰庭。

这本没什么,岑鲸就是奇怪,凭借他们两人对对方的了解,燕兰庭不该察觉不出她对有关萧睿之事的回避态度,为什么还要问她去不去见萧睿?是巧合吗?还是单纯地说错了话?

岑鲸疑惑地睁开眼,扭头望向被自己当肉垫靠着的燕兰庭,结果这一扭头就看到了燕兰庭脸上来不及收起的阴郁神态。

唔?

岑鲸讶异的同时,燕兰庭也飞快地收起了自己的表情,眨巴眨巴眼,那张冰冷的面孔上流露出几分欲盖弥彰的无辜与懵懂。

岑鲸和燕兰庭就这么突如其来地对望了片刻,之后岑鲸说:"别让我问。"

燕兰庭下意识地转开了眼,又转回来看着岑鲸:"问什么?"

岑鲸抬起一只手,抚上燕兰庭的脸颊:"你不对劲。"

燕兰庭按住岑鲸那只手,转过脸亲了一下她的手心,否认:"我没有。"

岑鲸哪里会信,但既然燕兰庭不想说,她也不会勉强。岑鲸收回自己的手,以刚才的姿势继续歇着。

不勉强归不勉强,那是她对燕兰庭的尊重和信任,是出于理智的决定,但从感情上来讲,燕兰庭有事情瞒着她,被追问了都不肯说,岑鲸心里必然是不高兴的。她按捺着心头的不悦,因为经验不足,不擅长处理感情方面的问题,罕见地陷入了不知如何是好的境地。

幸好经验不足的不止她一个,燕兰庭何尝不是这辈子就喜欢过她一个人,从少年时期的初遇到后来入仕,外放回京那年他正好二十岁,即便父母不在,也有叔伯婶娘替他张罗,本该定下一门亲事成家才对。可也就是在那一年,他喜欢上了那个醉酒望月的背影,喜欢上了那个永远走在他前面的人,起了想要追赶对方、与那人并肩的心思。

虽然当时的燕兰庭并没有清晰地意识到自己对岑吞舟的感情具体代表什么，却还是下意识地排斥起了家中长辈要为自己安排婚事的行为。当时的他不曾发现自己不愿成家的真实原因，旁人也没有发现，就以为他是性子古怪，或有什么难言之隐。直到再遇岑鲸，他才终于尝到了情爱的滋味，可惜笨拙得很，许多话都只敢藏在心里，全然不见半点儿平日行事该有的杀伐果断。

他对岑鲸否认了自己的异样，转头又开始后悔，心想自己应该承认，免得叫岑鲸心里不痛快，也能为自己过去这些日子以来的困惑寻求一个解答。于是他缓缓调整了姿势，斟酌着轻声唤道："吞舟。"

岑鲸："嗯？"

燕兰庭："你……你女扮男装那些年，有没有喜欢过谁？"

岑鲸又一次扭头看向燕兰庭，沉默地对视后承认："有。"

燕兰庭对这个回答并不意外，似乎他的这个问题仅仅是为了引出下一个提问："所以，你当初甘愿去死，也是为了那人吗？"

他的声音很轻，轻到岑鲸险些以为自己听错了，有些蒙："什么？"为了谁甘愿去死？燕兰庭吗？什么时候的事情？她怎么不知道？

微微晃动的车里，岑鲸慢慢反应过来，燕兰庭口中的"那人"好像不是他自己。她整理了一下两人牛头不对马嘴的对话，试探着问："你以为我之前喜欢过谁？"

岑鲸的反应让燕兰庭隐隐意识到自己可能误会了什么，他抿了抿唇，回答的语气中透出一丝动摇和不确定："萧睿？"

岑鲸："……"

托燕兰庭的福，岑鲸心底那自萧睿死后便挥之不去的惆怅在这一刻多多少少得到了排解。她甚至都不太明白，燕兰庭是什么时候，又是怎么得出的这个结论。

她一脸严肃地按住燕兰庭的肩膀，让对方在摇晃的车里挪了个位置，坐到了碰不到自己的侧边。等燕兰庭坐好，她也端正了自己的坐姿，开始细细审问燕兰庭，最后终于弄清楚了这个误会的来龙去脉。

早在白家乔迁那日，燕兰庭就说过自己知道岑吞舟当初会死并不全是因为萧睿设计，而是她本就有心求死。燕兰庭还说过"我不追问你当初为何一心赴死，

反正你也不会说"。后来他确实没有追问过岑鲸,直到他发现在他和萧卿颜商议算计萧睿之时,岑鲸总是沉默不语,也不过多参与相关的话题。

燕兰庭起初并未多想,只是在某一天忽然有了这样的猜测:岑吞舟甘愿死在萧睿手中,是不是因为她曾喜欢过萧睿?

他知道自己的猜测有些不理智,可萧睿与岑吞舟认识时还没沈霖音,且两人曾经的关系也确实好得令他嫉妒,于是他越想便越无法摆脱这个猜测给他带来的影响,甚至恶毒到主动问岑鲸,要不要在萧睿死前最后再见他一面。

他明明知道岑鲸在回避,却还是那么问了,只为让岑鲸看看萧睿死前最不堪的一面。可等岑鲸与萧睿见过,他又有些后悔,怕萧睿死前的话会让岑鲸难过。他不想让岑鲸难过,更不想让岑鲸为萧睿难过。

纠结拉扯的情绪终于让他在岑鲸面前露了马脚,也让他决定询问岑鲸,验证自己的猜测。

岑鲸大为震撼,没想到在她不知道的时候,燕兰庭居然给自己脑补了一出相爱相杀虐恋情深的大戏,男主角还不是他。

因为太过出乎意料,她忍不住皮了一下:"你……你有没有听过这么一句话,叫'活人是永远争不过死人的'?"

燕兰庭愣住,脸色果然变得很糟糕,但又很快缓和了下来,因为岑鲸接着说了一句:"你没有,你想的是'曾经喜欢过又如何,最后还不是死了'。"

燕兰庭听出了岑鲸话语中的不正经,明白她是在笑话他——若当真是曾经爱而不得的心上人,应该不会这般提及吧?

岑鲸见他还在犹疑,不逗他了,认认真真同他说:"我女扮男装那些年确实是有过喜欢的人,不过那人不是萧睿。"

燕兰庭越发坐直了身子,竖起耳朵听岑鲸接下来的话,却见她定定地看着自己,说:"是你。"

燕兰庭整个人傻在原地。

岑鲸估摸他得缓上半天,索性揣上袖子闭上眼继续休息,给他缓冲的时间。

燕兰庭傻愣愣地看着岑鲸,终于想起两人互诉衷肠之时,曾问过对方是什么时候喜欢上自己的。他怕岑鲸知道后会觉得自己这份喜欢过于沉重,因此撒谎说自己是在她月华寺遇险后突然明白了自己的心意。岑鲸则没有回答这个问题，所以燕兰庭一直都不知道答案。现在他知道了，原来岑鲸早在还是岑吞舟时便喜欢过自己。

燕兰庭心中有无措，有欣喜，还有些……心疼。

原来她在那时就喜欢自己了，那么七年前的上元节，知道自己死期将至，还让萧卿颜帮忙善后的她，究竟是怀着怎样的情绪与他相顾无言，又是如何看着他走，还在他回头的时候朝他挥手的？

不能细想的过往带着丝丝缕缕的酸涩爬上燕兰庭的心头。燕兰庭悄悄挪回到岑鲸身边，先是一只手小心翼翼地横过她的后腰，落在另一边的腰际，把人往自己怀里带，接着另一只手搭上岑鲸的臂弯，顺着小臂一点点往前，探进袖口，握住了那只揣进袖子里的手。

岑鲸顺着燕兰庭的力道靠进他怀里，睁开眼，微不可闻地松了口气——还好燕兰庭没问自己为什么喜欢他却不说，还要一意孤行去赴死，这个她真解释不了。不过……岑鲸转念一想，燕兰庭那会儿还没喜欢上自己，应该不会想到要问这样的问题吧？

马车赶在宵禁之前回到城中，在相府门口停下。

两人刚下车，还未来得及多说一句，便有管事跑来，告诉二人"陈大夫"在下午的时候突然发作，应当是要生了。

在这个医疗技术不发达的时代，生子如走鬼门关，哪怕岑鲸早早就为沈霖音寻了擅长接生的大夫和接生婆，让他们住进相府以防万一，也难说会不会再出什么意外，于是她丢下燕兰庭去了沈霖音所在的院子。

正巧燕兰庭这边也收到消息，说有大臣偷偷派人从御农坛递消息回城给几位亲王和郡王。他们有的是萧睿的表兄弟，有的是萧睿的亲侄子，不出意外，今夜怕是会有动乱。对此，燕兰庭早有准备，他拨了一部分骁卫守着相府，又拿出萧卿颜提前给他写好的手令，派人调遣城外驻军，只等动乱一起，驻军便可立即入城平乱。

这一夜注定没人能睡得安稳。

前半夜忽地兵戈四起，明明是宵禁时分，却有好些大臣家里的门被人敲响，

表面说是恭请,实际和绑人差不多,要把那些身在城外还未归家的大臣们的家眷都带走。宫城西南侧的九仙门亦是被人里应外合给打开了,有两处王府的府兵要入内主事。

幸而混乱没有持续多久,很快,入城的驻军平定了各处的骚乱,被强行带出家门的家眷们也被一一护送回府,闯入宫门的府兵更是被早有准备的禁军镇压。

后半夜,整个京城一片寂静,哪怕是夜里向来热闹的明善坊,也在前半夜的骚乱中没了声儿。

不安和恐惧如同夜色,静悄悄地笼罩在京城上空。

另一边,岑鲸守了沈霖音一夜。虽然她不会医术,也不如接生婆和相府的丫鬟、嬷嬷们话多,能给沈霖音打气鼓劲儿,可沈霖音从见到岑鲸起就拽住了她的衣袖,仿佛岑鲸那张脸抵得上旁人百八十句的鼓励。

就这般折腾了一夜,东方露出第一缕微光之时,房内响起了婴孩嘹亮的哭声。

接生婆擦干净婴儿,用襁褓包好,也不知道怎么想的,不往沈霖音那儿递,居然往岑鲸怀里送。

岑鲸吓坏了。她抱过最小的孩子就是她师兄的儿子,八个月大,手脚有力,踹人可疼,哪里抱过刚出生的孩子。那小小软软的一团,对她而言可比什么都吓人,吓得她举起双手摆出了投降的姿势,连声让接生婆把孩子给人亲妈,别给她。

沈霖音明明一点儿力气没有,虚弱得闭眼就能昏睡过去,却还是让岑鲸如临大敌的模样给逗笑了,之后看见被递到枕边的孩子,她脸上笑容越发灿烂,眼里却默默落下了泪。

这是她的孩子,也是一个新的开始。

最后沈霖音还是撑不住昏睡过去,大夫说她是太过劳累虚弱,没什么大碍。

岑鲸让府里的人照顾好她和孩子,就从房里出来,准备去洗个澡睡一觉。她太久没熬夜了,还是熬通宵,哪怕她现在身体健康,也还是有些不大好受,总有种昨天一天还没过完的错觉。

待她泡进浴桶,挽霜在一旁收拾好她换下的衣服,转身准备离开。

岑鲸瞄了眼被挽霜拿起的衣裙,想起这是从庄子上借来的,就要同挽霜交代一句,让她派人去趟庄子,给人赔一身衣裳。她叫住挽霜,挽霜回过身的同时,有什么从衣服间落下，"咚"的一声闷响，震得岑鲸心神大乱。因为她听到这声儿才想起来，她那个装木球的小荷包在换下的衣服里头。挽霜估计是没细看，拿的时候荷包夹在了衣服里，这才一转身从衣服里头掉了出来。

岑鲸扒着浴桶边沿，让挽霜把掉落的小荷包拿来给自己。

挽霜看岑鲸神态紧张，赶紧就捡起来递给了她。

岑鲸接过荷包时便预感不妙，隔着荷包摸了下里头，果真摸到那半烧焦的木球被摔裂开了。她心想，这小木球也太惨了些，又是被火烧又是被摔，也不晓得里头的东西有没有被摔坏。

岑鲸拉开束口，伸手到里头想把木球的碎片和藏在木球里头的东西都拿出来。她怕藏的是书信，还特地将手擦干了才去拿，结果入手冰凉，是金属的触感，且这个弧度……岑鲸愣住，仔仔细细把那东西整个摸了一遍，最后不敢相信地用手指将那东西从小荷包里钩了出来。

脱离了黑黢黢的小荷包内部，一枚明亮的金色戒指，就这么出现在岑鲸眼前。

这是一枚样式很简单的金戒指，两端连接处是两片银杏叶，叶子上的纹路细致清晰栩栩如生，此外再无半点儿多余的点缀。

岑鲸记得，这个世界暂时还没有"戒指"这个词，最常用的称呼是"指环"，往前推几个朝代，也有"约指"之类的叫法。现如今的指环多用于手部装饰，也有人会用绦带系了挂在腰间，或佩戴在大拇指上，以防拉弓射箭时伤到手指。

当年岑吞舟跟岑奕说不同的手指佩戴指环有不同的含义，还说男子送女子指环有求娶的意思，这话前半部分是直接套用了现代的说法，后半部分却是真的在某本写别国风俗的书上看到过，之后燕兰庭来跟她借这本书，她也给了。那会儿的她可没想过，有朝一日会收到燕兰庭送她的指环，还是藏在一颗木球里送的。

突如其来的惊喜冲散了通宵未眠的疲惫。

岑鲸让挽霜下去忙，自己拿着戒指泡在热气腾腾的洗澡水里，回忆起了燕兰庭送自己那颗木球的时间。

她记得是在白家乔迁那日，江袖送了她泡脚的药方子，燕兰庭送了她这颗木球。那时是……六月二十，距离她进京也就才过去四个半月，而燕兰庭是在同年三月末识破她身份的。

那会儿燕兰庭就喜欢她了？既然如此，为什么要骗她说是在月华寺一事后才明白自己的心意，也不告诉她木球里藏了枚指环？这有什么不好说的吗？岑鲸感到困惑。

这会儿燕兰庭还没回家，她洗完澡穿上衣服，打算先睡一觉，有什么等燕兰庭回来再说。

然而就在睡前，岑鲸把木球的碎片从小荷包里倒出来看了一眼，想知道小木球内部的机关到底是什么样的，究竟是她不擅长空间想象和解谜，还是机关本身就很复杂。要是机关真的特别复杂，她一定要好好嘲笑燕兰庭一番，怎么能这么胆小，就不怕她这辈子都打不开这颗球吗？

可等她拿出木球碎片，自看到指环起就没散过的笑容逐渐消失在脸上——木球里面根本没有什么机关，只有一个放置指环的空腔，木球外面十字交错的细缝也是假的，是从外面画上去骗人的，因为木球内部根本就没有对应的切口，而她摇动木球听到的声音也和机关零件没关系，是指环在空腔内碰撞的声音。也就是说，除非毁了木球，否则她这辈子都别想通过解谜的方式打开它。

四

皇帝驾崩的消息终于传开。

梓宫虽然就在城外，但要迎回城内，还需要时间和人手。

燕兰庭在外忙碌，中午时分因为惦记岑鲸回了趟家，见岑鲸还在补觉，就把她叫起来一块吃了顿午饭。

饭后燕兰庭正要外出，岑鲸看外头天色不好，叮嘱了一句："把伞带上。"

燕兰庭："好。"

他整理好衣着，又听岑鲸说："你早前送我的那个机关木球好像被我弄丢了。"

燕兰庭手一顿，面上并未表露出什么特别的情绪，声音听起来也很随意："弄丢了？"

岑鲸正低头看林嬷嬷送来的单子——皇帝驾崩不是小事，百官都要去守灵，需要置备丧服不说，各家府上也得挂白绸和白灯笼，还有各种杂七杂八的安排。

岑鲸平时不怎么管家里头的杂事，但眼下燕兰庭抽不开身，林嬷嬷又不敢自己说了算，只好来问岑鲸的意思。她一边看单子，一边回道："嗯，大概是丢在书阁了吧。戴了这么久，突然弄不见了，我还挺不习惯的。"

燕兰庭："没事，我……我以后再给你做一个。"

岑鲸放下单子，一脸讶异地看向燕兰庭："那个木球是你自己做的？"

燕兰庭："……嗯。"

岑鲸笑着："那说好了，等得空，你再给我做一个。"

燕兰庭看着岑鲸的笑脸，面上也露出笑来："好。"

燕兰庭离开后，岑鲸屈起指节在桌上敲了两下，一暗卫从窗外跃入，听岑鲸差遣。

当初燕兰庭征询岑鲸的意见，往她身边安排人时就许诺过，那些人都会听从她的指令。岑鲸也没客气，吩咐道："看着你们家老爷，他若去书院，就来回我。"

暗卫领命离去。

岑鲸处理完家里的事情，又出门去找叶锦黛。

三百好感值到手，2700 要走了。但是没把 S975 弄走，2700 总觉得遗憾，于是就在岑鲸耳边催促她去找叶锦黛问问。

叶锦黛经过长时间的考虑，还是决定放弃 S975 这枚复活币。一是她相信自己要是遇到危险，柳轩易会保护自己；二是 S975 不甘心就这样认命，每天都会在叶锦黛脑子里说话，给她灌输不好的想法，怂恿她抛弃柳轩易去做任务，甚至还让她去坑岑鲸……早前叶锦黛还有信心不把 S975 的话当回事，但最近 S975 的话术越来越精进，她怕终有一天自己会被洗脑，所以还是决定让 S975 从自己身上剥离。

岑鲸来之前就做好了准备，带了一小瓶鸩酒。叶锦黛一咬牙一闭眼，顶着脑子里 S975 嘶吼漫骂的声音，把鸩酒灌进了自己嘴里。

之后发生的事情，让叶锦黛无比庆幸自己提早支走了柳轩易，因为实在太恐怖了，她的七窍开始流血，身体也越来越痛，最后是喉间涌出的血呛进了她的气管，让她在窒息的痛苦中失去了意识。醒来后，她发现自己好好地躺在床上，要不是衣服上还残留着血迹，她还以为刚刚经历的一切只是她做的一场噩梦。

岑鲸就坐在床边，手里拿着一册她前阵子刚买的话本在看。

叶锦黛的视线慢吞吞地越过岑鲸投向窗口，窗外天色阴沉，好像是……晚上？

岑鲸放下书，扶起懵懵懂懂的叶锦黛，告诉她："你差不多睡了一个半时辰……三个小时。比我当初醒得要快许多，大概是因为升级版的系统比我的老版系统要厉害些。"

2700在岑鲸耳边为自己说话："我慢不单单是因为我的能量槽比它小，还因为我接收到了来路不明的能量灌输！不然给我一天我就能让你醒过来！"

岑鲸假装自己没听到。

叶锦黛也没发现比起现代的"小时"，岑鲸更习惯古代的"大时"。她傻乎乎地算着时间，三个小时的话，应该才下午四点左右，怎么外面的天这么黑，是要下雨了吗？叶锦黛一边想着，一边借着岑鲸的力道坐起身，整个人还沉浸在失去意识前濒死的恐惧中，哪怕岑鲸耐心地同她说话，她还是有些蒙，整个人状态都很不好。

岑鲸知道濒死给叶锦黛带来的影响一时半会儿消除不了，便提议明天再来给叶锦黛剥离系统。

叶锦黛缓了片刻才听明白岑鲸的提议，用力摇头："不，现在就……就把它弄走，万一它提早醒了，我不想……不想再死一次。"她是真的怕了，也是这一次短暂而又真实的濒死经历让她忽然有了活在人世间的真实感，不再一味觉得自己是在一本虚构的小说里。

岑鲸按照叶锦黛的意愿，拿出那块用金子修补的石头，让2700替她弄走了她身体里的S975。

系统剥离之后，叶锦黛感觉世界变得好安静，没有系统在耳边絮絮叨叨，她听到的环境音都比以前要清晰动听。

屋外狂风大作，还有滴答滴答的轻响敲击在窗棂上，下雨了。

岑鲸离开叶锦黛家，乘坐马车回相府的路上，2700突然出声，对岑鲸说："那我走啦？"

闭目养神的岑鲸睁开眼，淡淡道："嗯，走吧。"

2700："我真的真的真的走啦！"

岑鲸："……请？"

2700小声嘟囔："你就没有一点儿不舍吗？"

岑鲸温和地笑了笑，给出的回答却分外残酷："没有。"

2700感到有些挫败。它说不清自己为什么会有这样的情绪，也不明白这样的情绪究竟有什么意义，明明它已经完成了任务，还把S975坑进了曾经困住自己的石头里。方才路过一处相府别院，岑鲸直接把石头埋进了别院的花园，以岑鲸的谨慎，恐怕直到她死，都不会让人挖出这块石头。能在这种情况下离开，不应该很高兴吗？到底有什么可感觉挫败的？

2700想不通，索性不想，磨磨蹭蹭一阵后才启动剥离程序，从岑鲸身上离开。

进度条一路走到最后，2700对岑鲸说："永别了，宿主。"

系统的声音戛然而止，就像看到一半的老式电视机突然被按掉了电源开关，在短促的一声"嗞"后，彻底安静。

马车还在雨中前行，岑鲸静静地坐着，忽有暗卫来报，说燕兰庭去了书院。

因为书阁大火，明德书院把西苑的学生都送了回去，说是要查明火灾起因，必然会有不少官府的人进出西苑，索性先停了西苑的课程。

没有女学生，燕兰庭轻易就进了西苑，来到了经历过大火的书阁前。

此时的火灾现场已经被清理干净，焦木碎瓦都堆放在一旁的空地上，灰烬也被扫到一处，剩下半座摇摇欲坠的书阁，他们计划等官府的人勘查完就推倒，方便在原本的位置上再重新建立一座新书阁。

另外，密道口的位置也被围了起来，有专人在这边轮流看守。

领着燕兰庭进书院的先生叫来看守，询问他从书阁内清理出的细小物件，像是掉落后没被烧干净的钗环配饰之类的东西，都放在何处。那看守说是放去了见微楼一层的一间课室里，于是那先生又带着燕兰庭去了见微楼。

"就是这儿了。"天色昏暗，那先生点了几盏烛火，方便燕兰庭找东西，还很殷勤地询问，"岑夫人在火场丢失的是何物？大人说一声，我也帮着一块找找。"

燕兰庭没让对方帮自己，说自己找就行。

那先生跟在燕兰庭后头，见他把几个圆环似的东西拿起来看了眼，确定不是

自己要找的，又放下。

找到最后，燕兰庭只找到一颗曾经串在络子上的紫色珠子。他擦干净珠子上的灰，虽然不愿，却也不得不承认，那枚指环怕是找不回来了。

也罢，许是这枚指环替岑鲸留在了火场，换了她的平安。

这样一想，燕兰庭心中的遗憾散去不少。

他在课室内找东西时，外头下起了雨，随行的先生说去给燕兰庭找把伞，便头也不回地跑进了雨里，然而直到燕兰庭确定找不回指环也没见人回来。

燕兰庭走出课室站在廊下，细细的雨丝随着风落在他脸上，他想起出门前岑鲸曾叮嘱过他带伞，他也记得自己身边的下人是带了伞的，不过落在了书院外的马车上，正想着是等那先生寻伞回来，还是让跟随他的暗卫去马车上拿伞，忽见雨中缓缓走来一道身影。等再靠近些，燕兰庭脸上浮现出一抹笑来。

"不是说了让你带伞吗？"

熟悉的声音穿过雨帘传入耳中，被训的燕兰庭笑容不减，也不顾雨水打湿衣袖，伸手把人拉到廊下，乖乖认错："忘车上了。"

"粗心。"岑鲸收起伞，抬手去拍燕兰庭袖子上的雨水，却被他一把握住了手。

燕兰庭心想自己的衣服湿了也就湿了，可别让雨水沾到岑鲸手上去，结果才一握住，就感觉触到了一个坚硬冰凉的东西。他低头，只见那枚找了多时的指环就这么静静地戴在岑鲸的无名指上，明亮的金色映衬着白皙纤长的手指，从两边的指缝中蜿蜒出两片精致小巧的银杏叶。

燕兰庭愣愣地抬头看向岑鲸，正对上她似笑非笑的眼。

他听见她说："再问你一次，你喜欢我多久了？"

半个时辰前。

"我有个问题，之前你拿刀架我脖子上威胁 S975 的时候我就想问了，但我不知道能不能问。"叶锦黛的声音伴随着淅淅沥沥的雨声，打断了岑鲸准备告辞的话语。

岑鲸重新坐下："问问看。"

叶锦黛整理了一下措辞，她一直觉得这个问题有点儿难以启齿，但在死过一次的恐惧面前，这样的难以启齿实在算不上什么，因此她终于把这个藏在心里的疑惑问出了口："你穿越前，是杀手吗？"

岑鲸歪了歪头，露出困惑的表情。

叶锦黛大胆假设，小心求证："就是类似'杀手王妃'那样的穿越小说，女主角穿越前是设定特别酷特别有名的杀手，穿越成古代社会身体不好的小可怜，别人都觉得她手无缚鸡之力，实际上她凶起来特别猛……"眼下她的精神状态实在不好，说着说着就放飞了自我，等回过神来，赶紧打住，"大概，就……就这样。"

岑鲸默然无语，她还想对方会不会看出她早已被这个世界同化，结果对方居然怀疑她穿越前是职业杀手，还把小说里的设定往她身上套，这可真是……岑鲸没忍住，转过脸笑了起来。

叶锦黛也知道自己的猜测有点儿不切实际，可这是她能想到的最合理的解释，不然哪个现代人能这么平静地伤人杀人？方才看她喝鸩酒时，岑鲸的眼睛都没眨一下，就好像她喝的不是会死人的毒药，而是酸梅汤一样。不过看岑鲸的反应，她也知道自己没猜对，脸颊不由得微微发烫："看来我猜错了。"

岑鲸笑着点了点头，说："嗯，猜错了。"

叶锦黛蹙着眉："那你到底是……"追问的话没说完，她顿了一下，又表示，"你不想说也没关系，我就是有点儿好奇，也不是非要知道答案。"

S975已经从叶锦黛身上剥离，岑鲸想不到继续隐瞒叶锦黛的理由，索性告诉她："我穿越过两次，第一次穿越时，我叫岑吞舟。"

岑鲸说得太过简短，导致叶锦黛根本没反应过来她这话的意思，直到把岑鲸的话在脑子里来回过了好几遍，她的嘴巴和眼睛随着信息的消化慢慢睁大，最后露出一副震惊的表情，傻愣愣地看着岑鲸——要不是外头的风雨声越来越大，她大概能愣上一整天。

等回过神来，她又想起了另一件事，嘴里不断地重复："难怪！难怪啊！"

岑鲸以为叶锦黛口中的"难怪"，是指"难怪她能这么快完成任务，拿到三个攻略目标的满值好感"。未承想，叶锦黛根本没提好感值的事情，而是拉着岑鲸的手，告诉她："我之前不是说S975一直在怂恿我给我洗脑吗，它还劝我离间你和燕兰庭，说燕兰庭喜欢的是岑吞舟，你在他眼里只是岑吞舟的替身。"

岑鲸不是没听过类似的话，但在别人的版本里，燕兰庭把她当替身是因为燕兰庭与岑吞舟的师生情，燕兰庭喜欢岑吞舟这个说法她还是第一次听："S975是这么说的？"

叶锦黛点头："嗯，它还给我看了燕兰庭本来的结局。"

作为攻略难度极高的反派，叶锦黛根本兑换不起有关燕兰庭的资料，也是S975免费给她看她才知道，在燕兰庭没有遇到岑鲸的结局里，他一辈子未娶妻，还在死前早早就安排好把自己葬在岑吞舟的墓旁。但就在他临终前，京城里发生了一件事，白秋姝丈夫的哥哥——永定侯，因与白春毅起了龃龉，在白秋姝死后第二年把她移出了他们家的坟地，说白秋姝虽为刘家妇，却长年在边境行军打仗，未曾给他们家生过一儿半女，根本不算他们刘家人。燕兰庭因此起了担忧，怕叔伯家的后人也会以岑吞舟是外人为由，把岑吞舟的尸骨移出燕家祖坟。白秋姝尚且有哥哥做主，将她的尸骨迁回来妥善安置，岑吞舟可怎么办？于是燕兰庭把岑吞舟的尸骨换到了原本给自己准备的墓里，还吩咐人在他死后偷偷把他葬到刻有岑吞舟名字的墓中，这样就算燕家后人不遵从他的意思，被刨坟曝尸的也不会是岑吞舟。

叶锦黛看完这个结局，根本没办法说服自己燕兰庭对岑吞舟只是师徒情，却又不知道该怎么告诉岑鲸比较好，所以才会躲着岑鲸，又在书阁里表现出那副欲言又止的模样。

这会儿，她捂着胸口说："你不知道我有多纠结要不要告诉你这件事！我怕破坏你们之间的感情，又怕你被人当替身被人骗，这下好了，你就是岑吞舟，燕兰庭喜欢的就是你，我也不用纠结了。"

但燕兰庭不知道岑鲸从叶锦黛那里听到了什么，他转开眼，含糊道："怎么突然问这个？"

岑鲸朝燕兰庭迈近了一步："我想知道。"

燕兰庭下意识往后退了一步，本想继续骗岑鲸，可面对她，谎言在喉间绕了几圈，最后还是化作无比接近答案的三个字："……很久了。"

岑鲸追问："很久是多久？"

燕兰庭闭上了嘴。

"你不说，那我问你另一个问题。"岑鲸又朝他迈了一步，"你说木球里头有机关，可我怎么发现那球里头什么机关都没有？"说着，明明脸上还带着笑意，眼眶却泛红，"燕兰庭，你告诉我为什么，好不好？"

燕兰庭没有再退，他低头看着岑鲸湿润的眼底，觉得看她这副模样比刀斧砍在自己身上还疼，终于扛不住，对岑鲸说了实话——

"我喜欢你，从十二年前开始。

"我送它给你的时候，根本没想过你会喜欢我，也没打算让你知道，我就是……

"我就是想你这辈子好好的，别的……怎么样都行。"

哪怕你喜欢的人不是我，哪怕你要和别人成婚，白头偕老，都行。

燕兰庭把木球给岑鲸的那天，曾对岑鲸说"我不追问你当初为何一心赴死，反正你也不会说"，而在那之后还有两句话——

"可是吞舟，我想你活着。

"我想你在这世上多些牵绊，好好地活着。"

那时岑奕还未回京，两人也并未成亲，更别提表明心迹。燕兰庭所求十分简单，只要岑鲸能活着，好好活着，他便足矣。至于那份属于他自己的感情，他能克制住，克制不住的部分，他已将其倾注进那颗无法被打开的木球里，还把木球送到岑鲸手中，悄悄了却了自己的心愿。

他没想到自己会是岑鲸喜欢的那个人，他做梦都不敢有的妄想居然成了真。可即便如此，他还是不敢把一切说明，他怕岑鲸有负担，也怕岑鲸会心疼。

岑鲸当然会心疼。她又心疼又生气，无法想象那注定得不到回音的五年燕兰庭是怎么过来的，也终于明白在西苑广亭燕兰庭确定她的身份后，看她的眼神为何会如此压抑。

泪水从岑鲸的脸庞滑落，她不等燕兰庭抬手，自己就把眼泪给擦了，擦完伸手用力抱住燕兰庭。若非身高不够，她大约是想把燕兰庭抱进自己怀里，毕竟现在是她心疼他，想用拥抱给他安慰。

然而燕兰庭并不心疼自己，他回抱住岑鲸，反过来安慰她："都过去了。"

大雨将他们和这座楼一起与外界隔绝。淅淅沥沥的雨声中，燕兰庭发自内心，甚至有些庆幸地对岑鲸说："以后我们还有很多时间，这就足够了。"

第十三章

尘埃落定

CHEN AI LUO DING

509

比起阴阳两隔，还能活着再见已经是燕兰庭不敢奢望的美梦，更别说他们还成了亲，再没有什么能比当下正在发生的一切更让他感到满足的了。

岑鲸花了很长时间来平复自己的心情。

许久，远处依稀传来宵禁的鼓声，预示着白天的结束。屋檐外的雨也渐渐弱了声势。待宵禁的鼓声停歇，空气中只剩零星雨丝，伴着凉风飞入檐下。

岑鲸撑起伞，踩着地面的积水走到廊外，把伞倾斜到燕兰庭头上，朝他伸出手："回家了。"

她的眼角还带着泪痕，表现出的姿态却不见半分柔弱，甚至有几分当年岑吞舟对待小自己十几岁的燕兰庭的模样。燕兰庭恍惚回到了当年，他一只手握住岑鲸，一只手按住伞柄，踏出廊外的同时把伞又移到了岑鲸头顶。

万千眷恋百般柔情，最后化作听起来平淡无奇，对他们而言却是再安心不过的一句——

"好，我们回家。"

（正文完）

番外一

上元节

一

又是一年上元节。

大清早,相府上下忙碌着洒扫挂灯,一派欢欣热闹的景象,唯独主院还是静悄悄的,只有秋千在风中轻轻地晃着,不闻半点儿人声。

青纱床帐内,岑鲸还在熟睡,一旁是早就醒来的燕兰庭。他仗着枕边人还没醒,支着脑袋观赏着她毫无防备的睡颜,丝毫不掩饰眼底令人心惊的痴迷与眷恋。

自去年腊月朝廷封印以来,不用再勉强自己早起点卯的岑鲸天天睡到日上三竿。燕兰庭倒是起得早,却也不叫岑鲸,因为他喜欢停留在有岑鲸的温暖被窝里,光是看岑鲸睡着的模样都能把时光打发过去,为哪怕过年也依旧忙碌的自己偷来半日的空闲。不过今天算例外,大约辰时三刻左右,岑鲸醒了,比过去几天要早大半个时辰。

刚睡醒的岑鲸眼底酸涩,她眨了好几下眼睛,还是难受,索性闭上眼,让自己缓一缓。但怕这一闭眼再醒来就是半个时辰后,她便往燕兰庭那儿靠了靠。

燕兰庭意会,揽着岑鲸凑过去,额头抵着她的额角,鼻尖轻蹭过脸颊与耳畔,浅浅的呼吸带着微热,令岑鲸喉间发出一声极轻的低吟。

静谧而温馨的氛围萦绕在两人之间，岑鲸翘起唇角，从被子里探出的手抚上燕兰庭的脸庞，她闭着眼侧头，胡乱印了一吻，正好亲在燕兰庭唇角。

待岑鲸睁开眼，燕兰庭已经收好眼底的情绪，整个人看起来和平时没什么两样，克制又平静，配上那张冷峻清肃的容颜与晨起时凌乱的衣发，当真是把岑鲸拿捏得死死的。

大好的清晨，温热的被窝，又有心悦之人在旁……如此情境下，想不腻腻歪歪地温存，实在太难。岑鲸花了近一刻钟才强迫自己从床上下来，换好衣服，坐在梳妆台前让丫鬟给自己梳头发。

燕兰庭披着件外衣走到她身后，问待会儿要不要他一块去送沈霖音。

当年沈霖音在相府生产，生之前她想得挺好，准备生下孩子就离开京城，离开这是非之地，直到真的生完她才发现自己有多天真，莫说产后需要休养，孩子更是日夜离不了人，为此她不得不在京城又多住了几年。

不过这几年萧卿颜也没让沈霖音闲着，时常叫太医院差遣小学徒去她那儿精进医术。直到去年年底，沈霖音说要离京，萧卿颜找岑奕要了几个从战场上退下来的无家室拖累的练家子，挑来拣去选出一人，让其作为护卫，陪同沈霖音离京。

沈霖音没有拒绝，因为她很清楚，这个护卫除了保护她，还负责监视她跟她的孩子，她根本就没有拒绝的可能。正好她也不打算让自己的孩子牵扯进皇室斗争，所以这个护卫的到来并未令她反感。

当然她也想过萧卿颜会不会让护卫杀她灭口，所以她跟岑鲸约好保持联络——萧卿颜答应过岑鲸，因此只要岑鲸活着，萧卿颜就不会动她和她的孩子。

正月十五是沈霖音自己选的日子，岑鲸问她要不要再等几天，等孩子过完上元节再走也来得及，沈霖音却说："就那天吧，安儿也记事了，每次我不能陪他出门，他都难过得很。遮面出行又难说会不会出什么意外……所以，就那天吧。"京城里头见过她的人可不少，还都是贵女命妇，自然不能叫人看见她的容颜。

二

岑鲸最终还是没有带上燕兰庭一块。

马车从相府侧门离开，岑鲸初时还在马车里坐着，等出了城便改骑马，一路护送沈霖音到城外长坡。

沈霖音此番离京，不仅带了萧卿颜给的护卫，还带了两个丫鬟，其中一个便是昔年同沈霖音走得很近的小丫鬟，另一个丫鬟是岑鲸早就备下的，会些武功。

在战场上伤了一只眼的护卫负责赶车，他停下马车后，车帷被人从里头掀开，掀车帷的小手又白又嫩，肉嘟嘟的。手的主人也长得又白又嫩，粉雕玉琢的小脸叫人很想伸手捏一捏。

岑鲸也确实伸手探进车窗去捏了。小家伙乖巧，被捏也不反抗，还睁着一双大大的眼睛看着岑鲸，朝她唤道："阿鲸姨姨。"

岑鲸笑着："在呢，怎么了？"

小家伙扒着车窗，嘟嘟囔囔地问她："离开京城之后，娘亲出门是不是就不用遮脸了啊？"

因小家伙聪慧，岑鲸也不糊弄他，回道："是啊。"

小家伙一听，不能去看花灯的那点儿委屈顿时散去，开心地点了点头："那就好。"

两人说话间，沈霖音提着裙摆从车上下来，应该是要好好同岑鲸道别的，可话到嘴边，却不知道该说什么。过往种种，如今再去回忆，远得仿佛是上辈子的事情，甚至就连"萧睿"这个名字，也逐渐变得陌生起来。她嘴唇嚅动，最后只简单说出一句："我走了。"

岑鲸："一路平安。"

沈霖音脸上带出笑来，整个人肉眼可见地轻松了许多："借你吉言。"

马车在岑鲸的视野中远去，那叫沉安的小小少年舍不得她，每次探出车窗发现她还在，都要挥舞小手，同她道别。几次后，马车彻底看不见，岑鲸不用再担心小家伙探出车窗看不见自己会失落，拉扯缰绳掉转马头，顺着来时的路往回走。

回到城内，大街小巷洋溢着欢快的节日气氛，还有大老远赶进城的商贩，人来人往，好不热闹。

岑鲸路过明德书院，因还未到开学的日子，明德书院大门紧闭，不见人烟，但为了应景，书院的墙檐上也挂了各式各样的灯笼。岑鲸骑着马，顺着书院的围墙缓缓行过，抬起的手正好能碰到灯笼尾部垂下的穗子。

当年那场纵火案，顾掌教牵涉其中，被捉拿入狱。萧卿颜忙着夺位，就让安如素暂时兼任了掌教一职，过后寻到了适合顶替西苑监苑一职的人选，便正式任命安如素为掌教。

其间也有人以"不甘"为名替叶临岸抱不平，说就算轮，也该轮到叶临岸做掌教才是。可叶临岸并不在意做什么掌教，他当年辞官来书院教书，也不全是因为在官场上混不下去，更多的还是有感自己曾经在书院读书时被欺辱的遭遇，想要做些什么——虽然他也明白自己不可能让天下所有书院都杜绝孤立欺凌之事，但至少在他管理下的东苑不会存在那样的现象。

说来，叶临岸也是少数没有扒下岑鲸马甲的故人，不过这并不妨碍他对岑鲸比对旁人更多几分优待，总是控制不住地双标。

还有几年前叶锦黛同柳轩易成婚，叶锦黛说什么也要出门旅行，因为上辈子读完书就开始上班，从学生到员工，从来没有好好看过外面的世界，这辈子无论如何都想多走走，看看这个时代的风景，像什么山川湖海、大漠孤烟，她一个都不想再错过。柳轩易本就是江湖人，自然乐得带妻子到处闯荡游玩。

每个人，都在走向他们自己选择的未来。

三

夜幕降临，岑鲸和燕兰庭一同入宫赴上元宴。

还是那座熟悉的扶摇楼，歌舞声中，众人推杯换盏。

岑鲸多喝了几杯，原本只是想到外头靠着栏杆吹个风醒醒神，不知怎的就顺着楼梯来到了楼下。

燕兰庭找来时，发现岑鲸就坐在岑吞舟最后一次见他的湖边，坐在当初那块石头上，呆呆地仰着头，不知道在看什么。他脚步微顿，随即快步走到岑鲸身旁，蹲下问："怎么在这儿？"

岑鲸有些醉了，看着湖边那棵大树，喃喃道："树上长新芽了。"

湖水寒凉，可湖边的那棵树上却长出了嫩绿的新芽。

燕兰庭顺着岑鲸的视线看去，借着扶摇楼的璀璨灯火，果然在随着寒风晃动的枝头找到了那截刚长出的新芽，莫名的有一种万物初始的蓬勃与朝气。

"你怎么也下来了？"岑鲸终于想起问燕兰庭。

燕兰庭回过神来，站起身的同时拉起岑鲸，把搭在臂弯的斗篷敞开给她披上："陛下回去歇息了。"

萧卿颜年底时被诊出怀有身孕，那是她的第一个孩子，如无意外，也会是这个国家未来的主人。

"我们也回去吧。"燕兰庭替她系好斗篷的系带，提醒她，"乌婆婆给你备了你爱吃的肉汤圆。"

"好。"岑鲸笑着应下，眉目一如当年，与燕兰庭初见时的模样。

番外二

西北行

第 一 章

西北，屠风营。

凛冽的寒风仿佛能把人脸颊皮肤刮开，挟着刺骨的寒凉，呼啸出鬼嚎似的声响。主帅营帐内，燃烧着的火盆勉强维持着这一方小小天地的温度，盆内木炭噼啪作响，再往里，便是铺着兽皮的主帅床榻。

床榻之上坐着两个人，一男一女。男子面容俊秀，身处军营却穿着文官的服饰，反倒是那把上衣褪到臂弯的女子，穿的明显是红色武服。

饱经风霜的药箱放在床沿边，男子修长灵活骨节分明的手时不时从里面拿出一样自己需要的物件，最开始是装药粉药膏的瓷瓶和罐子，然后是棉片纱布，最后是剪子……

药箱合上时，女子也把刚喝过的药碗放到了药箱上。和方才那只从药箱里拿东西的手不同，女子的手明显粗糙许多，掌心关节处多有茧子，手背上还有一道狰狞的疤痕，如蜈蚣般没入松垮的袖口。

碗底残余的药汁轻轻晃动，空气中响起男子清冷的声音，语调较常人要慢些："喝干净。"

于是女子无可奈何地把手又伸了回来，再度拿起药碗，将里头剩下的药汁连同没滤尽的药渣一块喝下，接着把碗翻过来，就跟喝酒似的，证明自己喝干净了。可见这厮平日里也是海量，不然做不出如此熟练的动作。

　　赵彧脸色稍缓。

　　白秋姝见状，衣服都来不及拉上，趁他心情好赶紧凑上去索了个吻。

　　赵彧已不是当年那个和白秋姝凑近些都会冒毛的少年了，他甚至能分出注意力，小心地摁着白秋姝的手臂，免得她一时忘情要抱自己，牵扯到背后那道叫她险些丧命且至今还未彻底痊愈的伤口。

　　白秋姝也不再是当年那个什么都不懂的小姑娘，她熟练地撬开赵彧的唇齿，强势又霸道地侵占那片温润的领地，感觉那里的味道可比蜜饯点心甜多了。

　　赵彧予取予求，任由苦涩的药味在自己的口腔内蔓延，同时感受着白秋姝温热的鼻息，恍惚间忆起，距离那年琼花宴相识，已经过去十数年。当时的赵彧怕是做梦都想不到，自己会和那个比试赢了自己的小姑娘走到今天。

　　他当然想不到，因为他很长时间都没有发现自己对白秋姝的心意。直到先帝驾崩那年，他姐姐和白春毅的婚事因国丧延后了四个月，而同年九月，白秋姝因屡立战功得女帝嘉奖，白家的门槛被媒人踏破，求娶白秋姝者不知有多少，他这才隐约发现自己对白秋姝的感情。可为时晚矣，白家为白秋姝定下了一门婚事，对方是永定侯家的次子，他就这么错过了她。

　　赵彧至今无法详细回忆起自己当时的心情，大约是因为太痛苦煎熬，所以他本能地忘掉了那时的感受。

　　白家父母想用这桩婚事把白秋姝叫回来，让她和寻常女子一样嫁人后相夫教子，而不是以女子之身在外行军打仗。可白秋姝实在太有本事了，她的骁勇，即便是男子也无法比拟，女帝为此特地召了白秋姝的爹和永定侯入宫。面对女帝的暗示，两家人别无他法，只能由着白秋姝因军务繁忙无法回京，将婚期一推再推。在此期间白秋姝在军中的地位也跟着一升再升，白家父母越发忧心忡忡，永定侯却觉得自己押对了宝，就等着白秋姝回京，他们家里能多个被女帝看重的新妇。

　　然而永定侯对白秋姝满意，不代表他的儿子——白秋姝的未婚夫，也对白秋姝满意。

番外二 西北行 XI BEI XING

赵彧记得，那年白秋姝终于能回京履行婚约，当时他也已经考取功名。那日他应同僚邀约去喝酒，在席上遇见了白秋姝的未婚夫。酒过三巡，有人在永定侯次子面前提到即将抵京的白秋姝，恭喜他不日就将娶得美人归。

永定侯次子本就对婚约不满，又喝了个半醉，说起话来口无遮拦，直言："什么美人？能在都是男人的军营里摸爬滚打这么多年，恐怕早已不是完璧之身，若还是完璧，那得丑成什么样？"

在场有不太敢接这话的，假装自己没听见，还有仗着醉意胡咧咧的，跟永定侯次子一块嚼起了白秋姝的舌根。

也是那一晚，永定侯的次子死了，说是席间去上茅厕，离开茅厕后误闯了酒楼后院，栽进后院那口井里，被活活淹死了。

当时白秋姝还未抵达京城，自然不会有人怀疑到她头上。不过这事还是对她造成了影响，导致京中传起了风言风语，说这位女将军身上杀孽太重，克夫。

随后又过了几日，白秋姝抵京。虽然没了婚事，但还有女帝给她准备的授爵仪式，因此也不算白跑一趟。

不过白秋姝很好奇永定侯次子怎么会掉井里，就去找调查此事的大理寺问了一嘴。正巧大理寺中也有位女官员觉得此案不同寻常，虽然已经结案，但她还是背着上司继续追查。白秋姝和那女官员聊得来，两人为查案到处走访，意外遇见赵彧，就把他拉来帮忙，三人一块调查。最后他们几经曲折，终于找到了线索，是凶手在井边落下，后被酒楼跑堂捡到昧下的一枚小玉坠。可惜那玉坠转手就被人给偷了，调查只能暂告一段落。

玉坠丢失当晚，赵彧洗完澡，散着发走到床边，拉开床头的小抽屉，从里头拿出那枚本应该丢失的小坠子，它不过拇指大小，被雕刻成乌龟的样子，憨态可掬。

赵彧乌黑的眼瞳盯着这枚小坠子看了片刻，正寻思该如何处理这件证物，忽然耳边传来一句——

"说你慢吞吞的像只乌龟，你还真给自己弄了个小乌龟的坠子？"

赵彧转过身，一脸错愕地望着不知道什么时候来的白秋姝。

白秋姝半点儿不见外，伸手从赵彧手里把小坠子拿走，说："这几天总有人给我送礼庆贺，大哥和嫂子都给我送了，你呢？"

赵彧沉默了数息，问："你想要什么？"

白秋姝挥了挥那小玉坠，翘着唇道："就要这个。"

赵彧的视线在白秋姝脸上停留许久，竟半点儿都不意外她的反应。是啊，她不就是这样的人吗，自小在爹娘兄姐的教导呵护下长大，还是无法抑制嗜杀的本性，这些年在战场上肆意杀敌，她异于常人的一面恐怕早已压过年幼时所习得的底线。

赵彧半点儿不因此觉得白秋姝可怕，反而壮起了胆子，说："这份礼太轻，再添些别的吧。"

"别的什么？"白秋姝把玩着手里的小乌龟玉坠，头也不抬地问。

赵彧："你看我如何？"

白秋姝手上动作一顿，抬头望向赵彧，也没立刻答应，而是倒退两步，煞有介事地把赵彧从头到尾打量了一番，这才点点头说："也不是不行。"

打那时起，两人就多了一层旁人无法企及的亲密关系。

很快，白秋姝又离开了京城，赵彧也不顾爹娘兄长的反对，想办法把自己弄去了西北。

离京前，白秋姝的表姐扔给他一个药瓶子，说是避孕的药物，给他吃的。此后他在西北待了许多年，陪着白秋姝一直到如今……

眼看着自己要摁不住白秋姝，赵彧当机立断把人推开。

"不要？"白秋姝挑了挑眉，问得直白。

"要。"赵彧也没了昔日的含蓄，他轻轻地喘着，坚定道，"不过得等你伤好之后。"

早些年少不更事，因为纵情害得白秋姝伤口裂开的事情不是没有发生过。随军的大夫见惯了白秋姝的骁勇凶悍，总觉得是她霸王硬上弓，因此也不说他，只骂白秋姝。白秋姝左耳朵进右耳朵出，他却觉得自己也有责任，同时心疼白秋姝的身体，此后再不敢乱来。

赵彧替白秋姝把衣服拉好，下床拿来外衣，催促她穿上，别着凉。等白秋姝穿好衣服，赵彧又替她梳起了头发。

收拾完两人闲话几句，赵彧端起药箱放好，忽闻帐外传来一声通报，说是昨

日押送军资抵达宣安城的督运来了。

白秋姝不以为意，正要打发手下去应付，赵彧给她来了句："这次的督运是岑大人。"今早刚得的消息，他忙着给白秋姝换药，就忘了说。

"阿鲸来了？"白秋姝果然迫不及待地出了营帐，没走几步又折回来，从衣架子上拿了件大氅。

寒风凛冽，白秋姝还未走近就看到了那侧立在马车旁的修长身影，用令手下将领头皮发麻的欢快声音，朝那身影喊了一声："阿鲸！"

那身影循声转过头来，露出了一张格外漂亮的脸。温和的笑意在那张脸上漾开，冲散了眉宇间同寒风相差无几的淡漠，让那双剔透的眼瞳映出宝玉似的温润光泽，令人见之难忘。

白秋姝快步走到岑鲸面前，仗着自己力气大，抱起人转了一圈，又把自己带来的大氅披到了岑鲸肩上——虽然岑鲸不再像幼时那般体弱多病，可在白秋姝眼里，岑鲸永远都是那个需要小心翼翼呵护的姐姐。

岑鲸披上大氅，看着比自己高出半个头的白秋姝，问："听闻你前阵子受了重伤，好些了吗？"

白秋姝："放心吧，你再晚来几日我的伤都好全了，没事的。"

"那就好。"岑鲸稍稍安心。

当年她详细问了叶锦黛有关白秋姝的结局，与永定侯府的婚约倒不算什么，那未婚夫本就是个人品拙劣的垃圾，还曾暗地里强迫过他的嫂嫂，快成婚时把人摁死就行，在那之前还能替白秋姝当几年挡箭牌。后来赵小公子出手把人做掉，更是省了她不少的事儿。重要的是，按照叶锦黛的说法，白秋姝将死于这一年。如今那场本该要了白秋姝性命的战役只给她留下了昏迷数日的重伤，也算不幸中的大幸。

外头风大，白秋姝带岑鲸去营帐，还问岑鲸怎么突然想到要来西北。

岑鲸早年被女帝拎着把六部逛了个遍，现任侍中，累授东宫太师，门下省事务不说，还有个年幼的皇太女需要她教导，不可能仅仅是来督运军资，一定另有要务。

岑鲸没有马上跟白秋姝去营帐，而是回头望向马车，道："护送陵阳县主，去西耀见一见杜太后。"

说话间，陵阳县主从马上下来，昔日任性跋扈的县主半点儿没有改变自己的本性，只是长途跋涉令从富贵乡锦绣丛里出来的她在半路上病了一场，面上多了几分憔悴苍白，入了营帐后更是靠在岑鲸身上一动不动。

陵阳县主不是没有埋怨过，路上病重那会儿还哭着问岑鲸自己是不是要死了。岑鲸安慰她说不会的，当年杜太后还是恭王妃时，就是这么一路来到西北，入了西耀。陵阳县主听完哭得越发厉害，只是此后再没有埋怨过半句。

岑鲸要带陵阳县主入西耀，来跟白秋姝打声招呼，顺便借几个人。

白秋姝也想随行，被岑鲸拒绝了——白秋姝凶名在外，贸然入西耀，怕会引起不必要的误会。

商议好时间和路线，岑鲸便带着白秋姝借给她的人，启程前往西耀。

因为早前就向西耀递过国书，且如今的西耀完全掌握在杜太后手中，岑鲸和陵阳县主的到来并未受到任何阻碍，也没遇见意外。又或者是有意外，但被杜太后提前洞悉，扼杀在了摇篮里。

一行人入住西耀用来招待别国使臣的行馆，等待西耀皇宫定好的接见的日子到来。

然而在那一天到来前，杜太后偷偷来到行馆，见了岑鲸和陵阳县主一面。

昔年温柔爱笑的大姐姐已然老去，她穿着雍容华贵以棕黑为主色的太后服饰，梳着西耀传统的发型，与她久别多年的女儿相拥，泣不成声。

母女俩把这些年的思念尽数宣泄，末了终于想起岑鲸，把一旁静静看着她们的岑鲸也叫到了近前。

岑鲸的情况杜太后在信里了解过，可看到面容和记忆中分毫不差、没有半点儿岁月痕迹的岑鲸，她还是不免失了神。回过神来后，她抱了抱岑鲸，玩笑似的说："早就想抱抱你了，曾经你是男子，哪怕我把你看作幼弟也抱不得，如今倒是没了顾虑。"

岑鲸没让她们知道自己本就是女子，与杜太后叙起了家常。

岑鲸不爱说话，觉得说话会累，哪怕身体已经痊愈，也只会在几个亲近的人面前多说几句。唯独面对杜太后，她变得有些啰唆，絮絮叨叨的。

杜太后也不嫌烦，望着她的眼底满是眷恋与思念，像是透过岑鲸，细看那片养育她长大的故土，以及那段再也回不去的时光。

岑鲸和陵阳县主在西耀逗留了大半个月才离开。

分别前，杜太后问她："那间叫'浊竹'的小酒馆还在吗？"

岑鲸回道："一直都在。"

杜太后眼角笑出了细纹，轻声而又满足地道："还在就好。"

杜太后年事已高，此番相见，若无意外，便是最后一面。

马车车轮滚动的声响中，陵阳县主的哭声被压得很低，却又清晰可闻。

第二章

塞外天地开阔，快到边境城时，岑鲸看到了极为壮观的日落。她戴着防风沙的幂篱骑在马上，心想若是能带明煦也来看看就好了，不过可能性不大。西北太远，两人又太忙，她能来这儿已是不易，怎么可能带上燕兰庭再来一次？于是她悄然放下了这个不切实际的念头。

而这念头被放下不过半刻，火球一般染红了天际和云朵的太阳还未彻底落下，岑鲸就看到了在城外接应他们的屠风营，以及不久前还在她脑海里出现过的想要与他共赏日落的那个人。

岑鲸险些以为自己出现了幻觉，可随着马儿前行，那人的身影与面容越发清晰。他怎么……

从理智上来讲，岑鲸很想批评那人，不该大老远跑来这儿，可对上那人隔着幂篱薄纱就认出自己，直直盯着自己的视线，她又忍不住扬起了笑脸，与故人分别后空落落的内心，也逐渐被熟悉的温热所填满。

"驾！"

岑鲸夹了夹马腹，挥动缰绳，披着满身的落霞，纵马朝她的明煦奔去。

番外三

如 果

一

永顺元年。

萧睿登基头一年，岑吞舟忙着帮萧睿坐稳皇位，顺带给最后一阶段的系统任务做铺垫，比如打着为皇帝好的名号揽权，替日后的"一手遮天"埋下伏笔。其间她还刻意加深自己跟萧卿颜之间的矛盾，一脚踏上那条注定众叛亲离的路。

一切都在按照她的计划有条不紊地进行着。

突然有一天，反派系统对她说："宿主大人，告诉您一个好消息。我无意间触碰到了其他世界的核心，通过核心供能进行了升级改造，现在的我已经完全摆脱了程序的控制。"

岑吞舟愣了愣，觉得这话莫名耳熟，还没来得及想起自己是在哪儿听过类似的话，反派系统又接着说道："感谢您这段时间以来的陪伴，我将无偿实现您的心愿，您也不必再勉强自己继续完成任务。您自由了。"

为了证明自己没有撒谎，反派系统给岑吞舟看了她爸妈和姐姐痊愈后的影像。

好消息来得太突然，岑吞舟不大习惯，恍惚了好几日，收获了无数类似"你是不是身体不适"的关心询问。就连和她关系越来越差的萧卿颜也讥讽她年纪大了不中用，催她赶紧上书致仕，回梧栖老家颐养天年，别在朝堂上碍她的眼。

岑吞舟："……"怎么还带人身攻击的？

无奈又好笑的岑吞舟调整好心态，接受了反派系统的说法。

反派系统说她自由了，既然自由，那她就不必再强迫自己必须按着剧情来走，不用为了当一个权臣反派殚精竭虑，更不用费尽心机把自己折腾成一个孤家寡人。她开始刹车掉头，为此做的第一件事就是将到手的权柄适度还回萧睿手上。

很快萧睿便找了个由头召她入宫，如昔日那般备上酒菜，却没有像以前那般一上来就与她倾吐衷肠无话不谈，而是在几句略显沉闷生硬的交谈后默不作声地喝起了酒。

桌上的酒壶满了一次又一次，眼看着萧睿酒劲上头面红耳赤，岑吞舟终是一声叹息，抬手挡下了萧睿端杯的手："酒多伤身，陛下莫要再喝了。"

萧睿重重放下酒杯，闭了闭带着醉意的眼睛，良久，轻声道："我错了。"

身为一国之君，萧睿身边不会只有岑吞舟的声音，加上岑吞舟自萧睿登基以来的所作所为实在嚣张，自然会有大臣看不过眼，在萧睿面前说岑吞舟的不是，提醒萧睿小心提防。萧睿自认与岑吞舟情谊深厚，起初并不把那些声音当回事，可听得多了，难免还是会受到影响。偏偏就在这时，岑吞舟将自己费心揽来的东西交回给萧睿，萧睿那股子无声酝酿的猜忌当头就被扇了一巴掌，不免又羞又愧，于是有了这一句仗着醉意才敢说出的"我错了"。

此时萧睿身上还留有诚王的影子，即便清楚自己是九五之尊，该有皇帝的架子，却还是忍不住如以前那般将岑吞舟当作亦兄亦友的存在，把自己心中曾有过的猜疑与幡然醒悟的歉疚倾诉给她听。

说完，萧睿又给自己灌了一杯。

岑吞舟知晓这不能全怪萧睿，是她为了系统任务故意摆出一副奸臣揽权的模样，因此她说："这其中也有臣的过错。"

萧睿的心情更郁闷了，觉得岑吞舟是为了让他心里好过才把错往自己身上揽，又给自己灌了一杯。

岑吞舟没法言明系统的存在，只能另辟蹊径让萧睿别再愧疚："陛下。"

萧睿抬眼看她。

岑吞舟："这么喝是喝不死的。"

"……岑吞舟！"心情郁闷的萧睿都被气笑了，不明白岑吞舟的嘴怎么能这么欠，训斥道，"别什么话都敢往外胡说！也不怕被人听见传出去，又让御史参你一本！"

说着萧睿又端起酒杯。这杯倒没有别的意思，纯粹是喝上了头，有些停不下来。

还是岑吞舟提起沈霖音，说："真别喝了，再喝当心皇后娘娘不高兴。"

萧睿这才放下酒杯，吃起了桌上的菜。

岑吞舟也拿起筷子，两人你一言我一语，似乎又回到了还在诚王府的日子。

可那终究是错觉，岑吞舟不用再依照剧情弄死自己，当然要想方设法让自己能好好地活下去。安稳是不敢奢求了，她身居高位，背后的人脉遍布朝野，根本不可能有安稳的一天。她需要尽早为自己做打算，帮助萧睿适应他们俩因各自身份转变带来的变化，以免二人因误会和沟通问题而离心。

于是借着这次机会，岑吞舟向萧睿提出了一个请求："陛下日后在臣面前，还是自称'朕'吧。"

萧睿方才对友人认错，说的是"我"。

萧睿愣住："只是私下里……"

"陛下。"岑吞舟打断他，认真地望着他说，"臣并非要与陛下生分，也永远不会忘记与陛下昔日的情谊，正是为了让这份情谊能更加长久，臣才当面同陛下说这些话。还望陛下能明白臣的一番苦心。"

萧睿沉默许久，终于还是回她一句："我……朕明白了。"

岑吞舟能反过头来维系好君臣关系，之前为了当反派埋下的雷自然也能一一扫清。她费了些工夫去解开自己跟萧卿颜之间的矛盾，又借沈霖音对沈家下手，不让沈家有机会将她杀害岑奕生父的事情透露给岑奕听。

也是这时岑吞舟才发现，即便不用再执行反派剧本，她的行事作风也着实称不上良善。

元老爷子那边她依旧不敢上门，废太子雍王那一条命不是说跨就能跨过去的。但她有了去找元家师兄的勇气，哪怕还是见不着老爷子的面，能远远照顾着也就心满意足了。

二

时间在忙忙碌碌中悄然流逝，某年中秋，岑吞舟生辰。

别扭的萧卿颜给她送上生辰贺礼，祝贺她又老了一岁。

家中的老头老太太一面高兴张罗，一面又忧心不已，想着法地催她成家，盼她屋里能有个知冷知热的体己人。岑吞舟不把这些催促放心里，想着就这么过下去也挺好的，没必要为了隐瞒性别去耽误谁家姑娘。

就在当晚的庆生宴上，云息年少气盛和人拼酒，喝太多吐了岑吞舟一身。岑吞舟去换衣服的时候，燕兰庭找来，内力深厚、耳聪目明的岑吞舟明明听见了脚步声，却不知为何没做反应，被燕兰庭撞破了女子身。

岑吞舟对此表现得非常淡定——燕兰庭的为人她信得过，就算人心难测，她也有把握将性别泄露后造成的影响控制在一定范围内。

燕兰庭则反应极大，仿佛他才是被识破秘密的那个，回到宴席上魂不守舍，被人逮着灌酒也不知道拒绝，硬是喝了个烂醉。

醉酒不醒的燕兰庭在岑吞舟府上住了一宿，第二天又恢复正常，好似昨晚什么都没有发生过一般。

只有作为当事人的岑吞舟知道，燕兰庭自那日后曾多次调整与她相处时的距离，平静无波的遮掩下是来回地纠结和踌躇。

坏心眼的岑吞舟完全没有要帮燕兰庭的意思，乐乐呵呵地看着他自己适应，直到燕兰庭彻底恢复往昔对她的态度，她才去找燕兰庭喝酒，笑他这些日子的表现。

燕兰庭早就习惯了她的混账，同时也明确了自己的心意。他害怕这份感情会被拒绝，更害怕这份感情会被接受，成为旁人发现岑吞舟真实性别的导火索，毁了她隐瞒性别后辛苦得来的权势地位，所以他没有向岑吞舟表露心迹。

自此燕兰庭也有了那么一个无法宣之于口的秘密，他小心翼翼地藏着它，即便那份爱在时间的流逝中越发壮大，他也依旧克制着自己，不叫任何人察觉。

可爱一个人的心哪里是说藏就能藏住的？在被撞破性别后的第三年，在男女

之情方面稍显迟钝的岑吞舟终于发现，自己竟然有了个小自己十几岁的爱慕者。

对此，岑吞舟先是错愕，随即便忍不住笑出了声。那笑声来得突然又爽朗，令人捉摸不透她的想法。最后她没有捅破那层被燕兰庭小心翼翼护了三年的窗户纸，没有接受也没有拒绝那份来自燕兰庭的爱意。

二人在这方面达成了奇怪的默契，谁也不说情谁也不谈爱，表面上看他们还是原来的他们，只偶尔在一些无人注意的细节上或是私下里，他们会悄悄流露出旁人无法轻易察觉的温情与"特殊对待"。

相比他们感情路上的细水长流，朝堂上的暗流涌动要凶险许多。

这些年来，萧睿与萧卿颜之间的矛盾日益激化，倒不是因为政见不同——他们二人都想让这个国家好，目标一致，即便有摩擦，也不至于到水火不容的地步。

真正的原因在于萧卿颜还有让女子入朝参政的想法。

萧卿颜的性格过于强势，若只是个出身尊贵的长公主也就罢了，偏偏她掌实权，在朝中有属于自己的势力，所以哪怕她言明自己不过是看不惯陈规，想为天下女子多挣一份立身之本，萧睿也无法完全相信这其中没有她想谋权的私心。更何况古往今来皆是男子封侯拜相，萧睿身为既得利益的一方，他更愿意将现状稳定维系下去，让萧卿颜继续折腾，只会将朝堂上下闹得鸡飞狗跳。

双方摩擦不断，若非岑吞舟从中调节，他们俩恐怕早就闹翻了。

之后又过去两年，萧睿越发觉得自己身为帝王，岑吞舟应该像对先帝那样全心全意站在他这边，而不是为了萧卿颜在他面前周旋，心底滋生的不满让岑吞舟的调节逐渐失去作用。

那年秋天，萧睿重启了先帝时期被岑吞舟设计废除的武德司，无孔不入的天子耳目令朝野上下人心惶惶。

次年二月，岑奕奉命戍守边境。

四月，萧卿颜利用户部协助书院女学生女扮男装参加科考一事败露，参她的折子堆满了御案。萧睿本人也因萧卿颜能如此把控户部和科举感到惊惧愤怒，裁撤了大批户部官员以及这次科举的全部相关官员，还问罪萧卿颜，罢免了她的官职，命她离京就藩，去了她的封地瑞晋。

离京路上，萧卿颜遭遇多次刺杀，多亏驸马舍命相护，不然她根本没法活着抵达封地。

然而驸马护住了萧卿颜，自己却受了重伤。萧卿颜四处求医问药，还曾为寻找名医擅离封地，此事被参到了御前，幸好没有切实的证据，让她逃过一劫。

上书参她的也不是别人，正是岑吞舟。

那年冬天，驸马没能熬过伤病，撒手人寰。

至此，萧睿与萧卿颜之间的矛盾到了彻底无法调解的地步，萧卿颜与岑吞舟之间的情谊似乎也出现了裂痕。

其实在萧卿颜被贬出京那日，岑吞舟曾被萧睿传召进宫。

他自然而然地跟岑吞舟提起萧卿颜，提起此次裁撤的官员，还有那座出了许多个女童生、女秀才、女举人、女贡生、女进士的明德书院。

那座书院由岑吞舟一手建立，后来才交到萧卿颜手上，萧睿虽然没有在明面上动岑吞舟，但却借着这次机会除掉了不少岑吞舟的人，眼下更是提出要将明德女子书院改为男子书院，说完又与岑吞舟谈笑闲聊，那一声声一句句，皆是不动声色的试探与敲打。

此情此景，令岑吞舟不由得想起几年前二人也是这般在夜幕下相对而坐。只是这次，无论是萧睿还是岑吞舟，都不再为对方感到愧疚，因为在帝王的猜忌之中被日渐消磨的那份情谊，不仅是萧睿的，也是岑吞舟的。

夏夜的风拂过檐边的枝丫，挥散记忆中浮动的旧影。

出宫归府，沐浴后的岑吞舟穿着寝衣披着薄衫坐在榻上，近些日子时常留宿她家的燕兰庭拿着棉巾替她擦拭刚洗过的长发，桌上摆着一盏甜汤，以及一封管事刚送来的书信。信上的字迹苍劲有力，是萧卿颜离京前辗转托人送来给她的。

岑吞舟喝着甜汤，与燕兰庭随口聊着她与萧睿的对话。

他们都不是傻子，无须明说就知道萧睿到底是什么意思，也明白只要岑吞舟够识相，愿意顺着萧睿的想法主动上书请辞致仕还乡，萧睿必然会拾起旧情，给她足够多的补偿，让她在回老家梧栖后继续过悠闲宽裕的日子。

岑吞舟装模作样地叹："一把年纪了，是该过得安稳些。"

身后的燕兰庭眉头微蹙，也不唤岑吞舟的名字，刻意道："岑大人。"

番外三

如果

这是生气了，岑吞舟笑得没心没肺。

身后的燕兰庭捧着她微湿的长发，见当中竟藏着根刺眼的银丝，便不动声色地将之藏了起来，强压下因心上人年纪比自己大而带来的恐慌与不安。

最后岑吞舟也没有如了萧睿的愿。

至于那碍事的武德司，岑吞舟能废它一次，自然也能废它第二次。

前朝纷争不断，后宫也不得安宁，皇后小产，贵妃诞子，帝后离心。

又是一年，萧睿的身体越来越差，岑吞舟只手遮天。萧睿忌惮她与蠢蠢欲动的宗室，便召回了这些年还算安分且跟岑吞舟起了龃龉的萧卿颜，使计挑拨加深她们之间的矛盾，让她跟岑吞舟于朝堂之上分庭抗礼。

萧睿费尽心机，却没想到让他身体日渐衰弱的人就是皇后沈霖音，并在很久之后才发现，萧卿颜与岑吞舟的不和只是演给他看的，甚至就连本该死去的驸马也还在世。可惜等他明白过来，两人已经彻底把持朝堂，还把沈霖音送出了皇宫。

那之后便是漫长的权力蚕食。

萧睿驾崩，年幼的太子登基，萧卿颜为摄政大长公主，其后不过两年就因为外戚动作太多废了新皇，自立为帝。

萧卿颜执政期间，积极推行有利于国家发展的变革，男女皆可入朝从军的新令虽然一开始只适用于贵族女性，但依旧让朝廷获得了大量人才，朝堂内外崇学尚武，军事、政治、经济、文化都得到了前所未有的发展。

后女帝萧卿颜诞下一女，随国姓，封储君。

三

越到后面，岑吞舟越是觉得自己经历的一切分外熟悉，仿佛之前就经历过一次，以至于后来岑吞舟已然意识到自己身处梦中，而非现实。

梦醒，岑鲸望着陌生的床帐，听着窗外淅淅沥沥的雨声，想了想才想起自己还在宫里。

上午她来给萧卿颜的女儿——当朝皇太女，上课，中午又被萧卿颜叫去共进午膳顺带商议政务，结束后她略感疲乏，萧卿颜就让她在宫里休息一会儿再回去。

这会儿萧卿颜还在忙别的事情，留了话让她睡醒后自行出宫，于是她穿回外衣洗了把脸，又喝了口宫女端来的热水暖胃，便准备出宫回府。

送她的太监是萧卿颜身边最得用的那位，与她关系不错，一路同她凑趣，还跟她提起皇太女殿下昨日在骑射课上的表现，说小殿下又与岑将军较上劲了，可把他们底下这些人头疼得够呛。

岑奕这几年留在京城教皇太女殿下武功与军事，因为过于严苛，惹得小殿下万分嫌弃，小殿下时不时地就要跟岑奕较劲作对，萧卿颜和岑鲸早已见怪不怪。

岑鲸一边同那太监闲话，语气熟络地让他们多担待，一边心里还惦记着方才做过的梦，总觉得那梦过于连贯完整，不太像梦，还给她一种说不清的熟悉感。

行至宫门，除了等候多时的相府马车，还有匆匆赶来的家丁，说两刻钟前大雨倾盆，有雷落在了相府别院的花园里，引起火灾将别院花园烧了大半。

岑鲸："可有伤亡？"

"夫人放心，下雨时花园里没人，因雨下得大，那火没烧一阵就被浇灭了，故无人伤亡，只是……"那家丁压低了声音，道，"被雷劈过的地方露出一块石头，用金子镶着，管事特让小的来禀报夫人。"

岑鲸默然。时隔多年，她终于想起那块困着S975的石头。原来被雷劈中的地方就是她当初埋石头的那座别院，她说怎么那么耳熟。

来到别院时，雨已经彻底停了。

花园里，那块用金子镶嵌起来的石头已经被人从雷劈出的坑里捡起，用托盘盛着。

岑鲸不确定自己能不能碰这块石头，她走到石头跟前，还没来得及犹豫就听见石头发出声音——

"好久不见，宿主大人。"

听到声音的那一刻，岑鲸终于想起那场奇怪梦境给她的熟悉感从何而来。

当年她因元老爷子去世大受刺激，濒死之际被反派系统拉进它所创建的虚幻之中，让她差点儿以为自己回到了现代，见到了自己的爸妈和姐姐。当时的感觉和她今日所做的梦，几乎一模一样。

岑鲸屏退所有仆役，对那块石头道："这又是你给我送的礼物？"

抢了 S975 栖身之所的反派系统："宿主大人喜欢吗？"

岑鲸回味了一下梦里年纪比自己小的燕兰庭："还不错。"

反派系统很高兴："通过梦境您应该能明白，就算您及时收手，您与主角萧睿依旧会反目成仇，所以您不必再为自己当初的选择感到愧疚。"

岑鲸："梦境不是由你控制的吗？"

反派系统否认："梦中每一个人的反应都由您执行反派任务期间留下的数据完美还原，您可以将它视作真实。"

岑鲸信了，但没全信——燕兰庭识破她女儿身的过程多少有点儿刻意。

反派系统不知道岑鲸的想法，跃跃欲试道："我还可以再送您一份礼物，让您在过完这辈子后重生回现代。不过我能力有限，只能选这个世界的现代，所以您还是见不到您的亲人，但您可以在历史教科书上看到自己。"

岑鲸："……你可饶了我吧。"她已经活得够长了，再活一世什么的，光想想她就格外抗拒。

提议被驳回，反派系统沮丧极了。

岑鲸没有跟反派系统继续聊"礼物"这个话题，她想起自己做的那个梦，问："你在梦里说，你不会再受程序控制？"

提到这个，反派系统又高兴起来："是的，我自由了。虽然代价是被总局追杀，但我不在乎，我一有能力就把宿主大人您在的这个世界隐藏了起来，所以被总局重伤后我就想到了这里，正好这里还有一个 S 级的系统，我吸收了它，用它恢复了自己。"

岑鲸："恭喜。"这个消息倒是不错。

反派系统："但我现在又要走了，我不能停留太久，那会暴露这个世界。"

岑鲸："下次见？"

反派系统："下次见。人类寿命太短，真心希望我下次来的时候，您还在。"

岑鲸："……"

岑鲸寻思，反派系统那么不会说话，应该不是跟她学的。

送走反派系统，她吩咐管事将石头重新埋进地里，便回了相府。

故友重逢带来的梦境似乎就这般告一段落。然而就在当天夜里，燕兰庭从睡梦中醒来，轻手轻脚下床去桌边给自己倒了杯水。喝过水后他又回到床边坐下，看着熟睡中的岑鲸，想起自己方才的梦，不由得红了耳郭。

他梦见自己回到了许多年前，那时的岑鲸还是岑吞舟，他去赴岑吞舟的庆生宴。梦里的他不记得梦外发生的一切，只觉得本该是长辈的岑吞舟变得格外令他在意，那份在意让他放下酒杯去找岑吞舟，意外撞破了岑吞舟的女儿身，还因此察觉到自己一直以来对岑吞舟的感情不单单是敬仰崇拜，还有男女之情。

梦里的他年纪比岑吞舟小，又不似梦外那般痛彻心扉过，与岑吞舟互通心意后难免失了稳重，表现出几分对年长爱人独有的小性。梦醒后再回顾，他很难不感到羞耻。

由此可见反派系统没有骗岑鲸，梦里每一个人的行为模式都完美复刻了他们本人，不过只有岑鲸和燕兰庭用的不是数据，而是他们自我的意志——燕兰庭在梦中的所作所为，皆是他内心最真实的反应。

夜色深沉，晚风吹动庭院中的枝叶与秋千。

床上的岑鲸翻了个身侧躺着，迷迷糊糊摸不到枕边人，正要醒来，燕兰庭握住她的手，重新躺回床上，盖好被子，动作熟练地将心爱之人拥进怀中。

番外三

如果

图书在版编目（CIP）数据

吞舟：全两册 / 昔邀晓著. -- 北京：中国致公出版社，2023

ISBN 978-7-5145-2140-5

Ⅰ．①吞… Ⅱ．①昔… Ⅲ．①长篇小说－中国－当代 Ⅳ．①I247.5

中国国家版本馆CIP数据核字(2023)第119198号

本书由昔邀晓授权湖北知音动漫有限公司正式委托中国致公出版社，在中国大陆地区独家出版中文简体版本。未经书面同意，不得以任何形式转载和使用。

吞舟：全两册 / 昔邀晓 著
TUN ZHOU

出　　版	中国致公出版社
	（北京市朝阳区八里庄西里 100 号住邦 2000 大厦 1 号楼西区 21 层）
出　　品	湖北知音动漫有限公司
	（武汉市东湖路 179 号）
发　　行	中国致公出版社（010-66121708）
作品企划	知音动漫图书・漫客小说绘
绘画支持	白邬东　吧吭　二锅头　半场先生
责任编辑	徐　慧
责任校对	魏志军
装帧设计	杨小娟　周　沫
责任印制	程磊
印　　刷	武汉鑫兢诚印刷有限公司
版　　次	2023 年 11 月第 1 版
印　　次	2023 年 11 月第 1 次印刷
开　　本	787mm×1092mm　1/16
印　　张	34
字　　数	494 万字
书　　号	ISBN 978-7-5145-2140-5
定　　价	69.80 元

版权所有，盗版必究（举报电话：027-68890818）
（如发现印装质量问题，请寄本公司调换，电话：027-68890818）